BELLE ARRIÈRE-GRAND-MÈRE

Janine Boissard est née et a fait ses études à Paris. Elle a vingt-deux ans lorsque paraît son premier roman, *Driss*, mais connaît véritablement le succès avec sa célèbre saga publiée chez Fayard, *L'Esprit de famille* (six volumes en tout, de 1977 à 1984). Elle a écrit depuis bien d'autres romans et sagas romanesques, dont beaucoup ont été adaptés à la télévision. Janine Boissard a été décorée des Palmes académiques pour son action auprès de la jeunesse. Elle est mère de quatre enfants et grand-mère de dix petits-enfants.

Paru dans Le Livre de Poche :

BELLE-GRAND-MÈRE

1. Belle-grand-mère
2. Chez Babouchka
3. Toi, mon Pacha
4. Allô, Babou, viens vite… on a besoin de toi !

L'ESPRIT DE FAMILLE

1. L'Esprit de famille
2. L'Avenir de Bernadette
3. Claire et le bonheur
4. Moi, Pauline
5. Cécile, la Poison
6. Cécile et son amour

LAISSE-MOI TE DIRE

MALEK

PRIEZ POUR PETIT PAUL

RECHERCHE GRAND-MÈRE DÉSESPÉRÉMENT

LA RECONQUÊTE

RENDEZ-VOUS AVEC MON FILS

SOIS UN HOMME, PAPA

UNE FEMME NEUVE

UNE VIE EN PLUS

JANINE BOISSARD

Belle arrière-grand-mère

ROMAN

FAYARD

ISBN : 978-2-253-06827-3 – 1re publication LGF

Pour mon fils, François.

À Mathilde,
Valentin
Damien, merci à toi de me gérer sur Facebook
Delphine
Bastien
Virginie
Capucine
Élodie
Alice
Émilie,
mes petits-enfants.
Pour l'instant, pas d'« arrière » en vue.

Et à mes « amis » de Facebook qui m'ont vivement encouragée à écrire cette suite à ma « Belle grand mère ».

« Est-il de beauté plus belle que le rêve ? Est-il de vérité plus douce que l'espérance ? »

La Nuit, Jean-Philippe RAMEAU

La Chêneraie

Première partie

ADELLA

1

Quinze février, Mardi gras, deux heures de l'après-midi, vous ne me ferez jamais dire quatorze heures, ça fait usine, pointage, horloge parlante, grand jour pour moi ! Je ne me déguise pas, je me retrouve. Après quelques semaines d'abstinence, je réendosse ma blouse d'artiste dont les plis, en dépit des nombreux lavages, conservent un peu des couleurs de mes œuvres passées.

Bonjour, liberté ! Grégoire, mon Pacha, est à son Club des Cinq, cinq loups de mer à la retraite, cinq vieux vikings du Scrabble, qui se préparent à porter haut les couleurs de Caen, notre bonne ville, en allant infliger une déculottée aux minables du club de Saint-Lô. Il ne sera pas de retour avant sept heures ce soir.

Salut, tranquillité ! Plus besoin de suspendre à la porte de mon atelier l'écriteau « Ne pas déranger », ma nombreuse descendance étant désormais envolée ou abritée sous le toit de parents mariés, démariés, remariés. Terminés les sanglants étripages pour le grillé au bord d'un plat à gratin, le feuilleton à la télévision, la rue de la Paix au Monopoly. Nous n'avons plus nos petits-enfants devenus grands (hum !) que pour le meilleur : durant les week-ends, çà et là lors d'un repas-surprise-confidence, et à l'occasion des fêtes. Bientôt celle des grands-mères.

Côté jardin, de l'autre côté de la fenêtre de mon atelier, c'est le printemps qui se mijote. Ça s'affaire grave sous les pelouses et au creux des bosquets, buissons ou autres massifs, œuvre de mon Pacha. Ça s'apprête à exploser le long des branches de pommiers et, sous ses airs bougons, Clafoutis, notre cerisier, nous concocte des fleurs de mariée.

Allons-y ! Toile vierge placée sur mon chevalet, je prépare à présent mes couleurs sur ma palette. Comme tout artiste, je suis passée par différentes périodes. Jeune grand-mère, ma période Fleurettes sur coffres de bois, lucrative grâce à mes chères amies, Marie-Rose la brocanteuse qui me trouvait des clients et Diane, femme de diplomate, assurant la promotion à l'étranger. Puis vint ma période Rembrandt, claire-obscure comme l'état de mes sentiments. Sans doute visais-je un peu trop haut, elle fit long feu, ce qui signifie s'éteignit vite, allez vous y retrouver avec la langue française ! Je me rabattis sur une période Ailes, cachant mal mon désir d'envol pour échapper à la pagaille noire qui régnait dans ma famille, et à un mari de plus en plus ronchon qui, malgré son beau nom, Rougemont, ne comprend rien à l'art et qualifie mon œuvre d'« ouvrage de dame ».

La dame a décidé de faire voir au monde ce dont elle est capable.

J'entame aujourd'hui ma période Âme !

Dont on a localisé le siège dans notre cerveau en y branchant des électrodes et découvrant ce qui s'y passait lorsque, à genoux ou en lotus, en prière ou en méditation, nous nous tournions vers le Ciel. Voici qu'une infime et tenace lumière s'est mise à clignoter, que l'on ne pouvait plus arrêter, c'était bien Elle.

On l'a même pesée : vingt et un grammes... Étonnez-vous que le monde marche à l'envers ! Certains en ont même fait un film qui prétendait qu'à notre mort la lumière disparaissait en même temps que notre corps, les zozos ! Alors que c'est la seule chose qui reste de nous, notre parcelle d'éternité.

Peindre une âme ? Mais c'est fou, me direz-vous. Ouais ! Et même carrément de la folie furieuse à l'époque du sonne creux, des discours stéréotypés, de tous à vos écrans, surfant sur du vide. Révolutionnaire, comme se doit de l'être tout créateur qui se respecte, je brise les fausses icônes, déboulonne les idôles de carton-pâte, quitte à être pendue haut et court par les apôtres du prêt-à-penser sous film plastique et interdiction de déborder.

Je déborde en en revenant au sacré, au fondamental, à ce qui nous élève, nous soulève, nous emporte.

Okay, okay, et cette infime lumière, ces vingt et un grammes d'âme, comment parviendrai-je à les concrétiser ?

Fastoche, ils sont partout ! Dans un sourire, un éclair sur une pupille, trois notes de violon qui vous donnent soudain envie de pleurer de bonheur, l'éclat secret d'un meuble : Marie-Rose la brocanteuse, qui ne croit à rien, ne parle-t-elle pas de l'« âme du bois » ?

C'est bon ? Ça vous va ? Je peux y aller ?

J'empoigne ma brosse de martre, la dirige vers ma toile. Silence, jardin, tais-toi, maison, j'attaque mon fond : bleu azur teinté de soleil.

On sonne.

En bas, à la cuisine, entrée principale de La Maison.

Le facteur ? Il est passé ce matin. Un Colissimo ? Je n'attends rien. Des fleurs ? De quel galant ? Une quête ? Les quêteurs ne sonnent plus : visages cagoulés, ils entrent chez vous par ruse, vous délestent de tout ce qui brille, et, avant de partir, vous brûlent la plante des pieds pour obtenir votre code bancaire.

Depuis que nous avons été saucissonnés, mon Grégoire et moi, j'ai ordre de n'ouvrir à personne lorsqu'il n'est pas là pour me protéger de sa mâle poitrine, tout juste l'autorisation de demander : « Qui est-ce ? », portable à la main, doigt sur la touche d'un SMS SOS préécrit, destiné à la gendarmerie.

On resonne !

À tout de suite, mon âme. Je lâche brosse et palette, descends l'escalier sur la pointe de mes baskets, traverse le salon – feu préparé pour ce soir dans la cheminée –, arrive sur les tomettes de la cuisine.

Aucune tête à la porte vitrée ni à la fenêtre : bizarre ! Je lance d'une voix ferme :

— Qui est-ce ?

Pas de réponse.

Ma main tâtonne à la recherche de mon portable. Zut, j'ai oublié d'y écrire le message SOS. J'ai mieux ! Je revêts en esprit ma tenue de samouraï, nom du club de *self-defence* que j'ai assidûment fréquenté avec mes amies, me cale sur mes pieds légèrement écartés, pied gauche en avant, pied droit prêt à être envoyé dans les parties sensibles de l'agresseur. À moi, M. Khu[1], mon maître !

Je tire le verrou.

Personne à droite, personne à gauche, aucune trace de véhicule à deux ou à quatre roues sur le chemin qui mène à notre portail blanc.

---

1. *Belle-grand-mère.*

Ouvert à deux battants…

À mes pieds, un couffin, capote baissée, zip relevé, aucune visibilité.

Couinements à l'intérieur.

2

Grand-mère un jour, grand-mère toujours ? Et chez moi la curiosité l'a toujours emporté sur la prudence. Je n'hésite pas, je soulève le Colissimo – une tonne –, le rentre dans la cuisine, le pose sur la table qui, avec rallonges, peut accueillir huit convives, referme le verrou.

Bon, bien, et maintenant : thé, tartines ?

« Trois heures vingt-cinq, pas l'heure du goûter », me répondent sévèrement les aiguilles de l'horloge « Spirou », au-dessus de la cuisinière.

« Arrête de fuir », m'ordonne ma conscience.

Fuir, moi ? Tout juste à la recherche de quelques secondes de rémission avant d'explorer le contenu du couffin couineur, explosif je le sais, je le sens.

Gardant pour la fin ce qui disparaît sous la capote – le meilleur ? –, je fais glisser le zip d'un doigt résolu. Soigneusement alignés en bas de l'habitacle, un paquet de couches-culottes, une boîte de lait en poudre, un thermos à biberon, rien que du normal pour un couffin. Un peu plus haut, dans une grenouillère semée d'étoiles, un têtard agite furieusement une palme minuscule tandis que les couinements redoublent.

Zen, le samouraï !

Yeux mi-clos, je respire profondément de la pointe de mes Converse à ce qui me reste de cerveau, et j'y vais pour le haut, baisse la capote, rabats un bout de drap. Sous un bonnet marin, un visage café au lait frippé par la rage, deux yeux sombres, une bouche écarquillée : un bébé. Et alors, je m'attendais à quoi ? Un nourrisson, déposé à la mauvaise adresse par une mère au bout du rouleau.

Trois notes de Bach s'égrènent au fond de ma poche. J'en tire mon portable SOS. Que n'ai-je appuyé sur la touche gendarmerie avant d'ouvrir ma porte. Sur l'écran, Justino, le nom de mon petit-fils brésilien, s'affiche. Pas le temps de dire « coucou » que sa voix retentit, essoufflée, sur fond de sirènes.

— Ça y est, Babou ? Elle est arrivée ? Je finis ma mission et je viens tout t'expliquer. Surtout, ne dis rien à personne.

Clac ! Il a déjà raccroché.

Sa mission…

Nous avons le bonheur d'avoir un petit-fils pompier. Il a embrassé la carrière comme on embrasse l'uniforme d'un grand-père vénéré, ex-pacha de la *Jeanne*. Il n'est pas donné à tout le monde de faire Navale. Comme on réalise un rêve d'enfant, soufflé par une « dame blanche », chouette de la race des effraies, espèce protégée, coincée dans la cheminée de notre salon, sauvée par les soldats du feu[1]. Justino, pompier volontaire à Caen, caserne située rue de la Folie, ça ne s'invente pas.

Ce qui ne s'invente pas non plus, c'est que d'ordinaire, je veux dire dans une famille normalement constituée, ce ne sont pas les pompiers qui déposent les nourrissons abandonnés à votre porte, mais eux qui viennent les y chercher.

« Elle est arrivée… »

Je retire le bonnet marin, une touffe de cheveux de jais apparaît.

« Je t'expliquerai… »

Inutile, j'ai compris. Teint café au lait, yeux noirs, poil de jais, sans oublier les étoiles sur la grenouillère, j'ai devant moi l'enfant de Justino, dix-huit ans, fils de notre Thibaut, normand pure souche, et d'Estrella, brésilienne, hélas disparue.

Je m'effondre sur une chaise : je suis arrière-grand-mère !

« Surtout, ne dis rien à personne… »

« Courage et dévouement », la devise des soldats du feu. Je rassemble l'un et l'autre, reprends les brides du couffin – j'ai cent ans –, quitte la cuisine, me traîne – cent dix ans – jusqu'au seul

---

1. *Toi, mon Pacha*, tome 3.

lieu de la maison où nul n'a le droit d'entrer en l'absence de son propriétaire, le Carré du Pacha. Je pose mon fardeau sur la table sacrée du Scrabble, sors lait, couches et thermos, dégraffe le bas de la grenouillère, défais la couche-culotte, retrouvant d'anciens gestes dont j'espérais être libérée.

C'est bien une fille ! Politesse, juste une petite commission. Manquent lingette et crème, tant pis. Je remplace la couche salie, rempaquette le tout, attrape le thermos, en sors le biberon…

— Babou, t'es là ?

La voix claire de Tatiana, douze ans, fille de ma cadette, Charlotte, conçue à Mururoa, où la *Jeanne* faisait escale. Tatianouchka, aussi calme, sérieuse, fiable, que sa mère est ingérable, pour ne pas dire « explosive ».

Elle n'a qu'à traverser le jardin au haut duquel ses parents habitent pour venir faire tranquillement ses devoirs et réviser ses leçons chez nous. Nous n'avons pas hésité à lui donner la clé de la porte ouvrant sur le salon : aucun souci, rien ne sera dérangé.

Et la voilà au seuil du Carré, découvrant, stupéfaite, la nourrissonne.

— Mais c'est qui, Babou ?

— Personne !

Est-ce bien moi, sa grand-mère, qui ai prononcé ces mots ? Voyant l'incrédulité dans ses yeux bleus, je corrige le tir, pose un doigt sur mes lèvres :

— Chut, un secret !

Ma petite-fille hoche gravement la tête. Mon arrière-petite-fille hurle au reniement.

— S'il te plaît, je peux lui donner son biberon ?

— Bien sûr, mon trésor.

Tatiana pose son cartable contre le mur, s'installe dans un fauteuil, ouvre ses bras. J'y dépose nourrissonne et biberon.

Et alors que celle-ci tend un bec avide vers la tétine, en voilà une autre ! Autour du cou potelé, suspendue à une chaînette dorée, une médaille de la Vierge.

La Vierge qui, dix années auparavant, avait déposé devant la porte de La Maison Justino, l'enfant de notre fils perdu, la brebis égarée : Thibaut.

3

Durant des années, chaque nuit, avant de vous endormir, vous avez prononcé son nom dans le secret de votre cœur : Thibaut ! Thibaut, chassé du foyer familial par un père rigide et intransigeant, lançant les mots meurtriers : « Ce sera nous ou la putain. » La « putain », Estrella, une Brésilienne de dix ans son aînée, étoile de la danse à Rio, dont votre fils s'était épris.[1]

Et le Brésil avait gagné.

À Estrella s'était ajouté Justino, votre petit-fils inconnu, l'enfant qu'elle avait donné à Thibaut. Et, chaque matin en vous réveillant, vous vous étiez juré d'aller le chercher, fût-ce au fin fond des plus sordides favelas de Rio, pour lui offrir votre cœur de grand-mère.

… Ce que vous vous apprêtiez à faire, bravant les diktats de votre mari, lorsqu'un soir, soir de miracle, un petit garçon basané aux yeux de

1. *Belle-grand-mère*, tome 1

braise, un « Indiano », avait sonné à la porte de La Maison. C'était lui, du bonheur trop longtemps attendu qui déchirait, la première gorgée d'eau après une interminable traversée du désert.

« Est-ce que tu es Babou ? » avait-il demandé.

Et, plus tard, à son grand-père qui ne commandait plus à ses larmes : « Toi, tu commandes à la mer. »

Mais comment était-il arrivé jusqu'à votre porte, seul, comme tombé du ciel ? Qui nous l'avait déposé ?

« La Sainte Vierge », avait-il affirmé.

Est-ce à nouveau Marie, dont la nourrissonne porte la médaille dans les plis de son cou, qui, dix années plus tard, a déposé la fille de Justino au seuil de la cuisine ?

*

— C'est Lucien, me détrompe-t-il.

Lucien Duval, caporal, son binôme : un pompier ne part jamais seul au feu.

Il est arrivé vers six heures, Tatiana avait regagné ses pénates, j'avais remplacé ma blouse de peintre par un banal pull-over : « À plus, mon âme ! » Je venais de changer le bébé quand il est entré, essoufflé, plumes de jais ébouriffées par le vent.

— Elle est là ?

Eh bien là, contre le torse du pompier, nez dans le tee-shirt noir barré de rouge. Moi, j'ai un peu de mal à digérer l'histoire ahurissante, à dormir debout, que Justino vient de me servir : rien à envier à Thibaut, tel père, tel fils ?

La nourrissonne s'appelle Adella, traduction brésilienne d'Adèle, on a l'esprit de famille ou pas, nous avons déjà une Adèle, fille d'Audrey, mon aînée. La mère d'Adella se prénomme Haydée et vient du Nigeria, pays d'Afrique de l'Ouest où les chrétiens sont persécutés par les extrémistes de l'islam. Elle vit depuis deux ans à Caen, où sa famille s'est réfugiée.

Haydée et Justino se sont rencontrés en l'église du Vieux-Saint-Sauveur, sise sur la place du même nom, au centre de la ville, alors qu'Haydée fleurissait une statue de la Vierge à laquelle, comme Justino, elle voue un culte. (C'est donc bien elle, et non Lucien, qui est à l'origine du couffin devant la cuisine !) Ils se sont aimés dès le premier regard.

— Elle est si belle, Babou ! Et jamais tu croirais qu'elle n'a que dix-sept ans. Une vraie femme…

Nigérianes, fleurs de soleil.

DIX-SEPT ANS ? Justino dix-huit : détournement de mineure.

Ils se sont « frequentés » en cachette du père d'Haydée, Ernest Buhari. Le bébé est venu très vite, qu'ils ont dû placer chez une nourrice.

— Haydée souffre beaucoup de ne pas pouvoir l'allaiter, soupire mon Indiano.

— Une minute, Justino, là, tu vas un peu trop vite pour moi. Ne me dis pas que le père d'Haydée n'a pas vu que sa fille était enceinte !

— Tu sais, Babou, les Nigérianes portent des robes magnifiques qui leur tombent jusqu'aux pieds, alors c'était pas difficile à cacher. Et, bien sûr, Bethléem était au courant !

— BETHLÉEM ?

— La maman d'Haydée. Elle l'a aidée à accoucher. C'est elle qui a trouvé la nounou.

La voix de mon pompier se fait tragique : et, ce matin, le drame ! Ernest mis au courant de l'idylle de sa fille, probablement par la sœur aînée de celle-ci, jalouse. Saisi de folie meurtrière, il boucle Haydée chez lui et part à la recherche de la « batarde ». Alertée par Bethléem, la nounou court à la caserne (rue de la Folie) avec le bébé dans un couffin et demande à voir Justino.

— C'est là que Lucien s'est montré trop top, Babou ! Il a pris un véhicule de service et il a déposé Adella ici, ni vu ni connu. Pour Ernest, elle est le fruit d'un péché mortel et, en plus, elle n'a pas été baptisée, alors Bethléem avait peur qu'il la tue, tu comprends ?

Sept sur sept ! Baptisée ou non, quand Grégoire apprendra que j'ai commis le péché mortel d'ouvrir la porte de la cuisine sans passer par SOS gendarmerie, c'est moi qu'il tuera.

Et là, je pique une sainte colère.

— Mais enfin, Justino, pourquoi un bébé si vite ? La pilule, les préservatifs, ça existe !

— Le pape est contre, répond gravement mon petit-fils. Et pour les chrétiens du Nigeria, sa parole est sacrée, ils l'observent à la lettre.

Je louche vers le plateau sacré du Scrabble qui disparaît sous le couffin. On verra ce qu'en pense notre pape des lettres !

— Ça veut dire que cet enfant, vous l'avez voulu ?

— Babou, tu dis toi-même qu'aujourd'hui on ne fait pas un enfant par hasard ! s'insurge l'Indiano.

Exact ! Je l'ai dit, redit, et ne cesse de le répéter aux jeunes générations. Ne vous pressez pas, faites des expériences, profitez de la vie, savourez votre liberté avant de faire des bébés qui, de tous leurs grands yeux confiants, vous interdiront d'aller voir ailleurs, et moi, et moi, et moi ?

Bon, bien ! Inutile de regarder en arrière, ce qui est fait est fait, Adella est là ! « Adellaéla »… Ça sonne comme une ritournelle pleine de rires et de joie. J'attends le pire.

— Et maintenant, mon chéri ?

Justino relève fièrement le menton, déploie ses épaules de soldat.

— Maintenant, je vais trouver le père d'Haydée et je lui demande la main de sa fille !

Même pas peur ?

La ritournelle se transforme en chant funèbre, j'explose.

— Si j'ai bien compris, Justino, cet homme est dangereux. Et, admettons qu'il accepte de te parler, qu'il t'accorde la main de sa fille, que vous vous mariiez quasiment au berceau – pardon « au couffin » –, sais-tu combien d'années de vie commune vous attendent, ton Haydée et toi ? Avec les progrès de la science, sauf accident, au minimum une cinquantaine, un demi-siècle !

— Et le Pacha et toi, combien d'années de vie commune, déjà ? réplique sévèrement mon petit-fils en berçant sa fille qui lance des cris de détresse.

Je sais ! Inutile d'insister, le demi-siècle largement dépassé, l'erreur de ma vie. Malgré les conseils avisés de Marie-Rose et de Diane, mes superbes et clairvoyantes amies – ne nous appelait-on pas les trois Grâces ? –, j'ai épousé mon premier coup de foudre. Pas le plus petit début d'expérience, la plus élémentaire possibilité de comparer les atouts des nombreux prétendants à ma main, me privant d'irremplaçables années de batifolage, légèreté, brûlants interdits, fourbissant moi-même mes futurs regrets, bague au doigt direct !

Alors qu'au gouvernail de sa *Jeanne*, son seul véritable amour finalement, Grégoire Rougemont n'avait pas de ces scrupules et ne s'était pas privé d'escapades gourmandes d'île en île, avant la bague.

Et voilà comment vous vous retrouvez, pieds, poings et cœur liés à un vieux ronchon qui n'y voit plus et n'entend guère mieux : verres double foyers et prothèses auditives qu'avec son « toc », grattage fiévreux d'oreilles aux nouvelles qui lui déplaisent, il ne cesse de perdre.

Et qui se retrouve à quatre pattes pour les lui chercher ? Son « moussaillon », les jours de tendresse, un JOSÉPHINE glacé, ceux de bisbille, celle qui aurait pu trôner sur un piédestal, vénérée par un mari à ses pieds, comme Diane, moi !

— Au siècle dernier, mon Justino, quand on se mariait c'était pour toujours, devant Dieu et devant les hommes. Aujourd'hui où le mariage ne vaut plus tripette, où on change de partenaire comme on change de chemise, où on te fait miroiter l'aventure à tous les coins de rue, d'Internet et de petites annonces dans les journaux, pour rester toute sa vie avec le même, il faut être… une sainte.

Re-moi !

Et, à l'instant où je proclame mon sacrifice, entré à pas de prédateur, le loup de mer apparaît à la porte.

L'heure c'est l'heure, sept heures pile, quel ennui !

4

Trouvant son petit-fils en ma compagnie, un large sourire illumine le visage du grand-père, encore séduisant, reconnaissons-le, avec, sous le réseau de rides, une aura de commandant. Même si le commandant ne sait pas ouvrir une boîte de sardines sans s'en mettre partout.

— Mon Justino, quel bon vent ! Alors, on squatte mon Carré ?

Tout heureux, il monte les trois marches qui y conduisent, se penche pour embrasser son Indiano, découvre la petite chose enfoncée dans le tee-shirt du pompier, n'en croit pas ses double foyers, les remonte sur son front, les redescend sur son nez, finit par les retirer.

— C'est quoi, ça ?

« Personne », avais-je répondu à Tatiana. Justino, lui, ne tergiverse pas.

— Ton arrière-petite-fille, grand-père, Adella.

Plus d'aura sur le visage de mon Pacha, rien

que du gris, des rides, de l'incrédulité. À quoi tient une lumière céleste !

D'un mouvement spontané, automatique – un bon demi-siècle de pratique, oui, Justino –, Grégoire se tourne vers la maîtresse des lieux, la grillone du foyer, déjà derrière lui, prête à intervenir en cas de faiblesse, inutile de former le 18, le soldat du feu est là.

— JOSÉPHINE, peux-tu me dire ce qui se passe ?

Je renvoie la balle.

— Je n'en sais pas plus que toi, GRÉGOIRE. Sinon que la maman d'Adella s'appelle Haydée.

Et là, un demi-siècle de vie commune ou non, votre compagnon peut encore vous surprendre.

— Nom d'une princesse grecque de l'Antiquité, tiré du *Comte de Monte-Cristo*, d'Alexandre Dumas, récite-t-il.

Avant de s'effondrer dans un fauteuil. Salut, culture !

Ravi d'apprendre pour la princesse grecque de l'Antiquité, totalement inconscient, Justino dépose la têtarde dans les bras de l'arrière-grand-père transformé en vieux crapaud. Déjà dotée de l'infaillible intuition féminine, celle-ci hurle sa désaprobation.

— Bordel ! lâche le commandant.

Il n'aime pas les bébés, leur fragilité le terrorise, et quel intérêt peuvent avoir ceux qu'il appelle inélégamment des « tubes digestifs » :

rototos, selles, gaz, coliques ou constipation. C'est lorsqu'ils commencent à se redresser et qu'entre deux bulles la reine des voyelles, en tête de tous les dictionnaires et encyclopédies, le A, sort de leurs lèvres qu'il découvre leur existence, et alors là, quel grand-père ! Ne se lassant pas de les faire répéter, employant une méthode bien à lui dont le résultat surprenant est que, plutôt que « papa » ou « maman », c'est « Pacha » qu'ils prononcent en premier.

Sous le regard navré de Justino, je récupère la nourrissonne. La main de Grégoire tâtonne vers la table à la recherche de ses double foyers, les retrouve entre couches et biberon, s'étouffe.

Je propose hypocritement :

— Veux-tu boire quelque chose, mon chéri ?

Explose.

— Je voudrais simplement qu'on m'explique !

Courageusement, Justino s'y colle. Siège tiré à côté de celui du Pacha, il narre le Nigeria, les luttes fratricides, les chrétiens persécutés, Ernest Buhari et sa famille réfugiés à Caen. Sans reprendre haleine, il continue : sa rencontre avec Haydée, le coup de foudre devant la Sainte Vierge, la parole exigeante du pape, et enfin Adella que voilà…

Et, ce matin, le pot aux roses dévoilé à Ernest, Haydée cloîtrée, le bébé mis à l'abri par l'admirable Lucien.

— J'ai pensé que tu voudrais bien l'héberger le temps que les choses s'arrangent, conclut Justino.

Nouveau miracle de la Vierge ? Malgré les grattements furieux prodigués à ses oreilles, Grégoire a toujours ses prothèses.

Au fur et à mesure du récit, son visage est passé par toutes les couleurs de ma palette, excepté celles que j'y préparais avec amour il y a seulement quelques heures : azur teinté de soleil. À quand, mon âme ?

Et, d'un seul coup, le commandant est de retour. Il se lève, se plante devant le petit-fils rebelle. Tiens, le moussaillon a dépassé le gradé ! Il est vrai que Grégoire est à l'âge où on diminue.

— En attendant que les choses s'arrangent, as-tu dit ? Et que comptes-tu faire pour les arranger ?

À son tour, Justino s'est levé. Son regard cherche secours auprès du mien. Je l'encourage : vas-y, mon cœur, n'aie pas peur, c'est de l'amour aussi. De l'amour inquiet, de l'amour vigilant, ton Pacha pointe ses jumelles vers l'horizon, voit monter la tempête, mesure les risques de naufrage.

— J'ai l'intention de demander la main d'Haydée à son père et de faire le plus vite possible un baptême pour Adella, se lance maladroitement le petit-fils.

— Parce que aujourd'hui on dit « faire » un baptême ? tonne Grégoire.

On dit aussi « faire une affaire », « conclure un arrangement », ça sent les gros sous. Soudain, j'ai peur des mots qui vont suivre.

Ils suivent.

— N'as-tu pas imaginé une seule seconde que tu pourrais être victime d'une arnaque ? Que ta Nigériane et sa famille auraient pu voir en ta petite personne une façon de régulariser une situation précaire ? Sais-tu combien de clandestins entrent chaque jour en France, par des voies illégales, dans l'espoir d'y trouver les papiers qui leur permettront d'y rester ? N'as-tu jamais entendu parler de mariages blancs ?

Rougis, mon âme ! Un bref instant, avant de découvrir les cheveux de jais et la médaille, l'idée d'un piège m'a, moi aussi, effleurée.

— Mais Pacha, Haydée et moi, on s'aime vraiment ! proteste misérablement Justino.

— Alors, permets moi de te poser quelques questions. Le père, tu l'appelles comment, déjà ? Ah oui, Ernest, Ernest Buhari. Il travaille ?

— Je sais pas. Enfin, Haydée m'a pas dit...

— Et la mère ?

— Au Nigeria, les femmes travaillent pas. Elles s'occupent de la maison et des enfants.

— Et cette maison, elle se trouve où ?

— En banlieue. Du côté de Saint-Germain-la-Blanche-Herbe, je crois.

— Tu « crois » ? Tu n'y es pas allé ?

— Mais bien sûr que non, grand-père ! On évitait de s'approcher. On se voyait à l'église et à la maison.

— À « la maison » ? Chez toi ? Ton père était d'accord ? Et que pense-t-il de la nouvelle situation ?

La « situation », qui lance des coups de pied vengeurs dans mes bras.

Justino baisse le nez.

— Papa sait rien. On profitait de l'appart quand personne était là. Et, ce matin, j'ai pas eu le temps de lui parler, c'est Mardi gras et…

— Comment ? Thibaut ne sait pas ?

Grégoire a crié. Dans son regard, peur et consternation. Est-ce l'annonce de trop ? Est-ce ma faute, ma très grande faute ? Je ne suis pas intervenue pour préciser l'âge tendre d'Haydée. Ou tout simplement parce qu'il n'a pas pris le temps de regarder de près la nourrissonne ? Les voilà, les mots tueurs.

— Et d'abord, qui te dit qu'elle est bien de toi ?

— Tu n'as pas le droit ! rugit Justino.

Il tourne le dos à son grand-père, me reprend sa fille, descend les marches du Carré. « Tu n'as pas le droit… » Les mots exacts, lancés par Thibaut, dix-huit années auparavant, avant de claquer la porte de la maison. Va-t-il partir lui aussi ? Lui, pour toujours ?

Et voilà qu'une autre porte claque, celle du salon donnant sur le jardin. Et retentit la voix de Charlotte.

— Maman ? Papa ? Vous êtes là ? J'ai à vous parler, urgent !

Tatiana a trahi, le coup fatal pour moi !

Le cri de Charlotte, découvrant la grenouillère étoilée dans les bras de Justino, me rassure.

— Mais c'est quoi, ça ?

Non, ma petite-fille n'a pas parlé, elle a gardé le secret. Au moins une dans cette famille à l'oreille de laquelle, mes vieux jours venus, je pourrai déverser d'inavouables confidences.

Sans façon, ma fille s'empare du bébé, nous rejoint dans le Carré où Grégoire observe un silence honteux. Justino a fait demi-tour, j'ouvre mes bras : te revoilà ! Charlotte met un genou en terre pour étudier la « chose » de plus près.

— Voyons voir, toi !

Ma merveilleuse « Mururoa », conçue dans l'île du même nom, toujours prête à accueillir la nouveauté, ouverte, curieuse, avide de comprendre. Ma cadette, dont le seul ennemi est l'ennui, ce qui l'a menée à se séparer vite fait, trop, d'un premier mari, un être unique, de tout repos, toute confiance, rien qui dépasse, pour s'embarquer avec un prince russe détrôné, Boris Karatine, et vivre mille aventures, dont la dernière a été d'annexer les trois quarts de notre jardin pour y construire un restaurant russe auquel ils m'ont fait l'honneur de donner mon nom : Chez Babouchka[1].

Sa main dégage le visage du bébé, caresse les joues rondes, repousse les fins cheveux de jais.

— Mais c'est pas croyable ! s'exclame-t-elle.

Se tourne vers son père.

— Regarde, papa, à peine né et déjà la marque de fabrique… Tu as vu les oreilles ? Les mêmes que les tiennes et que celles de Justino. Tu te souviens comment on l'avait surnommé quand il était revenu à la maison ? « Petit fennec », le renard des sables. Regardez-moi ces pointes ! À propos, renardeau ou renardette ? En tout cas, en voilà un qu'on ne peut pas renier.

Je rectifie.

— En voilà une : Adella.

---

1. *Chez Babouchka*, tome 2.

5

Les journées Scrabble chez Maurice sont toujours l'occasion de festins concoctés par son épouse, Marguerite, qui, fort intelligemment, a préféré combattre le fâcheux penchant de son marin pour le sexe dit « faible » autrement que par ces scènes de ménage qui finissent, s'il n'a pas pris la poudre d'escampette, par rendre sourd celui qui en est l'objet.

Luttant avec les moyens du bord, ragoûts, blanquettes, civets et autres plats en sauce copieusement arrosés, y ajoutant des farandoles de succulents desserts nappés de chantilly, la finaude a mis, jour après jour, son coq en pâte. Et aujourd'hui, gagné par l'embonpoint, armes de séduction émoussées, sans compter quelques soucis du côté de la prostate, son Maurice ne chante plus que pour elle.

En ce qui me concerne, j'ai fait comprendre depuis longtemps à mon Pacha que s'il s'avisait de regarder ailleurs je me barrerais.

Bref, au retour des journées Scrabble-festin chez Maurice, Grégoire sèche le dîner, se contente d'une infusion de camomille. Sans sucre.

Tandis que je la lui préparais après que Charlotte nous eût quittés, sur une promesse de ne rien dire à personne qu'elle oublierait sitôt la porte de son isba fermée, le grand-père a demandé à Justino de lui pardonner des mots trop vifs, dictés par la colère et surtout par l'inquiétude en apprenant que Thibaut ne savait rien.

— Imagine que le père de ton Haydée découvre son adresse et s'en prenne à lui !

— Notre adresse, seule Bethléem la connaît, et elle la donnera jamais.

Hum !

— Et la nounou ? Elle a bien su te trouver à la caserne (rue de la Folie), à partir de là, remonter jusqu'à ton père ne devrait pas lui être difficile.

— La nounou est dans le camp de Bethléem. Ernest sait même pas que je suis pompier.

Réponse à tout.

— N'empêche que si tu le rappelais maintenant, cela me rassurerait.

— Mais c'est impossible, grand-père. Aujourd'hui, c'est Mardi gras, il y a une fête déguisée à l'Étoile, on va pas la lui gâcher, quand même ! De toute façon, ça m'étonnerait que papa réponde.

L'Étoile, le local près du deux-pièces où frayaient les amoureux. Là où notre Thibaut nourrit et réchauffe ces jeunes, de plus en plus nombreux, qui se retrouvent à la rue, souvent à la suite d'une rupture familiale – suivez mon regard –, sans emploi, la plupart du temps sans qualification. Ces enfants perdus auxquels notre généreux fils s'efforce de redonner confiance en eux, mais non, tu n'es pas un bon à rien, chacun de nous est bon à quelque chose, on va t'aider à trouver la place où tu brilleras.

— Et Kahura ? Elle non plus ne sait rien ?

Kahura, en japonais « Petit Printemps », la troisième épouse de Thibaut. Tiens tiens, baroudeur comme son père ? Avant le Japon, le Brésil avec Estrella, mère de Justino, le Vietnam avec Yocoto, la « sainte » qui nous l'avait ramené du Brésil.

Non ! Rien dit non plus à « Petit Printemps ».

Théière-thermos remplie, tasse, soucoupe, bouquet de camomille, Grégoire, accablé, a monté son plateau dans notre chambre. Justino et moi avons picoré dans le réfrigérateur, puis il a donné un dernier biberon à sa fille. Demain, il devait être à sept heures et demie à la caserne (rue de la Folie), pourrait-il me la laisser ? Il me tiendrait au courant de la suite des événements.

Il a repris tout naturellement le chemin de son ancienne chambre. Nous avons tendu un drap-housse sur le matelas, retiré la couette de son plastique, calé contre le mur, près de son oreiller, le couffin et son occupante : bonne nuit, les petits !

Il ne me restait plus qu'à dire « Je t'aime », Justino a répondu par un : « Sans toi, Babou », qui m'a dévasté le cœur. J'ai rejoint mon Pacha.

*

— Puis-je savoir de quoi il s'agit ?

Adossé à nos oreillers, plateau-camomille sur les genoux, pyjama rayé de bagnard, raide comme la justice, Grégoire désigne la blouse de peintre que j'ai commis l'erreur de laisser sur le dossier d'une chaise lorsque je me suis changée.

Pleine de mélancolie, je la remets dans ses plis.

— Figure-toi que je m'apprêtais à attaquer une nouvelle toile quand Adella a débarqué.

Croyez-vous qu'il va me demander dans quelle période je me lançais ? M'interroger sur le fond de ma toile, les couleurs de mon âme ? Il a d'autres soucis en tête que mes « ouvrages de dame ».

Il pousse un gros soupir, se ressert de camomille.

— Quelle histoire, ma Jo ! Et toi ? On ne t'a pas entendue, tu vois les choses comment ?

« Ma Jo »... Je vois un commandant auquel le gouvernail du navire échappe, un père, un grand-père, inquiets, et mes vingt et un grammes d'âme quittent ma toile pour m'associer à la sienne.

J'approche la chaise, m'assois sur ma blouse d'artiste, lui chaparde quelques gorgées de camomille – solidarité ! je déteste. Il esquisse un sourire message reçu. J'avale.

— On se partage la tâche. Toi, demain matin, tu vas voir Thibaut et tu le mets, en douceur, au courant de la situation. Moi, je cherche à l'éclaircir.

Grégoire se redresse un peu : action !

— Tu me réveilles à six heures trente, s'il te plaît. Que je sois chez lui avant qu'il démarre. Je l'aiderai à ranger le foutoir de l'Étoile. Justino est d'accord, au moins ?

Je mens.

— Bien sûr ! Lui doit être à la caserne à sept heures et demie (rue de la Folie). Et ce n'est pas entre deux exercices qu'il aura le temps de tout raconter comme il faut à son père.

— Et Adella, il en fait quoi ?

La première fois qu'il prononce le prénom : progrès !

— Sous ma garde.

Le front du Pacha se plisse, sa voix gronde à nouveau.

— Je veux bien qu'elle soit de lui ! Je veux bien que son Haydée l'aime ! Mais tu ne m'empêcheras pas de penser qu'il y a du louche là-dessous. Ernest… rien que le prénom, ça sent le trafic. Et le nom de sa banlieue… « La-Blanche-Herbe ». Tu vois à quelle herbe je pense.

— Très bien ! C'est pourquoi j'ai décidé d'activer mes Renseignements généraux.

Marie-Rose et Jean-Yves, son ex-ami journaliste, pour le travail en souterrain, Diane et son époux ex-diplomate pour murmurer à l'oreille de tout Caen. Avec un nom, Buhari, et un quartier, Saint-Pierre, il ne devrait pas être sorcier d'y trouver une famille nombreuse nigériane réfugiée en France depuis deux ans.

Le visage de Grégoire s'est empli de méfiance. Il n'aime pas mes « Grâces », Marie-Rose qui passe allégrement d'un jeunot à l'autre, Diane qui se fait ravauder pièce par pièce, de haut en bas, pour le jour où, hélas, son mari plus âgé qu'elle de vingt ans l'aura quittée et où elle succombera aux conseils luxurieux de Marie-Rose. Il redoute leur influence sur moi.

— Tu es vraiment obligée de mettre tes… copines dans le coup ?

Les « comparses » ne sont pas passées loin.

— Crois-tu que nous ayons le choix ?

Sans me laisser une chance de le rassurer sur la pureté de mes intentions, mon mari repousse le plateau, retire ses « oreilles », les place dans leur étui, celui-ci sur la table de nuit.

— Tu vois, même avec son foie délabré, sa prostate et sa Marguerite effeuillée, parfois j'envie

Maurice, soupire-t-il. Lui, au moins, il est complètement sourd.

Et, sur cette déclaration d'amour, il se tourne du côté du mur, éteint sa lampe, me laisse seule en tête à tête avec la camomille.

Oh, mes ailes…

Comme on vous le demande dans les grands hôtels étoilés après vous avoir servi dans votre suite, je sors le plateau et le pose dans le couloir. Venant de Chez Babouchka, tout en haut du jardin, sur le grand champ acheté à prix d'or à un paysan voisin partant en maison de retraite, les accents de l'orchestre tzigane qui accompagnent les soupers aux chandelles me parviennent. Et soudain, me revient le cri de Charlotte faisant irruption dans le salon quelques heures plus tôt : « Papa ? Maman ? Vous êtes là ? J'ai à vous parler : urgent ! »

Pris par une autre urgence, nous avons oublié de lui demander ce qui nous l'amenait.

On verra ça demain. Vite, ma toilette, vite, mon petit carré de lit, vite, dormir, tournée vers un pan de ciel éclairé par la lune, passant par la fente du rideau laissé entrouvert.

Et ne me parlez pas d'étoiles. C'est le trop-plein !

6

« Le matin, quand tu te réveilles et que ça ne va pas fort, cherche la petite lumière qui éclairera ta journée : un café pris avec une amie, une balade, quelques pages d'un bon livre, un instant de musique… Si tu ne la trouves pas, invente-la. »

Combien de fois, enfant, puis ado, avais-je entendu Fée, Félicie, Félicité Provensal, ma mère, prononcer ces mots à mon oreille ou à celles d'Hugo, mon frère aîné. Et comme ces petites lumières, inventées ou non, avaient dû l'aider elle-même, au temps de l'obscurité, près d'un mari pervers. Maman qui profitait à présent de chaque minute de soleil à Grimaud, dans le Midi.

Tiens, j'y descendrai bientôt pour fêter son anniversaire : quel âge, déjà ? Pour en être à peu près certaine, car elle était bien capable d'avoir traficoté sa date de naissance avec un compère, à la mairie, il fallait recourir au livret de famille : à coup sûr plus de quatre-vingt-dix ans. Jusqu'à quatre-vingts, elle se rajeunissait, un peu par coquetterie, beaucoup pour se donner davantage d'espérance de vie. Devenue octogénaire, elle s'était octroyé quelques années supplémentaires pour s'entendre dire : « Mais ce n'est pas possible, vous ne pouvez PAS avoir cet âge-là ! S'il vous plaît, votre recette ! »

Et là, elle parlait huile d'olive, poisson gras, aïl et petites lumières.

*

Le lendemain du Mardi gras catastrophe, avant même d'ouvrir l'œil, j'ai vu une table ronde nappée de damas blanc, trois assiettes de porcelaine fine, une batterie de couverts en argent et un somptueux plateau de fruits de mer, à La Grande Marée, restaurant quatre étoiles de Caen. Je nous y ai vues, Diane, Marie-Rose et moi, levant nos coupes de cristal emplies de Kir royal à la mûre. Et le sourire de mes amies a activé le générateur « petites lumières » des heures à venir.

À six heures trente, Grégoire a quitté le lit conjugal.

— Reste au chaud, je prendrai mon café avec Thibaut, je t'appellerai.

... Avant que les grondements de « Paquebot 3 », pas question de donner un autre nom à la longue lignée de quatre-quatre qui s'étaient succédé depuis que nous gîtions à la campagne, bonne à transporter marmaille, tondeuses ou autres instruments agricoles, ne sortent du garage et ne fassent trembler les murs de la maison.

— Merci pour Adella, Babou. Ce soir, je dors à la caserne, je t'appellerai, a chuchoté Justino à sept heures, en posant le couffin au bout de mon lit. Nous avons bu.

Le « nous » de majesté revenant à la fille de la princesse Haydée ?

Quelques minutes plus tard, son vélomoteur démarrait : petit déj à la caserne (rue de la Folie).

J'ai ouvert les yeux avec précaution : la petite lumière persistait. Si grand-père ou petit-fils appelaient à l'heure du déjeuner, la grand-mère se serait envolée.

J'ai attendu huit heures pour former le numéro de La Caverne. Marie-Rose a décroché à la première sonnerie.

— Chut, il dort !

« Il » ? L'ancien, l'actuel, le nouveau ? Chez ma brocanteuse, toutes les saisons sont représentées, traitées avec la rude tendresse d'une femme qui a laissé passer l'âge d'être mère et se rattrape en aidant de grands enfants à s'envoler.

Près de moi aussi, on dormait ! J'ai parlé tout bas.

— Peux-tu réserver une table pour le déjeuner là où tu sais ? Et avertir Diane, s'il te plaît ? Une heure.

— Okidoki, à toute.

Marie-Rose a raccroché, la lumière s'est multipliée par trois. Pas de problème, elles seraient là. Si l'une ou l'autre avait prévu autre chose à l'heure du repas, elle annulerait : priorité à l'amitié.

J'ai profité du sommeil de miss Têtard pour prendre un long bain moussant en tirant des plans sur la comète Isba. Bien sûr, Charlotte serait enchantée de se voir confier la « petite chose ». En la lui déposant, j'en profiterai pour lui demander ce qu'elle était venue nous annoncer de beau hier : « Papa, maman, urgent ! », que la découverte de celle-ci lui avait fait oublier. J'éviterai de lui révéler avec qui je déjeune pour ne pas qu'elle s'y ajoute ; à l'Isba, tout le personnel souhaité pour veiller tendrement sur un bébé.

Quelques rappels à l'ordre de celui-ci, dans ma chambre, m'ont tirée de l'onde. J'ai enfilé le peignoir du roi et donné à boire à la princesse en admirant ses oreilles racées de petite renarde. Puis, après l'avoir changée, embrassée comme il fallait, je me suis habillée en dame : tailleur-pantalon, pull cachemire, bottines à talons.

Mes cheveux, mis en plis samedi par Mimosa, coiffure et soins du visage, avaient peu ou prou résisté aux intempéries de la veille. Leur couleur châtain cendré était récente. J'ai soigné le maquillage, nacré mes paupières, allongé mes cils façon corolles. Collier de perles, pourquoi pas ma bague de fiançailles ? À La Grande Marée, ils n'aiment pas trop les épaves. Je me suis souri dans la glace : ça irait !

Dix heures trente, déjà ? J'ai rééquipé le couffin où dormait mon « arrière » – m'y habituerais-je jamais ? –, couche, lait, biberon. Puis, marche après marche, gare à la chute, nous avons gagné le salon.

Grégoire avait fait l'effort de descendre son plateau, pas celui d'aller jusqu'à la cuisine. Je l'ai laissé là où il était, refusant d'imaginer les fleurs de camomille dilatées, noyant toutes les lumières. J'ai enveloppé mes épaules d'une large écharpe, relevé le zip du couffin, baissé la capote, et j'ai pris le chemin de Chez Babouchka.

Le ciel était d'un joli bleu clair, vent de mer léger, aucun nuage à l'horizon, pas de risque de pluie, merci. J'ai fait un petit détour par la chêneraie : un arbrisseau planté à l'arrivée de chaque petit-enfant, soit dix, quand même ! Un nouveau prénom s'y ajouterait-il bientôt ?

Passant près du liquidambar, notre « arbre à gros mots », copieusement injurié par toutes les générations quand la bile débordait, je l'ai averti qu'il devait s'attendre à reprendre du service, rougir de toutes ses vieilles feuilles qui en avaient déjà tant entendu.

Alors que j'avançais vers le long bâtiment qui portait mon nom, je me souvenais de la grosse colère de mon Pacha quand Charlotte et son mari lui avaient demandé de le transformer en restaurant russe.

— Jamais ! s'était-il indigné. Tant que je vivrai, il n'y aura pas de restaurant dans MON jardin !

Pouvoir des femmes : quelques mois plus tard, l'Isba ouvrait.

Générosité de mon homme : il était même, à l'occasion, monté donner un coup de main.

Parvenue à l'ouverture de la haie qui y donnait accès, je me suis tournée vers La Maison. Barrée de colombages, toit de tuiles rousses, huit fenêtres sur jardin. Entre ces murs, que de souvenirs heureux et aussi de galères, que de cris de joie et de détresse, de rires et de larmes.

Une famille.

7

— Maman ?

Un double cri m'accueille à mon entrée dans la grande salle qui fleure encore bon les agapes de la veille : cri de Charlotte-Mururoa s'ajoutant à celui d'Audrey, sa sœur aînée, elle surnommée Casamance, une octave plus haut.

Rien d'étonnant. En dépit de la différence d'âge et de caractères opposés, mes filles fonctionnent comme des jumelles. L'une a un bonheur, un malheur ? L'autre est là dans l'instant. Il arrive que cela agace les maris, ça me ravit.

Boris a rejoint sa femme : embrassades remises à plus tard, tous les regards, les égards, sont pour la bébichonne que j'ai tirée du couffin. Devant tant de succès, elle fond en larmes, je la serre contre moi, elle se calme aussitôt, voilà qu'elle m'aime déjà !

— Quelle bonne surprise, justement nous parlions de vous, se réjouit mon gendre. Venez vite vous asseoir, Babouchka.

Comme il nous entraîne, mon précieux fardeau et moi, vers une table, voici Vladimir, dit Vlan, l'oncle cuistot, dans son ample tablier bleu Volga qui fait ressortir la masse de cheveux blancs entourant le vieux et fier visage. Et lui ne se prive pas de m'embrasser, une joue, puis l'autre, comme du bon… blini.

— Vous boirez bien quelque chose ?

J'accepte un thé avec reconnaissance. Pourquoi pas « gourmand » ? J'ai soudain ce petit creux qui se fore dans une poitrine brusquement libérée. Vladimir court à ses samovars, nous prenons place à table, moi entre mes deux filles, Boris en face.

— Ça va, mamouchka ? s'inquiète Mururoa. Les oreilles de la petite renarde ont dû tinter, ce matin. On a tout raconté à tante Audrey… même qu'elle fait la gueule.

— Quand même, Justino aurait pu choisir un autre prénom que celui de ma fille ! s'émeut Audrey. Je me demande ce qu'Adèle va en penser. Et il ne manquait plus à la famille que le bébé d'une immigrée sans papiers. Qu'est-ce que vous comptez faire, papa et toi ?

— Ce n'est pas à nous de décider. Et toi, qu'est-ce que tu ferais ? À la poubelle ?

— MAMAN !

Doux « mamouchka » de l'une, offusqué « maman » de l'autre. L'une bohème et décontracte, l'autre à la limite du « coincé ». Divorcée d'un mari volage, Audrey a épousé en secondes noces Jean-Eudes de Blangey, Jean-Eudes, saint local dont l'église existe à Caen. Où se sont-ils connus ? Pas devant la Vierge, Jean-Eudes étant l'assureur-conseil multirisques de Boris. Comment ont-ils appelé le fruit de leurs amours ? Grégoire. Futurs soucis à venir de ce côté-là aussi. Avec deux parents aussi guindés et introvertis l'un que l'autre, soit il cassera tout, soit il mettra sa vie en veilleuse. Devinez mon choix ? Le moment venu, il faudra que je m'en occupe.

En attendant, revoilà Vladimir. Il pose devant moi une théière joufflue d'où s'échappe un fumet « Docteur Jivago », et une belle part de ma pâtisserie préférée : flan au pavot. Pavot, fleur d'oubli, dont j'aurais bien besoin par les heures qui courent. Je m'empare de ma fourchette avec gourmandise.

— À part le flan, peut-on savoir ce qui t'amène ? s'enquiert Charlotte avec malice.

Je repose ma fourchette.

— Ce qui t'a amenée, toi, hier, à la maison.

Et qui persiste ce matin : une petite mine, des yeux cernés, un sourire malgré tout.

Malgré quoi ?

Silence, échange de regards avec Boris : on y va ou on n'y va pas ? Autoritaire « on y va » du menton d'Audrey.

D'un geste ample, Boris montre les nombreuses tables de son Isba, soupire.

— On ne s'en tire plus, Babou. La crise ! De moins en moins de réservations, de plus en plus de clients qui se contentent d'un plat et d'un verre de vodka. On a fait un effort sur les prix et espéré qu'avec les fêtes ça s'arrangerait, mais non. Depuis la rentrée, c'est le désastre : on ne peut plus continuer comme ça.

— Igor chantera ce soir pour la dernière fois, annonce Charlotte d'une voix funèbre.

Le grand Igor, star de l'orchestre tzigane, dont le tube s'intitule *Les Bateliers de la Volga.* Les envieux disent de la « vodka », ah ah. Et n'est-ce pas lui qui, d'une certaine façon, m'a menée ici en sonnant l'alarme cette nuit avec les accents déchirants de la balalaïka, accompagnant son chant, avant que je m'endorme à côté de la camomille ?

— Heureusement, Boris a une idée ! annonce Mururoa.

L'alarme sonne à présent dans ma tête : les idées de Boris, on connaît ! Durant quelques secondes, je ferme les yeux, change de table et de boisson, lève une coupe de Kir royal.

— Je venais vous en parler, à papa et à toi, hier, quand je suis tombée sur Adella, poursuit Charlotte en montrant la têtarde endormie. Boris va t'expliquer. C'est archisimple, tu verras !

En attendant de voir, j'engouffre une bouchée de flan au pavot et appelle à moi la belle devise de Thibaut : « Ne jamais décourager une initiative. » Mon Thibaut auprès duquel se trouve actuellement mon Pacha. Finalement, j'aurais préféré qu'il soit là.

— On ferme le restaurant et on ouvre un *drive*, expose mon gendre. Vous connaissez la formule, bien sûr ! Commande et règlement à une borne automatique, réception un peu plus loin. Un minimum de personnel, plus besoin d'entreposer des tonnes de nourriture. Nous proposerons seulement deux menus : le menu économique et celui de gala : boisson incluse.

— On fléchera le chemin, on imprimera des milliers de flyers, on en mettra partout partout, s'enflamme Mururoa la bien nommée. Et un jour, pourquoi pas une boutique de vente ? Des livraisons à domicile ?

J'avale une gorgée de thé pour faire passer le flan, m'étouffe, m'étrangle.

— Jean-Eudes a étudié le dossier, il pense que ça devrait marcher, laisse tomber Audrey.

Si saint Jean-Eudes, assureur multirisques de Chez Babouchka, approuve le dossier… Sans compter la Sainte Vierge de notre côté. Pas de doute, ça cartonnera.

— Le seul souci, bien sûr, c'est papa, conclut ma cadette. Pas question de démarrer les travaux sans son feu vert. Ce qui serait formidable, c'est que ça soit toi qui lui en parles. Tu veux bien, mamouchka ? Tu crois qu'il sera partant ?

8

Ce qu'il y a de bien avec les restaurants étoilés, où vous ne payez pas à l'avance à une borne votre plat « économique » ou « de gala », boisson incluse, c'est qu'on vous débarrasse de votre voiture avant dégustation.

Arrêtant celle-ci, avec quelques minutes de retard, devant la porte tournante de La Grande Marée, je n'ai eu qu'à en tendre la clé à un jeune homme à casquette de marin avant d'y faire mon entrée.

J'avais dû me résigner à me séparer de ma Rugissante, une deux-chevaux centenaire, et l'avait remplacée par la Zeph, nom un peu ridicule donné par ma descendance à une silencieuse berline électrique, piles rechargeables à la cuisine. Zeph comme zéphir, souffle doux et léger.

Envoie-t-on une complice de vingt ans à la casse ? Ma Rugissante prenait une retraite bien méritée sous l'appentis, aux côtés de tondeuse et tracteur, servant à l'occasion de cabane au petit

Grégoire. Un jour, Adella y chercherait-elle elle aussi abri, loin des déraisonnables grandes personnes ?

À propos de déraison, hors de question que je parle à mes amies du *drive* tant que le problème Justino-Haydée ne sera pas réglé : un seule casse-tête à la fois.

*

— Heureux de vous revoir chez nous, madame Rougemont. Ces dames sont arrivées.

À la suite du maître d'hôtel, je traverse la grande salle – l'aquarium, pour les initiés. Me dirigeant vers notre table, entre les nombreux convives, ce n'est pas une lumière mais toute une guirlande qui me porte, telle une vague, et me dépose entre « ces dames », dans les bras d'un fauteuil cabriolet, dossier médaillon fleuri.

— Tu as tardé ! remarque Marie-Rose affectueusement.

— Nous t'attendions avec impatience, renchérit Diane en désignant la bouteille à col doré dans le seau à glace.

Je me contente de leur rendre leurs sourires. Trop de lumière d'un coup, cela peut vous couper la voix. Et comme je l'attendais, ce moment où le bouchon sauterait dans la main gantée du garçon, où celui-ci verserait religieusement le champagne sur la mûre, où nous lèverions nos coupes et les heurterions, préalable indispensable à une lourde confidence...

— À Adella ! lancent Marie-Rose et Diane d'une même voix.

Il n'est pas bien vu de crier à La Grande Marée. On paie le calme avec son crustacé. Mon stupéfait « COMMENT ? » provoque des remous dans l'aquarium. Des regards réprobateurs se tournent vers nous, auxquels Diane répond par de désolés hochements de tête... diplomatiques.

— Ne nous dis pas que tu as décidé de cesser de boire ! plaisante Marie-Rose, ravie.

J'avale une gorgée, deux ; c'est délicieux quand même. D'un coin de serviette brodée, Diane tapote ses lèvres, se penche vers mon oreille.

— Charlotte nous a appelées en fin de matinée, elle nous a appris que Justino était père, quelle histoire ! Sous le sceau du secret, bien sûr. La mère s'appellerait Haydée ? Il me semble avoir lu ce nom quelque part, le carnet mondain ?

— Alexandre Dumas, *Le Comte de Monte-Cristo*. VOUS NE LUI AVEZ PAS DIT, AU MOINS !

— Que nous déjeunions ensemble ? Tu nous prends pour qui ? Ta fille s'inquiétait pour son frère, c'est tout. Il paraît que Thibaut n'est au courant de rien.

— À l'heure actuelle, il l'est de tout, Grégoire s'est chargé de l'avertir.

Ma voix a fléchi. Ai-je eu tort de dire à mon mari que Justino était d'accord pour qu'il mette

Thibaut au parfum ? Diane me tend miséricordieusement une frêle barquette de brandade coiffée d'une fleur de persil : pâte brisée, tiède et goûteuse comme un secret trahi.

— Ma pauvre, j'imagine l'état de ton époux !

— Épouvanté à l'idée de possibles représailles d'Ernest.

— ERNEST ?

— Le père d'Haydée. Heureusement que Bethléem est de notre côté !

— BETHLÉEM ?

Apparemment, Charlotte ne s'est pas attardée sur les prénoms des Buhari. Je savoure mon petit succès, soupire.

— Famille nigériane, réfugiée dans une banlieue obscure de notre belle ville, trafic de papiers, mariage blanc, drogue, son Justino, proie innocente aux mains de la mafia, qui sait ? Grégoire craint le pire, il voit déjà Ernest sortir la grosse artillerie, c'est pourquoi j'ai pensé à vous.

— Trop bonne ! me remercie Diane.

Le garçon nous interrompt en posant au centre de la table l'armature qui recevra le plateau XXL de fruits de mer, dispose autour pain bis, beurre, mayonnaise et une fine vinaigrette aux échalotes pour les huîtres. On ne nous présente plus le menu lorsque nous accostons ici et cela fait partie du plaisir.

Négligeant les bonnes manières, sous l'œil incrédule de Diane-petit-doigt-retroussé, Marie-

Rose empoigne un morceau de pain bis et le tournicote avec volupté dans la mayonnaise. Je lui adresse un clin d'œil complice.

— Dis-moi, ton Jean-Yves, il est toujours journaliste ?

— À la télé : il travaille pour la TNT.

— Pourrais-tu lui parler d'Ernest ? Lui demander de chercher discrètement du côté de Saint-Pierre ?

Marie-Rose lâche son pain, sort son BlackBerry, commence à pianoter.

— Non ! ordonne Diane.

Usage du portable non souhaité à La Grande Marée. Marie-Rose le remet dans sa poche avec un sourire en coin. C'était juste pour jouer ; quand on est toutes les trois, on a tendance à retomber en enfance. Et ça aussi, ça fait partie du plaisir.

— Je l'appellerai ce soir, promet-elle.

— Merci.

Je me tourne vers Diane.

— Les Affaires étrangères intéressent elles toujours ton mari ? Continue-t-il à fréquenter consulats et ambassades lors des cocktails ? Est-il toujours féru d'Afrique ?

— Oublierais-tu que je suis la marraine de ta Casamance ? me tacle sévèrement la femme de l'ex-ambassadeur.

Comment l'oublierais-je ? Casamance, petit paradis sénégalais où a été conçue ma fille aînée (escale de la *Jeanne*), à quelques encablures seulement du Nigeria, tous deux baignés par le même océan Atlantique qui monte et descend sur nos plages. La terre n'est qu'une grande île, traversée par des vents contraires, donnons-nous la main !

— Achille était présent quand ta Charlotte m'a appelée. Tout ce qui m'intéresse l'intéresse. Pour parler ton langage, il est déjà sur le sentier de la guerre. Buhari, un nom peu répandu en Normandie. Il devrait avoir des résultats vite fait.

Elle lance un regard meurtrier à Marie-Rose qui a repris le pillage de la mayonnaise : « Tu serais gentille de nous en laisser un peu. »

Et, tombant à pic, voilà le plateau tapissé d'algues : nobles crustacés d'un bel orangé, doux gris perle des belons, mauve piquant des oursins, et la roture, ces bigorneaux qui font jaillir l'enfance au bout d'une épingle.

Pause dégustation. Ça sent bon la plage mouillée, les creux de rochers, la mer aux aguets. Déjà deux heures ! Où est mon commandant ? A-t-il déjeuné sur le pouce avec Thibaut à l'Étoile ? Tout ce qu'il aime ! Il n'aura pas assez de sa vie pour rattraper le temps perdu. Me reviennent les paroles de Charlotte ce matin, concernant son *drive* : « Le seul souci, c'est papa. Tu voudras bien lui en parler, mamouchka ? » Je réprime un soupir : c'est à mes amies que j'en parlerais volontiers, mais chut, trop tôt, un seul problème à la fois.

— Adella, c'est joli, remarque aimablement Diane. À propos, ça t'a fait quoi d'être arrière-grand-mère ? Pour tout t'avouer, moi, ça m'a fait un coup.

Trois enfants, sept petits-enfants, deux arrière, le tout éparpillé aux quatre coins de la planète, au fil de la carrière de son ambassadeur. Diane les voit à tout casser une quinzaine pendant les vacances, nounou à l'appui. Il y a coup et coup.

— Ça m'a fait remettre les mains dans le cambouis : couches, biberons et compagnie, dis-je fiéleusement.

— Arrêtez, les collégiennes ! Vous n'allez pas vous disputer, quand même. Vous ne trouvez pas qu'on a assez de problèmes comme ça ? s'insurge Marie-Rose.

Elle détrousse un oursin – j'aime pas –, se tourne vers moi.

— Et pour le *drive* à la place de Chez Babouchka, t'en penses quoi ?

9

Bien sûr, elles étaient au courant ! Les ennuis des Karatine avec leur Isba ne dataient pas de ce matin. C'était même elles qui avaient conseillé à Charlotte de ne rien me dire avant d'avoir trouvé une solution. Chose faite, le *drive*, idée de génie.

Bien entendu, Grégoire s'y opposerait ! Elles entendaient déjà ses cris outrés. Mais, comme d'hab, il finirait par céder. Notre couple ne fonctionnait-il pas ainsi depuis toujours ? Une jolie valse-hésitation, un pas en avant, un pas en arrière, qui se terminait fatalement dans les bras l'un de l'autre.

Je ne les entendais plus, submergée par le remords, la culpabilité. Ainsi, depuis des semaines, des mois peut-être, plutôt qu'à sa mère, ma Charlotte avait préféré se confier à des étrangères, d'accord, pas vraiment, mais bon ! Qu'est-ce que j'avais fait qui n'allait pas ? Pourquoi m'avait-elle tenue à l'écart de la faillite de son restaurant ? « Mamouchka », plus bonne à se battre pour les siens, tout juste bonne à s'avachir dans un fauteuil cabriolet en buvant du Kir ?

Pour me punir, j'ai avalé un oursin : goût écœurant comme sa couleur. On oublie trop souvent que la partie comestible du coquillage, ce sont les glandes reproductrices, anus en prime !

— Toi, tu arrêtes de galérer, m'a ordonné Marie-Rose. Si Charlotte ne t'a rien dit avant, c'est qu'elle connaissait ta loyauté vis-à-vis de son père. Elle voulait que l'affaire soit complètement pliée, chiffres et tout, avant de te charger de la défendre auprès de lui. C'est pas beau, ça ?

Magnifique ! Défendre un plateau-repas sous plastique, commandé à une borne, passé par la vitre d'une bagnole, avalé dans la poussière, les odeurs de pétrole. Égayé par de la musique rock ?

Alors qu'une petite omelette baveuse, pain grillé, beurre frais, prise en compagnie, même sur un coin de table, avait, pour mon Pacha, des odeurs de paradis. Et toi, Diane, l'« idée de génie », avoue ? Tu préférerais mourir de faim à côté de ton chauffeur plutôt que de lui demander de s'arrêter à la borne d'un *drive*. Et toi, Marie-Rose ? Okay, mais ça sera deux plateaux, sieste gourmande prise à l'arrière de ta fourgonnette avec ton passager en guise de dessert.

J'ai regardé autour de nous. Âge moyen ? Entre quarante et cinquante, un bon nombre au-dessus, peu de monde au-dessous, personne de moins de vingt ans. Les Quick, les McDo, les Flunch, les *drives*, c'était pour eux, ils étaient nés dans ces odeurs-là, leurs palais s'étaient faits à ces goûts-là. C'était leur culture, pas la nôtre, pas la mienne, pas celle de Grégoire. Comment vendre une idée qui vous fait plisser le nez, à l'opposé de ce que vous aimez ?

— Dès ce soir, tu y vas, tu fonces ! Plus vite ce sera dit, plus vite tu respireras, m'a conseillé Marie-Rose.

Elle a appuyé sa main sur sa poche, son portable :

— Au cas où, n'hésite pas à appeler « SOS femmes battues », a-t-elle ajouté en riant.

— Et pendant que tu t'occuperas de Charlotte, pense qu'on bataille sur l'autre front, m'a encouragée Diane. Juste un mauvais moment à passer.

Tiens, ma coupe avait été reremplie ! Cette fois, on a trinqué au *drive*, un peu bizarre dans un quatre-étoiles, d'accord ! Genre troisième âge qui se la joue jeune ?

Pour rester dans le sujet, Marie-Rose nous a raconté son dernier « réfugié » à sa brocante – « chut, il dort » ? –, la cinquantaine, jeté par une épouse qui lui reprochait un manque d'ardeur généralisé, oubliant que c'est aux femmes d'entretenir le feu, perdu, éperdu, ailes mazoutées.

Qui connaît l'origine du vilain mot cougar ? Il vient de puma. De puma à panthère, de panthère à panthère rose… Le remarquable, avec Marie-Rose, c'est qu'elle ne garde ses jeunes conquêtes que le temps de les aider à ouvrir leurs ailes, et qu'une fois envolés ils demeurent ses amis. « De toute façon, Jo, tu n'as rien à dire. Ton Thibaut n'a-t-il pas lancé la mode avec Estrella, de dix ans son aînée ? »

Nous avons terminé le repas sur une note d'humour : trois « colonels », sorbets à la vodka.

« Ces dames » m'invitaient. J'ai promis de rendre l'invitation sitôt la double tempête passée, une petite lumière à l'horizon malgré tout, n'est-ce pas, maman ? L'aquarium s'était vidé sans que nous nous en apercevions, retirées sous la tente royale de l'amitié. Devant le restaurant, la voiture de madame l'ambassadrice était avancée. Non merci, nous ne souhaitions pas être raccompagnées, de toute façon j'étais motorisée. Et Marie-Rose ne m'a pas laissé le choix : pause alcootest obligatoire à La Caverne avant de reprendre le volant.

Nous marchions dans l'air léger, ça tanguait un peu, le bras de mon amie sous le mien, je me sentais soudain tous les courages. Même celui d'appeler Charlotte pour prendre des nouvelles.

Aucun problème du côté d'Adella, mademoiselle avait bu et dormait comme un ange. Gros problème du côté de Grégoire, rentré à la maison. « Papa a déjà appelé trois fois pour te réclamer, mamouchka, t'es où, tu rentres bientôt ? »

La vérité, toute la vérité. J'ai répondu que je prenais l'air à Caen. Légèrement grisée, j'ignorais à quelle heure je rentrerais.

C'est ainsi que je me suis retrouvée au lit avec Marie-Rose, dans sa chambre où régnait un joyeux désordre masculin-féminin ; apanage des fortes, Marie-Rose ne répugne pas à mettre le masculin en premier.

Aux murs, parmi d'autres œuvres, je pouvais admirer quelques spécimens de la mienne. Pas si mal, les fleurettes ! Diablement tentantes, les ailes !

— Quand te remettras-tu à peindre ? m'a interrogée mon amie. Avec tout ce qui te tombe dessus, ça te ferait du bien de reprendre tes brosses !

Nous avons parlé Âme, peindre une âme, les couleurs d'une conscience, viser le ciel, chercher sa force dans une profonde et indispensable légèreté. Je crois que nous délirions, il me semble avoir dormi un peu, c'était merveilleux.

10

— C'est à cette heure-là que tu rentres ?

Six heures quinze à la pendule du salon.

Je pose tranquillement mon sac et viens m'asseoir près du vieux pirate effondré dans le canapé. Il regarde ma pimpante tenue d'un œil soupçonneux.

— Et où étais-tu ?

— Avec Marie-Rose et Diane, comme prévu. Nous avons déjeuné ensemble.

— Déjeuné ? Pendant CINQ heures ?

— Un repas un peu arrosé, je reconnais. Aussi ai-je refusé de reprendre le volant avant que les vapeurs d'alcool ne se soient dissipées. Comme toi, les jours où c'est Maurice qui reçoit…

Touché ! Mon Grégoire fait mine de rajuster ses oreilles pour n'avoir pas à capituler. Bonne surprise, la « petite chose » est là, dormant à poings fermés dans son couffin sur le canapé voisin, pas besoin de monter la récupérer là-haut. Mauvaise surprise, le plateau camomille n'a pas bougé de la table de la salle à manger. Je n'ose imaginer le volume des fleurs de sommeil. Je réprime un bâillement.

— Pardon… C'est gentil d'être allé chercher Adella.

— Je ne suis PAS allé chercher Adella, proteste Grégoire, c'est Charlotte qui me l'a descendue. Tu as peut-être oublié que Justino dormait ce soir à sa caserne (rue de la Folie), et que ta fille travaillait à la caisse de son restaurant russe.

Où le grand Igor s'apprête à chanter pour la dernière fois ! Comment aurais-je pu l'oublier ?

— Elle pensait que tu étais rentrée, poursuit Grégoire. Elle m'a dit que tu avais à me parler. Peut-on savoir de quoi ?

Le « on » de majesté offensée. Tous mes courages s'envolent. Pas si vite !

— Une minute, mon chéri. Si tu me racontais d'abord comment ça s'est passé à l'Étoile. As-tu pu tout raconter à Thibaut pour Justino ?

— Au cas où tu ne t'en souviendrais pas, c'est dans cette intention que je suis allé là-bas. Et contrairement à ce qu'imagine ton petit-fils, son père n'est pas totalement aveugle : les séjours répétés de sa Nigériane chez lui ne lui avaient pas échappé, ni à Kahura, d'ailleurs (Kahura, Petit Printemps).

— Et ils ne lui avaient rien dit ?

— Tu les connais ! Aussi peu interventionnistes l'un que l'autre ; on appelle ça la « discrétion ». Ils attendaient que Justino en parle en premier.

— Et ça a fait quoi à Thibaut d'être grand-père ?

Grégoire lève les yeux au ciel.

— Il a éclaté de rire, bien sûr.

Quelle saine réaction ! Pour notre fils, qui a vécu le pire au Brésil, le monde se partage désormais en deux catégories : celle des privilégiés, qui ont sur leur tête un toit, de l'amour et du boulot. Et les autres, la grande majorité, auxquels manquent l'un de ces éléments, parfois les trois. Interdiction de se plaindre à ceux de la première catégorie, nous en tête. Défense de juger, incitation à aider ; ce qu'il fait à son Étoile.

Le regard de Grégoire revient vers moi.

— J'ai trouvé une petite mine à Charlotte. À propos, de quoi t'avait-elle chargée de me parler ?

« Dès ce soir, tu fonces », m'a conseillé Marie-Rose. Facile à dire !

— Une seconde, Grégoire, on n'en a pas fini avec Thibaut. L'as-tu mis en garde à propos du père d'Haydée ? Sait-il qu'Ernest a tout découvert, qu'il est ivre de rage et recherche Justino ? A-t-il compris qu'il pouvait être, lui aussi, en danger ?

— Avec ses « bandits », Thibaut a perdu le sens même du mot danger, soupire mon commandant. J'ai tout juste pu obtenir qu'il donne un tour de clé à la porte de leur appartement la nuit avant de dormir.

— Il ne vit pas dans un quartier désert.

— Où il n'a pas que des amis !

Même si notre fils respecte des horaires pour ne pas perturber le voisinage, tout le monde n'apprécie pas ceux qui tendent la main à leurs frères.

J'approche la mienne de la bonne grosse patte de mon Pacha. A-t-il seulement remarqué que je portais ma bague de fiançailles ?

— En somme, on peut dire que tout s'est bien passé, alors ?

— Bien passé ? tonne Grégoire, bien passé ?

Il repousse ma main.

— Sauf que ton petit-fils a débarqué à l'Étoile à l'heure de sa pause, rue de la Folie (c'est dit), dans l'intention de raconter à son père… ce que je venais de lui révéler, soi-disant avec SON accord. Te rends-tu compte dans quel foutoir tu m'as mis ? Pour empêcher qu'ils t'accusent de mensonge, j'ai dû leur dire que l'idée venait de moi. MOI !

Mon grand et généreux mari, dont l'éclat de voix, c'était fatal, a réveillé Adella. Un pleur monte du couffin. Je l'en sors vivement, la prends contre ma poitrine, n'aie pas peur, mon cœur, tout va bien. Seulement un mauvais moment à passer, n'est-ce pas, Diane ?

— Et alors, Charlotte ? radote Grégoire un ton plus bas.

— Justement, j'allais t'en parler. T'a-t-elle dit à quelle heure la petite avait pris son dernier biberon ?

Grégoire tape du poing sur la table, se lève, cette fois hurle.

— Son biberon... Une minute... Une seconde... Crois-tu que je ne vois pas que tu essaies de noyer le poisson ? Que t'a chargée de me dire ta fille ?

Nous y sommes. Je connais les fureurs de mon commandant. Il ne me lâchera pas avant que je ne me sois exécutée. Elle est bien gentille, Charlotte, elle aurait pu au moins me laisser choisir mon moment. Elles sont bien gentilles, mes « va-t-en guerre », je voudrais les y voir !

Je serre un peu plus mon arrière-petite-fille contre moi : Adella, gilet pare-balles ?

— Boris va devoir fermer son restaurant. Ils ne s'en tirent plus, là-haut : la crise.

Rien ! Soudain, le silence, un silence de mort, une arme pointée vers ce qui va venir, doigt sur la détente.

— J'attends !

— Charlotte et lui songent à ouvrir une sorte de... self-service à l'arrière de leur Isba. Seulement deux plats proposés, on paye, on emporte. Pour nous, un minimum de bruit, pour eux, un minimum de frais. Et figure-toi que Jean-Eudes a étudié le projet et qu'il pense que ça devrait marcher. Bien entendu, ils ne donneront suite qu'avec ton feu vert.

Feu !

— Ça s'appelle un *drive*, résume Grégoire. Et c'est non, inutile d'y revenir.

Pas un mot de pitié, pas une question. Il marche vers l'escalier. Arrivé en bas, il s'arrête, se tourne vers moi.

— Pour t'épargner cette peine, j'irai moi-même le leur dire demain.

Même pas peur ! Même pas lâche ! Son pas lourd sur les marches m'écrase le cœur. Chut, Adella, l'amour vient d'être exécuté.

11

Qui a parlé d'« âme qui respire » ? La mienne était asphyxiée.

Je regardais, désolée, impuissante, de la porte de mon atelier d'un jour, que dis-je, d'une demi-journée, la toile vierge abandonnée sur le chevalet, la palette où les couleurs, à peine sorties du tube, avaient séché, mes brosses, celles-là plus larges, destinées aux « fonds », fonds d'une œuvre à venir.

Je me revoyais, mardi dernier, si pleine d'enthousiasme, me préparant à aborder une nouvelle période qui serait bien sûr la plus réussie, forte de mon expérience passée, combats terminés, cœur en paix. Il faisait beau, je crois, le printemps s'annonçait. Comme, sans le savoir, j'étais heureuse !

Cœur en lambeaux, enthousiasme en vrille, j'avais entendu, toute la nuit, la voix glacée, implacable, de Grégoire prononçant la sentence : « C'est non, inutile d'y revenir. »

On ne vit pas impunément un demi-siècle avec le même bonhomme, on ne l'aime pas, ne l'accompagne pas, bon an mal an, sans savoir quand une situation est foutue. C'était foutu pour le projet de Boris, son non était définitif, même un tremblement de terre, un tsunami, ne le feraient pas changer d'avis : il n'y aurait pas de *drive* dans SON jardin. Terminée, la jolie valse-hésitation, un pas en avant, un pas en arrière, avant de tomber dans les bras l'un de l'autre.

Mes bras pendaient, inertes le long de mon corps. Adieu, mon âme ?

Certains artistes trouvent leur inspiration dans la guerre. Elle éclabousse leurs toiles de cris, de rage, de haine, de sang. Pas moi ! Moi, je n'avais jamais su puiser ailleurs que dans le quotidien, tendre vers le tendre, le gai, la concorde. Bien sûr, çà et là, quelques sursauts plus colorés, des parenthèses de ras-le-bol, d'envies d'ailleurs, mais les ailes vite repliées, incapable de peindre autrement que je n'étais. Tout le monde n'est pas né Eugène Delacroix.

J'ai refermé la porte sur le deuil d'un rêve.

*

— C'est fait, c'est dit, m'a froidement avertie Grégoire en passant la tête à la porte de la chambre que nous avions partagée, malgré tout.

Le Paquebot a démarré dans la cour, direction le Club des Cinq, à Caen. Il y a des obligations qui tombent à pic : tournoi senior de Scrabble à Saint-Lô dans un petit mois. Saint-Lô, pas la porte à côté, et même une sacrée trotte, mine de rien ! Transport et hébergement à organiser, pas question de dormir à l'hôtel, trop cher pour la caisse de l'association, prise en charge par l'habitant.

Certains ont la chance de pouvoir crier leur colère ou leur douleur sur des petits carrés de plastique portant une lettre, alignés en rang de bataille sur un plateau de jeu.

Neuf heures trente, soleil sur le jardin, nuit sur l'Isba ?

Et maintenant ?

Monter dire à Charlotte que j'étais là et ferais tout pour infléchir la décision de son père ? Ce serait lui mentir. Attendre, les yeux rivés à ma montre, qu'elle descende pour pleurer dans mon giron ? Ni son genre, ni celui de Boris, trop fiers !

« C'est fait, c'est dit. » La belle aventure sur les rives de la Volga était terminée, ils en avaient pris bonne note, ils ne s'abaisseraient pas à implorer, supplier, pourquoi pas se mettre à genoux ? Ma seule consolation : Audrey devait déjà être en route. Après tout, elle et Jean-Eudes avaient, eux aussi, participé au projet.

Tout, plutôt que de ressasser. Je me suis occupée d'Adella.

Nous avons pris un bain à l'ancienne, dans une bassine calée dans ma baignoire, température de l'eau prise au coude. Dans l'urgence de la fuite, la nounou n'avait pas pensé aux vêtements de rechange et la grenouillère était une infection. J'ai doublé la couverture et profité d'un petit somme après biberon pour monter au grenier.

Je n'ai jamais su jeter. Jeter objets ou vêtements, c'est forcément se séparer d'un pan de sa vie, d'une partie de soi-même. Grégoire, pis encore, pour lui, jeter, c'est bazarder la mer. Résultat, garage et grenier sont pleins d'hypocrites « okazous ».

Dans une malle en osier, j'ai trouvé tout le nécessaire pour composer une garde-robe à mademoiselle, dont de délicieuses robes à smocks datant de la comtesse de Ségur. J'y ai retrouvé également le petit lit pliant en tissu bleu marine destiné à notre chambre, ainsi qu'un berceau léger pour le rez-de-chaussée. Autant de voyages passé-présent qui m'ont occupée jusqu'à l'heure du déjeuner. Pour ma pénitence – on ne sait jamais avec le ciel –, j'ai vidé le plateau camomille et nettoyé la théière emplie de fleurs gonflées, dont l'odeur m'a écœurée davantage que celle des oursins.

Vague pique-nique, vaine tentative de sieste.

« J'T'M fort », « T'es où ? », « Tu fais quoi ? »… Je suis une inconditionnelle des SMS, échangés avec ma descendance. Envoyer, répondre, re-répondre, re-re-répondre, jusqu'à plus faim, plus soif.

Ce vendredi après-midi, je détestais le rectangle magique qui restait obstinément éteint, la musique de Bach, Jean-Sébastien, qui refusait de chanter dans ma poche.

Rien du côté des Karatine, silence de Thibaut et de Justino, aucun signe de mes Grâces.

Pas normal !

Lors de mes expéditions au grenier, avais-je fait un faux mouvement ? Appuyé involontairement sur la touche arrêt ultrasensible de mon appareil ? J'ai vérifié : non ! Date, heure, petites barres au complet : en état de marche.

Mais bien sûr, me sachant à la maison, c'est sur le fixe qu'on avait, en vain, essayé de me joindre. Grégoire avait dû mal raccrocher après avoir appelé l'un ou l'autre de son club, lunettes doubles foyers, appareil auditif, ça lui arrivait tout le temps. Non ! Tonalité okay.

De guerre lasse, j'ai formé le numéro de Grimaud.

Félicité, ma mère, semblait en pleine forme. Elle a ri quand je lui ai demandé quel âge elle aurait, le printemps venu, lorsque je descendrais au Cigalou souffler les bougies de son anniversaire avec mon frère Hugo et sa douce Blanche. Combien de bougies, déjà, maman ?

Elle m'a cité l'écrivain Alphonse Allais : « Ne me demandez pas mon âge, il change tout le temps. » Je ne suis pas parvenue à rire : en deux jours, moi, j'avais pris dix ans.

— Et quel temps fait-il chez toi, ma chérie ?

— Plutôt beau, maman.

Le « plutôt » normand.

— Et comment se porte la maisonnée ?

Mon trop d'entrain – « Ça va » – ne l'a pas trompée. Son fixe à elle est équipé de haut-parleurs qui, ajoutés à son instinct, lui permettent de déceler les moindres nuances dans une voix, un éclat de joie, une brusque fêlure.

— Vraiment ?

On n'annonce pas les mauvaises nouvelles par téléphone, de si loin, à une dame qui a oublié son âge.

— Vraiment.

— Tu me raconteras tout ça bientôt, promis ?

— Promis, maman.

Un « maman », un « bientôt », qui m'ont permis de tenir jusqu'à ce qu'enfin on se décide à frapper à la porte.

12

La porte qui donne sur le jardin : quelqu'un de Chez Babouchka, forcément !

Dans le salon, coin « grand écran », je regardais les news en compagnie d'Adella. J'éteins le poste et cours ouvrir : Charlotte ?

Victor.

Mon beau-petit-fils, fruit du premier mariage de Boris avec Galina l'égoïste, pourvu de reins trop petits pour faire leur boulot d'épurateurs de sang, sang empoisonné. Soumis à des dialyses à répétition, un régime de vieillard, désespérant de jamais grandir, sauvé par une greffe. Que de peur, d'attente, d'émotion, de joie. On ne s'en est pas encore remis, se remet-on d'un miracle[1] ?

Il a aujourd'hui dix-neuf ans, mesure un mètre soixante-dix – dix centimètres gagnés depuis le miracle –, et vient de s'inscrire à la fac de médecine de Caen, située en face du CHU, où il a reçu

1. *Chez Babouchka*, tome 2.

son greffon. Quoi d'étonnant à ce qu'il veuille remercier de ce qui lui a été donné en soignant les autres à son tour ?

— Je peux entrer, Babou ? Je te dérange pas ?

— Bien sûr que si, tu me déranges. Oh ! là ! là ! dégage !

Son regard s'éclaire sous les lunettes de couleur. Mes petits-enfants adorent m'entendre « parler mal », ils adorent tout autant entendre leur grand-père « parler bien », allez vous y retrouver !

Je referme la porte à clé derrière lui, le suis jusqu'au berceau. Il murmure : « Adella ? », se penche sur la petite fille en robe à smocks, l'embrasse façon ailes de papillon, puis vient s'asseoir près de moi sur le canapé. Gros soupir. Chut, Joséphine, tu laisses venir.

— Papa m'a dit pour le *drive*. C'est vrai que le Pacha n'en veut pas ?

Tant d'amour dans son « Pacha » ! Tant de respect et de reconnaissance pour le commandant, engagé corps et âme au service de la cause « don d'organes », et, le rein enfin trouvé, l'opération réussie, oubliant orgueil et préjugés, pleurant avec tout le monde au son des *Bateliers de la Volga*.

J'entoure de mes bras les épaules qui ne seront jamais celles d'un déménageur. Je revois le regard sombre, exigeant, du gamin tuyauté sur son lit d'hôpital, « Babou, la vérité ! » Un pacte entre nous : à la vie, à la mort ?

— C'est vrai, Vic. Et inutile d'espérer le faire changer d'avis.

— Mais pourquoi ? C'était chouette comme idée. Et, en plus, ça mettait papa à flot.

— Parce que, chouette ou non, un *drive*, c'est tout ce que ton grand-père déteste. Pour lui, un repas est avant tout un moment de partage, où l'on échange, rit, se dit ses quatre vérités, se bagarre, pourquoi pas, faut bien que ça sorte ! Le privilège d'être une famille, pas seul devant ta gamelle. Sans compter la gourmandise, les odeurs dans la maison, les petites escales dans la cuisine, les couvercles soulevés des casseroles pour goûter, au bout d'une cuillère en bois. Tout ça, tu vois, ça vient de trop loin, c'est trop enraciné en lui pour qu'il accepte un *drive* sur son terrain, ouvert par sa fille, en plus. Ce serait comme se trahir.

Ma minute lyrique ? Victor hoche la tête, convaincu ? N'est-il pas le premier à revendiquer de gratter le bord d'un plat à gratin ou de lécher en douce la crème sur son assiette à dessert ?

— Mais il y en a qui aiment les deux, me fait-il observer. Ou, au moins, qui essayent.

— D'être « dans le vent » ? La mode, les modes, ton Pacha s'en est toujours fichu. Oser le dire peut réclamer du courage, et, du courage, il n'en a jamais manqué pour défendre ses idées : respecte !

Hymne à l'amour ? Amour aveugle ? Vic se tait. Du berceau monte un souffle régulier, traversé de petites bulles : doux moteur à explosion.

— Tu comprends, Babou, c'est aussi pour moi que papa voulait gagner des sous, plein de sous, avec son *drive*, reprend Victor. Faire médecine, ça coûte une plombe, et j'en suis qu'au début. Il refuse que je prenne un boulot à côté, il dit que, pour réussir, je dois me concentrer sur un seul but, ne surtout pas disperser mes forces.

Des forces limitées par une constitution fragile. Ce que Boris a voulu lui rappeler, ce que Victor a du mal à accepter, comme lorsque, sous dialyse, soumis à un régime draconien, il s'offrait un festin avec les copains « normaux », au risque d'y laisser sa peau.

— Alors là, mon vieux, pour tes études ton père n'a pas de souci à se faire ! Si tu imagines une seconde que le Pacha laissera la médecine perdre une recrue telle que toi ! Il se fera un bonheur de te les offrir. Et si ce n'est pas lui, tu peux compter sur moi.

« Tic-tac », approuve la pendule aux battants dorés, sous lesquels, dans une cache connue de moi seule, j'avais planqué, il y a quelques années, un lingot d'or offert par Félicité, ma mère. Lingot-ailes dont nul ne soupçonnait l'existence, qui m'avait permis d'aider clandestinement Audrey à passer un cap difficile, chut, on ne compare pas, on ne calcule pas, on aide celui qui en a le plus besoin.

— Papa devra arrêter aussi d'envoyer des sous à Dimitri et à Anastasia, à Londres, déplore Victor.

Son frère et sa sœur aînés qui ont rejoint Galina la radine en Angleterre. « On ne peut aider tout le monde », me rappellent les battants de la pendule.

J'élude.

— Capucine et Tatiana, tes sœurs, elles sont au courant du refus du Pacha pour le *drive* ?

— Pas encore, Babou, elles étaient à l'école quand il est monté.

— Et Charlotte, elle a réagi comment ?

Petit dérapage incontrôlé dans ma voix, je l'ai tellement attendue, ma Charlotte ! Me suis-je montrée trop discrète en n'allant pas frapper à sa porte ? Discrète ou lâche ?

Victor, le sensible, hésite. Pacte vérité :

— D'abord, elle a crié. Maintenant, elle pleure... un peu.

Un peu, beaucoup, passionnément, comme elle a toujours vécu. Ma gorge se plombe.

— Si tu allais nous chercher à boire, Vic ? J'ai comme une petite soif, là.

Il fonce. Je serre fort mes paupières, comme une grosse envie de pleurer. Ma pauvre Mururoa ! Du berceau montent à présent de petits soupirs. Ne dit-on pas que les bébés sont hypersensibles à l'atmosphère ? Que vois-tu venir à l'horizon, mon Adella ?

Revoilà le jeune oncle, armé de deux cannettes de Coca, j'aime pas ! Ni verres, ni pailles, ni serviettes, trop pressé : génération *drive* ? Il les ouvre sans s'arracher un doigt, m'en tend une. Je la lève et la heurte à la sienne.

— Au futur grand ponte !

Ses yeux s'éclairent, buvons ! Contrairement au Pacha, moi une grand-mère dans le vent ? Trinquant dans tous les sens du mot, avec, en plus, une boisson détestée ?

Victor repose sa cannette sur la table.

— Et ta peinture, Babou ? Tatiana m'a dit que tu avais recommencé ?

Oh, mon âme !

— Pas vraiment, bientôt, j'espère.

— Tu me montreras ?

— Qu'est-ce que tu crois ?

Certains parlent d'« ouvrage de dame », Victor a suivi ardemment toutes mes périodes. Et savez-vous comment il a baptisé sa chambre, aux murs couverts de posters hard, au plancher saturé d'électronique ? « Le Louvre » ! Comme le palais des rois, donnant sur la Seine, où l'on peut admirer, au plafond de la galerie d'Apollon, la splendeur des fresques guerrières d'Eugène Delacroix.

— Mais toi, Babou, le *drive*, tu m'as même pas dit ce que tu en pensais, s'avise-t-il.

D'artiste à artiste la vérité s'impose, si peu glorieuse soit-elle.

— Eh bien moi, entre tes parents qui ont tout misé dessus et ton grand-père qui n'en veut pas, je suis paumée.

Du berceau monte une protestation : l'heure du biberon ?

— T'as entendu, Adella a dit oui ! constate Victor.

*

Le futur grand ponte était remonté chez lui quand le pompier a débarqué, tout joyeux et excité.

— Babou, tu le croiras jamais, le Pacha est venu à l'Étoile ! Il a tout raconté à papa avant moi, extra ! Ça me faisait un peu peur quand même de lui parler. Et devine qui vient de m'appeler ? Marie-Rose et Diane, tes copines. Elles prennent les choses en main, elles sont sûres de trouver l'endroit où Ernest cache Haydée, elles m'ont promis que tout allait s'arranger, je respire mieux, là… Et toi, tu as fait quoi, Babou ? Oh, waou, le berceau, top, la robe, on se croirait au cinéma ! Waou, la vie quand même.

13

Haydée était bien une princesse.

Son père, Ernest Buhari, habitait avec sa nombreuse famille un hôtel particulier près de Saint-Pierre, en lisière de Caen. Une somptueuse résidence au centre d'un parc, entourée de hauts murs de pierre, ouverture électronique de la grille, interphone, gardiens.

Âgé d'une soixantaine d'années, originaire de Porto-Novo, le Nigérian avait fait fortune dans l'or noir – le pétrole – en travaillant pour une société basée… à Caen. Profondément chrétien, voyant monter les périls, la guerre contre la minorité religieuse à laquelle il appartenait, il avait, en toute légalité, transféré une partie de ses biens en France, le français étant sa seconde langue, comme pour quelques privilégiés, éduqués à l'européenne dans son pays. Cela ne l'empêchait pas de parler couramment l'anglais et l'espagnol : un homme complet.

Achille, l'époux ambassadeur de Diane, n'avait eu qu'à claquer des doigts pour obtenir ces renseignements. Nous nous étions rencontrées mercredi à La Grande Marée, dès vendredi soir le dossier lui parvenait.

Pénétrer dans l'intimité de la famille Buhari, établir des contacts avec l'un des nombreux domestiques, l'amener à parler, au risque de perdre son emploi, avait été une autre paire de manches. Et il avait fallu plusieurs jours à Jean-Yves, et tout son savoir-faire, pour que soit enfin prononcé le nom d'Haydée, et évoqué le drame qui frappait la famille.

Car il s'agissait bien d'un drame !

Que son Haydée, dix-sept ans, sa « petite dernière », sa préférée, trompant sa confiance, détruisant tous les espoirs qu'il mettait en elle, ait perdu sa virginité avec un mécréant, qu'elle en ait attendu un enfant, ait accouché à son insu, d'abord, Ernest avait refusé d'y croire.

La trahison lui avait été révélée par Salimata, son aînée, elle bien mariée, plusieurs fois mère, établie à Caen. La nounou avait confirmé, Bethléem avait avoué.

C'était lors d'une des longues et presque quotidiennes visites que rendait Bethléem, le plus souvent accompagnée d'Haydée, à Salimata, que la jeune fille avait fait la connaissance de Justino, aux pieds de la Vierge qu'elle se plaisait à fleurir, en l'église du Vieux-Saint-Sauveur, toute proche. C'est à ses pieds que, par la suite, ils s'étaient donné rendez-vous, avant d'aller pécher chez son séducteur. Se retrouvant enceinte, affolée, Haydée s'était confiée à sa mère. Ernest Buhari voyageait beaucoup pour ses affaires, il était absent lorsqu'elle avait accouché, en grand secret, chez la nounou à laquelle avait été confié le bébé.

Bethléem, complice ? Sa Bethléem qui portait le nom du saint lieu où Jésus était né ? Le désespoir autant que la fureur d'Ernest Buhari avaient fait trembler les murs de l'hôtel particulier. Il y avait bouclé mère et fille.

Nul ne les avait revues depuis.

*

Ce n'est pas par mes amies, mais par Thibaut et Justino que nous avons appris l'incroyable histoire, une quinzaine après le fameux déjeuner à La Grande Marée. Adella, rassasiée, dormait dans notre chambre, il était environ sept heures, je préparais tranquillement le dîner, Grégoire vibrionnant autour de mon tablier tel un gros bourdon, humant les odeurs, donnant son avis sur ma sauce, y ajoutant en douce une herbe de son potager, lorsque la moto de notre fils a pilé devant la porte laissée entrouverte sur la douceur du soir et qu'il est entré en trombe dans la cuisine, lieu de toutes les surprises, Justino sur ses baskets.

— Grande nouvelle ! a-t-il annoncé.

— J'en étais sûr ! a pavoisé Justino.

J'ai éteint sous mon lapin aux pruneaux, les motards ont posé leur casque sur mon plan de travail et nous sommes passés au salon.

— Vous êtes bien assis ? a demandé Thibaut, l'œil brillant, après que nous avions pris nos places habituelles dans le canapé, Grégoire, côté lampe, accoudoir, coussin rebondi, son petit fourbi à portée de main sur la table basse.

— Comme tu peux le voir, a grommelé mon mari, qui n'aime plus trop les surprises.

Et c'est là que Thibaut, Justino comme une pile électrique à ses côtés, debout devant la cheminée, ménageant ses effets, entretenant le suspense en bon théâtreux qu'il était (l'Étoile), a commencé son récit.

Oui, Haydée était bien une princesse !

Et tandis que notre fils nous narrait la sublime épopée, un sentiment de honte se mêlait à ma stupéfaction. Le trafiquant, grand croyant devant l'Éternel ? L'immigré clandestin, riche propriétaire d'un hôtel particulier dans un quartier huppé de Caen ? Oui, honte à moi, à nous, de l'avoir si vite et si mal jugé.

Adella : petite-fille d'un roi de l'or noir !

L'histoire finie, Justino a pris l'air modeste, Thibaut m'a adressé un grand sourire.

— Tu peux dire merci à tes copines, maman. Elles ont bien travaillé !

— Parlons-en, a bondi Grégoire. Et pourquoi ne sont-elles pas là ? Pourquoi n'est-ce pas elles qui nous ont porté l'« excellente » nouvelle ? Peur ?

— Très ! a répondu Thibaut. De toi. Parfaitement conscientes de n'être pas en odeur de sainteté ici.

Il arrive que l'on se défausse de la honte sur la colère. À mon tour, je suis passée à l'attaque.

— QUINZE jours ! Elles nous ont laissés mariner dans l'incertitude durant QUINZE jours, « on avance, on avance, ne t'impatiente pas comme ça »... Et tu appelles ça des copines ?

— Justino et moi venons seulement d'être mis au parfum, m'a calmée Thibaut. Crois-tu que nous ne nous impatientions pas ? Elles attendaient d'avoir un dossier solide. Elles craignaient que, connaissant l'adresse d'Ernest Buhari, l'un de nous se précipite chez lui, sabotant toutes nos chances.

À nouveau, Grégoire a bondi, enfin, à sa façon...

— Que veux-tu dire par « saboter nos chances » ? Si tu essayais d'être plus clair.

Et là, rarissime, à marquer dans les annales de la famille Rougemont, Thibaut a biaisé. Il s'est raclé la gorge, avant de nous envoyer un détaché, faux à souhait :

— Vous, je ne sais pas, mais moi, je meurs de soif ! Autoriseriez-vous Justino à aller nous chercher à boire ?

— Tout ce que tu veux, me suis-je écriée, et Justino a foncé.

Notre fils a attendu qu'il ait disparu, puis il s'est tourné vers Grégoire qui se grattait furieusement les oreilles.

— Pour être tout à fait clair, papa, Ernest Buhari avait d'autres ambitions pour sa fille qu'un garçon de dix-huit ans, apprenti pompier, fils d'animateur d'une obscure association s'occupant de gamins paumés.

Grégoire a tapé du poing sur la table ; il a encore de ces gestes désuets et attendrissants.

— Les Rougemont, pas assez bien pour les Buhari, c'est ça ? Pas de pétrole dans leur jardin, pas de grille électronique, pas de gardiens, pas de personnel ?

— Hélas ! me suis-je exclamée pour détendre l'atmosphère, et le regard du commandant m'a froidement exécutée.

Justino revenait déjà, succombant sous le poids d'un plateau débordant de verres et de boissons, piochées au hasard. Il a posé le tout avec précaution sur l'étui à lunettes de son grand-père, a désigné l'escalier.

— Je peux aller la chercher ?

— Si possible sans la réveiller, lui ai-je recommandé.

Suivi par le regard attendri de Thibaut, le père en herbe est monté quatre à quatre, a vigoureusement ouvert la porte de notre chambre, en est ressorti aussitôt, son altesse dans les bras, a dégringolé les marches en ignorant la rampe, s'est posé sur une chaise de feu, a décapsulé d'une seule main une cannette de Coca et s'en est envoyé une lampée. J'ai revu Victor à cette même place, savourant la même boisson, quelques jours auparavant : génération *drive*.

— Diane a une proposition à vous faire, a annoncé Thibaut.

Diane, ma meilleure amie, qui se considérait comme sa marraine ! Grégoire a affiché un air méfiant : étonnez-vous qu'elle ait chargé notre fils de la commission.

— Nous sommes tout ouïe, ai-je répondu un peu méchamment tandis que le pauvre tentait d'ajuster la sienne.

— Son ex-ambassadeur de mari (Achille) est prêt à envoyer à Ernest Buhari une lettre à en-tête du consulat de Côte d'Ivoire, situé à Glanville (quel nom !), pour lui demander de les recevoir, Diane et lui. L'enquête, faite par le journaliste de Marie-Rose (Jean-Yves, son ex-petit ami), indiquerait qu'il entretiendrait d'excellents rapports avec le monde diplomatique (or noir) et devrait accepter sans problème. Une fois sur place, elle évoquera le véritable objet de leur visite (« Les » objets, sur la chaise de feu devant la cheminée).

— Grand-père, accepte ! s'est enflammé Justino. Diane dit que, grâce à toi, tous les espoirs sont permis.

Grégoire a baissé les yeux sur le visage suppliant de son petit-fils, aussi rouge que la belle ligne traversant le tee-shirt de pompier.

— Grâce à moi ?

Thibaut a repris la parole :

— Découvrant à qui il a affaire : une famille profondément enracinée dans la région, cela s'ajoutant à ta remarquable carrière, Diane et Marie-Rose sont persuadées qu'Ernest Buhari révisera son jugement.

Sans moi ! Moi, aucune remarquable carrière, racines étrangères, hors ciel pluvieux, dans le Midi.

— Et admettons qu'Ernest révise ? a demandé Grégoire avec hauteur.

— J'épouse Haydée, s'est réenflammé Justino.

Belle perspective d'avenir : épouser à dix-huit ans une fille de dix-sept...

— Je crains que ce ne soit la seule solution si nous voulons déverrouiller la situation, est intervenu Thibaut, fort de ses trois mariages.

Grégoire a fini par céder. À deux conditions. Primo : en aucun cas Diane ne devrait s'abaisser à plaider la cause de Justino. Elle se contenterait d'ouvrir les yeux du Nigérian sur la chance qu'avait eue son Haydée de tomber sur un jeune soldat du feu, un gentleman prêt à prendre ses responsabilités, et qui ne l'avait pas attendue pour croire en Dieu et servir sa patrie.

Secundo : Diane et Marie-Rose viendraient rendre compte du résultat de la visite, bon ou mauvais, ici même, et sans passer par des intermédiaires.

Intermédiaires, pétris d'admiration pour un héros qui rendait les armes, auréolé de grandeur d'âme.

*

Ce n'est qu'une fois à l'abri de notre chambre que Grégoire a lâché le mot qui lui brûlait les lèvres depuis les paroles de son fils annonçant la fortune d'Ernest Buhari : un « parvenu ».

Et alors ?

Parvenir, à la force du poignet, avec son travail, son énergie, son intelligence, à s'élever au-dessus d'une condition, d'un milieu, d'une éducation, où était le mal ? N'était-ce pas le souhait de tous ? S'élever, permettre à ses enfants de vivre mieux ?

Et mon spécialiste du vocabulaire, plutôt que de s'abaisser, lui, au mépris, aurait mieux fait de dépoussiérer ses dictionnaires et de rayer les mots

« péjoratif » ou « vulgaire », malencontreusement accolés à la définition de « parvenu ».

Vivent ceux qui parviennent à réaliser leurs ambitions.

Vive Ernest Buhari !

14

Chez Babouchka a fermé définitivement ses portes. Plus de musique ni de lumière le soir, là-haut. Un silence, une nuit, auxquels je ne parviens pas à m'habituer. Je consulte ma montre, n'est-ce pas l'heure ? Malgré moi, je tends l'oreille, me penche à la fenêtre, scrute la nuit, et si…

Et non ! Le miracle ne se renouvellera pas.

Depuis le refus de son *drive* par Grégoire, nous n'avons fait qu'apercevoir Boris, Boris moins le feu, poli, courtois, pressé. Par Audrey, je sais qu'il cherche tous azimuts. Outre petites annonces et Internet, il s'est adressé à un chasseur de têtes : brousse, maquis, jungle, les uns dévorant les autres, charognards aux aguets, quelles encourageantes images pour ceux qui se lancent sur le « marché » du travail ou pour ceux qui ont perdu le leur.

Ne négligeant aucune piste, Boris a également envoyé des CV à différents producteurs de spectacles ainsi qu'à des cabinets d'architectes. N'a-t-il pas œuvré, à ses débuts, dans la mise en scène et la décoration ? Avec un certain succès.

Il paraît que l'oncle Vladimir se fait tout petit près de ses fourneaux éteints, ses congélateurs vides. Il ravitaille la famille au moyen de secrètes économies et continue à cuisiner, avec des riens, ses plats exquis. Cinq bouches à nourrir quand même, sans le compter ! Victor, notre futur médecin, Capucine, bac de français fin juin, et ma confidente attitrée, Tatiana.

Par Victor, j'ai appris que Boris tenait à assumer financièrement ses études : fierté ! Par Tatiana, que Charlotte cherchait un boulot de vendeuse à Caen. Lasse d'attendre une visite qui ne venait pas, je me suis décidée à monter, en l'absence de Grégoire, et après m'être assurée que la voiture de mon gendre avait quitté le parking. J'ai emmené Adella : petit garde du cœur ?

Dans l'ex-salle à manger, chichement éclairée, ma fille m'a accueillie sans étonnement. Elle m'a fait gentiment entendre qu'elle ne m'en voulait pas du « niet » de son père au *drive*, et m'a fait comprendre qu'elle ne souhaitait pas s'étendre sur le sujet. Alors, nous avons parlé des derniers rebondissements de l'épopée Buhari-Rougemont, sujet inépuisable, aucun silence à redouter.

Après nous avoir servi un thé, accompagné du flan au pavot habituel, Vladimir s'est joint à nous. Apprenant le nombreux personnel employé dans l'hôtel particulier des Buhari, il s'est passionné. Déformation professionelle oblige, il a voulu savoir si, à la cuisine, le chef était nigérian. Et quels mets, quelles sauces, quelles saveurs, là-bas ? « Babouchka, si je peux me permettre, au cas où le mariage aurait lieu, y a-t-il une petite chance pour que les festivités se passent chez nous… enfin, chez vous ? »

Si tel était le cas, j'ai promis de mêler recettes françaises, russes et nigérianes. Et obtenu le résultat cherché : un sourire de ma fille.

Redescendant vers La Maison, Adella manifestant sa faim, je me sentais soulagée. Qu'avais-je fait d'autre à ma fille qu'une « visite de courtoisie » ? Ces visites entre voisins où l'on parle de tout sauf de l'essentiel. J'avais envie de pleurer. On ne m'y reprendrait plus ; je sais écrire !

*

Et enfin une bonne nouvelle ! Une réponse favorable d'Ernest Buhari est arrivée, adressée à Achille, au consulat de Côte d'Ivoire à Glanville. Ce dernier se dit prêt à recevoir l'ex-ambassadeur et son épouse le mardi 15 mars, seize heures, à son domicile personnel.

Comme mes amies s'y sont engagées, elles viendront à la maison, à l'issue de la visite, nous rendre compte du résultat de celle-ci.

Mardi 15 mars, à deux doigts du printemps : AUJOURD'HUI !

Seuls Thibaut et Justino ont été avertis, au cas où l'entrevue se solderait par un échec. Dès cinq heures, ils étaient là, notre pompier dans un tel état de fébrilité que s'il avait été à la caserne il y aurait mis le feu. Et mon Grégoire a beau afficher un calme olympien, ses nerveux et intensifs grattages d'oreilles crèvent les yeux. Quant aux miens, ils ne décollent pas de mon portable. Un petit SMS, deux lettres : « OK », celles qui se targuent d'être mes amies n'en mourraient pas.

Thibaut me rappelle qu'elles ont promis de nous apporter à TOUS LES DEUX le résultat de leur ambassade. Pas de messes basses… sans Pacha.

À propos de messes basses, il me faut confesser que j'ai fini par céder aux suppliques de Diane et de Marie-Rose réclamant de voir la petite héroïne pour laquelle elles se dépensaient sans compter. Profitant d'une visite de mon corsaire à ses comparses du Club des Cinq, je la leur ai présentée.

Nous nous étions faite belle : robe que vous savez et, ceignant la fine broussaille de jais, un bandana orné d'une fleur. Conquises, mes Grâces ! Diane a mitraillé la merveille avec son portable. Je lui ai fait promettre de garder les clichés secrets. Imaginez la fureur de Grégoire s'il lui venait l'idée d'en utiliser une pour convaincre Ernest Buhari de rencontrer notre famille ! Imaginez qu'Ernest Buhari trouve une ressemblance avec Haydée, notamment du côté des yeux sombres-cils corolles, d'après Justino, copie conforme des siens !

*

Thé à seize heures ? Dès dix-huit, Diane et Marie-Rose nous arrivaient, conduites par le chauffeur d'Achille qui avait déposé ce dernier chez lui en passant.

Nous avions laissé la porte de la cuisine ouverte, elles connaissent le chemin. Quatre « ALORS ? » de toutes les couleurs de l'espoir, l'espoir malgré tout, les ont accueillies. Elles en ont oublié de s'asseoir.

Alors ? Grosse surprise, Bethléem était là. Bien présente dans l'immense salon, trois fenêtres sur le parc, où un majordome galonné avait introduit Diane et son mari. Bethléem vêtue d'une longue robe de couleur, ses cheveux sombres, hauts et savamment tressés, couverte de bijoux.

Ernest Buhari, vêtu plus sobrement – pouvait-on dire « à la Oxford » ? –, s'était levé pour les accueillir. Un thé avait été servi, accompagné de pâtisseries caennaises, durant lequel les hommes avaient échangé sur la situation actuelle, plutôt mouvementée, en Afrique de l'Ouest.

Alors ? Passé le temps exigé par la bienséance, glissant d'une actualité mouvementée à une autre, Diane avait prononcé le nom de Justino.

Avant de poursuivre, elle a posé la main sur l'épaule du pompier qui ne respirait plus, de l'amoureux séparé depuis de si longs jours de celle qu'il aimait, et a tenté de le rassurer.

Certes, le père d'Haydée avait perdu son sourire et son regard s'était durci, mais il l'avait laissée, sans l'interrompre, aller jusqu'au bout du vibrant hommage qu'elle avait rendu à notre famille, conclu par le vœu que nous formions de le rencontrer afin de permettre à une petite fille innocente de connaître l'amour d'une mère.

Alors ? À la stupéfaction générale, Achille inclus, Diane avait tiré sa dernière cartouche : une photo d'Adella qu'elle avait tranquillement posée sous le nez d'Ernest, près de sa tasse de thé. Photo dont elle avait fait un double à notre intention et qu'elle a tendue à Grégoire.

Dans un silence détonnant, le grand-père nigérian avait sorti ses lunettes de lecture et s'était penché sur sa petite-fille. Après l'avoir regardée quelques secondes, il l'avait fait disparaître dans sa poche.

Avec un silence incrédule, Grégoire a chaussé ses doubles foyers, contemplé Adella, puis m'a communiqué la photo : celle que j'aurais choisie !

À l'hôtel particulier, l'heure était venue de se séparer. Tout le monde s'était levé. Avant de baiser la main de Diane, ma magnifique amie, Ernest Buhari lui avait dit qu'il avait pris bonne note des informations qu'elle lui avait fournies et qu'il y répondrait dans les prochains jours. De son côté, un brin hébété (photo), Achille avait porté à ses lèvres la main somptueusement baguée de Bethléem, dont nul n'avait entendu la voix ni croisé le regard durant toute la visite, puis serré celle de Buhari. Le majordome avait surgi comme par enchantement.

ALORS ?

Le visage radieux, Diane s'est tournée à nouveau vers Justino : le meilleur pour la fin ? Près de leur voiture, le majordome du roi de l'or noir avait échangé avec le chauffeur de l'ambassadeur un clin d'œil plein de sous-entendus prometteurs, assorti d'un sourire ouvrant la porte à tous les espoirs. Pour eux, de toute évidence, l'affaire était pliée. Dans le bon sens.

— Mais eux, c'est rien que le personnel, ça compte pas ! s'est écrié le fils de l'animateur de l'Étoile. Le seul qui compte, c'est Ernest, et il a fait disparaître Adella, tu l'as dit, Diane. Ça veut dire non.

— S'il devait dire non, il l'aurait déjà fait. Et il ne m'aurait pas laissée aller jusqu'au bout, a protesté Diane, déçue.

— Et je te ferai remarquer qu'il n'a pas déchiré la photo, il l'a gardée, a renchéri Marie-Rose. Qu'est-ce qu'on parie qu'à l'heure qu'il est il l'a montrée à Bethléem : une si belle petite-fille, ça ne se refuse pas.

Mais c'était justement Bethléem qui souciait Justino. Sa présence près d'Ernest ne voulait-elle pas dire qu'ils s'étaient réconciliés ? Et si tous les deux parvenaient à convaincre Haydée de tirer un trait sur leur passé ?

Il y a des mots propres à chavirer le cœur des plus endurcis : « son passé », évoqué par un petit-fils chéri de dix-huit ans, à l'orée de sa jeune vie ! À une mère disparue trop tôt, allait-il s'ajouter un premier amour assassiné ?

— Peut-être qu'Haydée, elle m'aime plus, a-t-il murmuré.

— Qu'elle ne t'aime plus, toi ? Bordel de merde, je voudrais bien voir ça, s'est emporté Grégoire, qui, jusque-là, avait observé un silence prudent.

Et comme un vent frais est passé.

Voilà que ce mariage avec la fille du « parvenu », qu'il redoutait tant, il en vient à le souhaiter.

Voilà qu'il me félicite d'avoir chargé Diane de prendre de si belles photos et de lui avoir confié la délicate mission d'en montrer une à Ernest Buhari.

Sitôt arrivée la réponse de celui-ci, elle nous appellera.

15

Dernier dimanche de mars, fête des Grands-mères. Il fait beau, très beau, si beau que l'on a pu dresser la table dans le jardin, pour un buffet plus facile à organiser qu'un repas assis de seize couverts. Même si nous ne serons finalement que quatorze et demi, Boris, souffrant, s'étant excusé, et Charlotte, désireuse de rester à ses côtés, nous ayant avertis qu'elle ne ferait que passer.

Boris souffrant ? J'en doute. Pas le cœur à la fête chez un beau-père qui a ruiné son projet, Boris qui n'a pas le plus petit début de piste. Audrey me tient au courant, du bout des lèvres. Elle en veut à son père, coupable du plus grand des péchés : faire souffrir sa sœur.

— Maman, c'est grave ! La crise, est-ce que papa s'en souvient, dans sa tour d'ivoire ? Et Boris a tout mauvais : l'âge, pas le moindre sous à placer dans un projet, compte à découvert à sa banque. Charlotte t'a dit qu'elle cherchait un boulot de vendeuse ? Charlotte, vendeuse...

Je n'ai pas osé lui rappeler qu'il n'y a pas de sot métier et que sa « jumelle » avait parfaitement tenu la caisse de Chez Babouchka il n'y a pas si longtemps, aidant s'il le fallait au service.

— Je commence à comprendre ceux qui s'expatrient, a ajouté Audrey.

Sur le conseil du précieux Jean-Eudes, Boris s'est inscrit dans un cabinet spécialisé dans l'hôtellerie et la restauration.

À propos de restauration, l'héroïne de la fête a été interdite de fourneaux. Grégoire a commandé le salé à notre traiteur habituel, à Caen, et Marguerite, femme de Maurice, a tenu à s'occuper du gâteau, aïe ! Il faudra que je pense à la remercier. Boissons diverses fournies par réfrigérateur, cave et cellier. J'ai seulement été autorisée à tendre la nappe sur la table de jardin et à y disposer porcelaine, argenterie et godets à n'en plus finir, la recommandation « chacun garde son verre » faisant partie des vœux pieux, tout comme, apanage de la maîtresse de maison, le réapprovisionnement en papier dans les petits coins, sans parler de l'usage de la balayette (pardon).

Il fait décevant ! Ernest Buhari n'a toujours pas rappelé Diane. Elle le souçonne de mener sa propre enquête sur la famille. Chaque soir, rentrant de la caserne ou de l'Étoile où il a secondé son père, le regard de Justino vole vers le mien : des nouvelles ? Non, pas encore, mon chéri, sûrement bientôt. Il soupire : une âme en peine. Il me faudra changer les couleurs de ma palette si un jour je reprends mes pinceaux. Pour quelle période ? Je ne sais plus trop.

À chaque sonnerie du téléphone, Grégoire sursaute. Son regard fond sur moi : Diane ? Non, mais ça va venir, un peu de patience, le Pacha ! Il se replonge dans son journal, ses mots croisés, ses dictionnaires. Quitte à lire à l'envers.

J'avais espéré, contre toute raison, pouvoir annoncer, en ce jour de fête, à la famille rassemblée, que le petit pruneau dans le berceau bénéficierait bientôt d'un père et d'une mère mariés. Quelle grande, ébouriffante, enthousiasmante nouvelle ! J'ai fantasmé jusqu'au dernier moment, ce matin, en choisissant la robe d'Adella : mousseline blanche et dentelles. Mais non, silence du côté de l'hôtel particulier, grille électronique obstinément fermée.

Ce qui n'empêche pas la demoiselle d'avoir un succès fou auprès de ses jeunes oncles et tantes, Tatiana en tête : n'est-ce pas elle qui l'a découverte la première ? Détrôné, le petit Grégoire boude.

Il fait tristounet, un je-ne-sais-quoi dans l'air, comme des larmes suspendues. Le regard d'Audrey qui ne cesse de monter « là-haut », façon pudique dont nous désignons désormais ce qui fut si joyeux, et parfois grandiose, orgueil de Boris, et qui n'est plus à présent que silence et désolation. Charlotte descendra-t-elle faire le petit coucou promis ? Et ne prétends pas, Grégoire, que tu n'attends pas, toi aussi, ta fille, toute Mururoa qu'elle est. Que tu n'as pas remarqué que depuis ton « inutile d'y revenir », elle n'est revenue à la maison qu'en coup de vent, et jamais seule, pour ne pas couper totalement les ponts sans pour autant faire la paix. La guerre n'est pas que du côté Buhari. Et toi, Victor, cesse de nous regarder comme ça, ton Pacha et moi ! Comme si tu souhaitais un bon gros orage qui laverait tout. Il y a des orages qui ne laissent que du désert derrière eux.

La tradition veut que les cadeaux soient offerts à l'élue de la fête avant le festin, en même temps que le champagne et les autres boissons apéritives. Je me prépare à recevoir une profusion de paquetons mal ficelés, renfermant objets ou accessoires de toilette improbables, importables. Et voilà que l'on me tend un haut sac en papier marron glacé, portant le nom d'une marque chiquissime, et une immense et délicieuse carte d'où, lorsque je l'ouvre, jaillit une bande de clowns chanteurs à chapeaux pointus et nez rouges. Trois notes de musique s'égrènent.

— Gauthier et Tim ont signé aussi, me signale Adèle, troisième d'Audrey.

Ses frères aînés, parisiens pour leurs études.

Je sors à présent le paquet du sac, l'ouvre fiévreusement. Apparaît dans du papier de soie un twin-set en cachemire tout ce qu'il y a de plus classique, rose pêche. Mes petits-enfants se sont ruinés.

— Si tu veux, tu peux le changer, m'indique Tatiana d'une voix souverainement indifférente.

Je m'indigne :

— Changer une telle splendeur ? Et puis quoi encore, trop top ! D'ailleurs, je vais l'étrenner de ce pas.

Rires soulagés, passage à la case bisous, champagne ! Ma coupe vidée, je grimpe dans ma chambre, tire le voilage.

Dehors, on dirait la joyeuse rumeur d'une plage, la brise dans les feuillages en guise de vagues. Je passe dans la salle de bains et revêts mon beau cadeau en évitant de détruire le savant brushing de Mimosa. Le miroir me renvoie l'image d'une dame d'un certain âge très comme il faut. Trop ? Mon élégante et réservée Casamance n'est certainement pas étrangère au choix. Me revient sa voix lugubre, il y a un instant : « Je commence à comprendre ceux qui s'expatrient. » Ma fille et son mari, si patriotes…

Tiens, et si j'appelais ma mère à moi à Grimaud ? Félicie Provensal, elle, dix fois « arrière », juste un petit coucou, comme ça. Je m'assois au bord du lit, empoigne le téléphone, forme son numéro. J'ai soudain la poitrine un peu lourde et comme un sentiment d'urgence. Zut, occupé ! Et voilà que sous ma fenêtre monte une standing ovation : Babou ! Babou ! Babou ! Un peu ridicule, grimacent les clowns sur la carte que j'ai placée, bien en vue, sur ma commode. D'accord, mais que feriez-vous ? Je rappellerai maman ce soir.

*

Le buffet a été dévasté : charcuteries diverses, viande et poisson froids, condiments variés, chips, salade, et une roue de brie à la croûte moelleuse, un délice, accompagné de pain aux noix. On prétend qu'il y a autant d'opinions politiques en France que de fromages. Aujourd'hui, on pourrait y ajouter le pain.

Charlotte n'était toujours pas descendue quand le gâteau a été posé sur la table. Marguerite s'était dépassée : une montagne de cholestérol, ornée d'une sorte de ruban mortuaire en nougatine du plus mauvais goût, indiquant, à la vue de tous, l'âge de la bénéficiaire.

— Finalement, Charlotte ne viendra pas. Elle m'a chargée de t'embrasser de sa part, m'a glissé Audrey à l'oreille. Chose dite, chose faite.

Victor a tendu à son grand-père le plus grand des couteaux de cuisine.

— Vlan ! a-t-il lancé, un peu effrontément, alors que Grégoire le levait sur le gâteau.

Des rires ont fusé, moins celui de l'intéressé. « Vlan », comme Vladimir, là-haut, le tsar de la coupe, qui vous fait ça carrément au sabre : un minimum de miettes.

L'une des nombreuses miettes a été déposée au coin de la lèvre ronde d'Adella, sous les vivats.

Lorsqu'on partage un repas de fête, il est fréquent que l'on évoque le suivant, ce qui a le don de m'exaspérer : ne pourrait-on pas se contenter de savourer le présent ? C'est bien sûr pour s'assurer qu'il ne sera pas le dernier. Idem pour les fêtes : à quand la prochaine ?

La prochaine aurait lieu le week-end de Pâques, au son des cloches lançant leurs œufs en chocolat dans le jardin. Prépare-toi à la grêle, chêneraie ! Gaffe à vos fleurs, blanc Clafoutis et rouge Liquidambar !

Grégoire a précisé que le week-end « cloches » viendrait juste après celui qu'il sonnerait aux incapables du Club senior de Scrabble à Saint-Lô.

Il n'y en a plus eu que pour lui : le grand père champion, et quelques parties d'entraînement ont été organisées dans le Carré.

Avant de regagner Caen, Audrey a décidé de monter prendre des nouvelles de Charlotte et de son « malade ». J'ai voulu la suivre, elle m'a arrêtée d'un ton ferme et froid : « Non, maman, il vaut mieux pas. » Je suis restée avec le gentil Jean-

Eudes que l'on n'avait pratiquement pas entendu de l'après-midi, et son « Ça va aller, mère » m'a été d'autant plus précieux. Je l'ai remercié de ses efforts pour aider Boris à reprendre pied.

Les derniers à partir ont été les Karatine, comme s'ils ne se résignaient pas à quitter la fête. Ils l'ont fait avec un plein panier de reliefs de celle-ci.

Huit heures passées, trop tard pour appeler maman, sans doute occupée à sa toilette de nuit, femme de la terre, couchée avec les poules, levée aux aurores. J'ai éprouvé à nouveau cette lourdeur dans ma poitrine, ce sentiment d'urgence. Cette fois, j'ai formé le numéro d'Hugo, au Cigalou.

Le Cigalou, c'est deux toits couleur bigarreau, vous savez, ces cerises que les petites filles aiment à porter en boucles d'oreilles : le toit de la maison de Félicie et celui de la ferme où vit mon frère aîné, marié sur le tard avec la douce Blanche, infirmière de son état. Hugo continue, vaille que vaille, à gérer la vigne familiale, cela ne fait, après tout, qu'une petite soixantaine d'années qu'il s'en occupe.

Décidément, pas de chance ! Il était sur répondeur, voix de ma belle-sœur : « Nous sommes absents, veuillez laisser un message, nous vous rappellerons. » C'est Blanche qui a appris à Hugo à dire « nous ».

Je n'ai pas laissé de message. Je ferais mieux : bientôt je descendrais en personne fêter l'anniversaire de maman, et je lui raconterais tout.

Quel âge, déjà, ma Fée ? Combien de bougies ?

16

Alléluia !

La réponse d'Ernest Buhari est enfin arrivée. Comme promis, Diane et Marie-Rose nous l'ont portée à domicile.

Réponse des plus inattendues : le seigneur de l'or noir s'y disait prêt à recevoir, avec tous les honneurs qui lui étaient dus, l'ex-pacha de la *Jeanne*, navire qu'il lui avait été donné de visiter lors d'une escale de celui-ci dans son pays. Il assurait Grégoire Rougemont de son plus profond respect, et, si cela lui convenait, lui proposait la date du vendredi 11 avril, à seize heures.

Vendredi 11 avril, la veille du tournoi à Saint-Lô : une victoire ne va jamais seule ?

Diane a été chargée de répondre que le commandant Grégoire Rougemont serait très heureux de se rendre à l'invitation… accompagné de son fils Thibaut, de son petit-fils Justino, et d'Adella, fille de Justino et d'Haydée. Il présentait ses respectueux hommages à Mme Ernest Buhari.

Mon nom ne figurait pas sur la liste.

À la maison, tous ont retenu leur souffle. Cette fois, la réponse ne s'est pas fait attendre : un peu alambiquée, mais c'était bon.

*

Nous sommes le vendredi 11 avril. On parle de « théâtre de la guerre », le premier acte se joue à la maison, d'où la troupe prendra le départ, à quinze heures quinze, pour le terrain des opérations.

Il est deux heures. Dans notre chambre, Grégoire me présente deux cravates au bout de ses doigts.

— Laquelle choisirais-tu, ma Jo ?

— La bleu roi, celle sans rayures.

Sobriété, élégance, assurance : lui. Toi, mon Pacha !

Tandis qu'il la noue, pas homme à demander aide à sa femme, je regarde les souliers étincelants, le beau plis du pantalon de flanelle grise, la chemise immaculée, le blazer marine, au revers duquel un simple ruban rouge parle de hauts faits d'armes. Seule concession accordée à l'adversaire, il a avancé de quelques heures le rendez-vous chez son coiffeur, pris de longue date, afin de faire honneur à sa ville, demain, lors du tournoi. Prêt à l'attaque, le champion, Ernest n'a qu'à bien se tenir.

Au salon, Justino à la revue.

Sweat sans capuche, jean sans trous ni franges, tee-shirt de pompier – on ne se renie pas –, chaussettes blanches bien tirées, mocassins.

— Babou, tu crois que ça lui plaira ?

— Impeccable, mon cœur, tu vas tous les tomber.

Thibaut, en tenue ordinaire, propre et décontractée, baskets, sa courte barbe bien taillée, sort de sa poche, tel un magicien, une paire de gants blancs.

— Devrai-je les porter pour demander la main de la gente Haydée à son père ? s'amuse-t-il.

Car c'est bien de mariage qu'il sera question dans quelques heures. Marie-Rose et Diane n'ont aucun doute à ce sujet. Les contacts de Jean-Yves dans l'hôtel particulier sont formels : l'athmosphère s'est retournée chez les Buhari, Bethléem est rentrée en grâce, on a même entendu Haydée chanter. Quant à Salimata, la traîtresse, elle déchante.

Et tout cela, grâce à qui ? Grégoire Rougemont, ex-pacha de la *Jeanne*.

M'a quand même été concédé le soin de vêtir Adella. Ni mousseline ni dentelles, robe à smocks comtesse de Ségur : une petite fille bien née.

C'est l'heure du départ. J'ai timidement proposé à mon mari ma moderne et rutilante berline (pardon, ma Rugissante), proposition écartée d'un revers de main : la grille électronique s'ouvrira sur son Paquebot. Ou pas. Justino, sa fille dans les bras, est monté à l'arrière, Thibaut a pris place à côté de son père.

Aucun des passagers ne daigne se retourner sur mon timide V de la victoire.

Fin de l'acte un.

*

L'acte deux s'ouvre sur l'arrivée à la maison de mes Grâces, armées d'un magnum de champagne offert par Achille, victime d'une gastro, si désolé de ne pouvoir se joindre à nous. Diane, pas désolée du tout. Il est cinq heures.

Pour tromper l'attente, nous organisons une partie de petits chevaux, en commençant par tirer au sort les couleurs, toutes préférant la même, la bleue : couleur de l'espérance ?

Une partie très vite interrompue par l'arrivée de Kahura, pour mémoire troisième épouse de Thibaut, père du futur marié. En japonais Petit Printemps, nom qu'elle porte si bien, jolie, légère, fraîche, que l'on s'attend à la voir s'envoler à tout moment en poussant un trille. Elle a apporté un plein panier de délicats amuse-bouches : sushis à l'encre de seiche, tartares de saumon, navets fondants. Et, le fin du fin, décidément on n'y échappe pas, des sashimis d'oursins ! Perles d'or et mousses diverses compléteront le festin nippon.

J'avais secrètement espéré que ma Charlotte se joindrait à nous. Mots après mots, postés ou confiés à l'un de ses enfants, je n'ai cessé de la tenir au courant de la tragi-comédie Buhari, et j'en ai profité pour lui rappeler mon ardent désir de la voir : tu me manques tant, ma chérie, surtout, n'hésite pas à m'appeler si tu as besoin de moi, je serai là à la minute, la seconde…

Non, elle ne descendra pas. Et lorsque mes amies me demanderont, en souriant, des nouvelles du « fameux *drive* », j'aurai bien du mal à retenir mes larmes. On ne se sent jamais aussi seule qu'accompagnée. Et puis, deux fois en si peu de temps les glandes reproductrices des oursins, vous conviendrez que c'est démoralisant.

*

Troisième acte : la victoire.

À six heures trente-cinq, le Paquebot a écrasé le gravier de la cour. Nous nous sommes toutes levées.

Nul besoin de paroles : les bras de Justino étaient vides. Haydée avait gardé sa fille.

Le Pacha avait tout fait !

À peine franchie la porte du salon, refermée par le majordome, il avait cinglé droit sur Ernest, dont il avait serré avec force la main tendue, avant de baiser celle de Bethléem et, dans la foulée, d'embrasser les joues inondées de larmes d'Haydée, sur les genoux de laquelle notre soldat du feu, qui ne tenait plus sur ses pattes, avait déposé la princesse.

Puis, dans une certaine confusion due à la rapidité de l'attaque, Grégoire avait laissé place à Thibaut, qui, très calmement, ganté de blanc – note d'humour habituelle –, avait fait sa demande : Ernest Buhari acceptait-il d'accorder la main de sa fille Haydée à son fils Justino ?

La réponse avait été claire : un oui, prononcé avec conviction... en direction du Pacha. Une bonne chose de faite.

Tous étaient tombés sur les sièges d'époque, le nombreux personnel avait servi thé et rafraîchissements, tandis qu'Adella passait de bras en bras sans piper, en habituée des bruyantes réjouissances familiales.

Très vite, les patriarches s'étaient éloignés, et, classiquement, debout côte à côte devant une fenêtre, regardant le parc avec mélancolie, ils avaient organisé la suite des événements.

Avec l'approbation de Grégoire, le bébé serait ondoyé dès demain, dans la plus stricte intimité, afin que lui soient ouvertes les portes du ciel, avant un baptême, en grande cérémonie, sitôt le mariage célébré en l'église du Vieux-Saint-Sauveur, lieu où Justino et Haydée s'étaient connus.

Avec la bénédiction d'Ernest, les bans du mariage seraient publiés, dès demain également, à l'hôtel de ville de Caen, où Grégoire avait ses entrées. Le Pacha ferait en sorte que celui-ci ne tarde pas trop, eu égard aux amoureux.

… Qui seraient autorisés – décision prise d'un commun accord – à se rencontrer aussi souvent qu'ils le souhaiteraient dans la demeure ou le parc des Buhari, chaperonnés par une personne de confiance.

Avant de se quitter, ils s'étaient donné l'accolade.

Fin du troisième et dernier acte. Rideau.

Des applaudissements nourris ont éclaté dans le modeste salon de La Maison, tous adressés au Pacha, sans lequel, c'était clair, la belle histoire d'amour n'aurait pas connu un si remarquable dénouement.

Diane, Marie-Rose et moi, ouvrières de la première heure, petites mains de la réconciliation, modestes arpettes sans lesquelles, nul ne l'ignore, les habits des plus grands rois ne se feraient pas, avons eu le bon goût de rester dans l'ombre.

*

— Ça va, moussaillon ?

Il est dix heures du soir. Champagne bu, délicatesses nippones avalées, poubelles sorties, le plus gros du salon rangé, Grégoire et moi venons de regagner notre chambre d'où le lit en toile bleue a été sorti. Ça me fait bizarre, et tant de bonheur d'un coup me saoule un peu. J'ai la tête qui tourne.

Tandis que je revêts ma chemise de nuit, Grégoire, déjà en peignoir, achève son sac de marin, y jette quelques derniers effets pour le week-end Saint-Lô. Départ de la maison à neuf heures, visite éclair à l'hôtel de ville – bans du mariage –, puis rassemblement chez Maurice avant de prendre la route.

— Cela t'ennuierait-il, ma Jo, si je ne rentrais que lundi matin ? Ça me permettra de profiter du champagne après la remise des prix, prévue dimanche en fin de soirée.

— Pas de problème, mon Grégoire. Prolonge autant que tu voudras.

Cela permettra au « moussaillon » de visiter ses amies et de resabler le champagne aux mérites de chacune. Avant, selon leurs propres mots, de nous lancer sur l'« autre front ».

L'autre front ?

Voilà qu'en bas une porte claque, un cri retentit.

— Papa ? Maman ? Au secours, Boris est parti.

Deuxième partie

FÉE

1

Au centre du salon, défigurée par les larmes, cheveux en vrac, mèches collées à ses joues, bouche écarquillée sur un cri, méconnaissable, ma Charlotte, notre Mururoa.

J'ouvre mes bras, elle s'y jette, secouée par les sanglots, vaincue. C'est comme ça, les crâneuses : « Tout va bien. Je peux savoir où est le problème ? Arrêtez de vous en faire pour moi, vous êtes lourds, là. » Sous leurs cuirasses de fer-blanc, armées d'épées en carton, elles contrôlent, elles gèrent, surtout ne vous en mêlez pas. Des braves, finalement, qui font face, jusqu'au jour où le coup qu'elles n'attendaient pas, le gravillon, va faire exploser les fortifications. Et vous n'avez plus en face de vous qu'une petite fille épouvantée.

« Papa, maman, au secours. »

Sous le regard de Grégoire pétrifié, j'entraîne notre fille sur le canapé, y tombe à ses côtés, entoure ses épaules de mon bras : « Ça va aller, ma chérie, on est là, calme-toi. » Foutu canapé, siège de toutes les joies, les douleurs, les règlements de comptes. Et même de ces moments de paix, si calmes, mer étale, dans les craquements odorants d'une petite flambée. Et ne vous avisez pas de vouloir nettoyer sous le cuir craquelé des coussins. Là, ce sont des miettes du passé qui s'incrustent sous vos ongles, et pour les retirer…

Charlotte dégage sa tête de mon épaule, découvre les bouteilles vides alignées près de la cheminée, autour du magnum de champagne, les « cadavres », comme on dit, éclusées au triomphe de Justino, à charge pour moi de les jeter demain dans la poubelle « verre » au bout du chemin. Son regard incrédule monte vers son père, debout devant le foyer. D'une petite voix, pour que ce soit moins vrai, elle chuchote :

— Boris a pris le train pour Londres.

Un coup de « Big Ben » – cliché ? Je m'en fous – écrase mon cœur. Grégoire a-t-il entendu ? Je répète pour lui, en avançant les lèvres comme pour un baiser, essayez, vous verrez : « LONDRES. » Il incline le menton.

— Il vient de m'appeler de chez Galina, complète Charlotte avant de retomber.

Galina, la première femme de Boris, soi-disant artiste lyrique, qui vit là-bas avec deux de leurs enfants, Dimitri et Anastasia. Nous avons gardé le meilleur : Victor.

Lourdement, Grégoire s'ébranle, disparaît dans la cuisine, réapparaît avec une bouteille d'eau coiffée d'un verre, passe prendre une boîte de mouchoirs en papier dans son Carré, pose le tout sur la table basse. Je lui désigne un fauteuil proche, il ignore, reprend son poste devant la cheminée.

Charlotte se mouche, essuie ses larmes, boit une grande gorgée au verre que j'ai rempli. D'une voix sourde, elle constate :

— Ici, c'est foutu. Boris a tout essayé. Il a décidé de tenter sa chance là-bas.

« Je comprends ceux qui s'expatrient », avait déclaré Audrey le jour de ma fête, en pointant le doigt vers « là-haut ». Dira-t-on désormais : « là-bas » ?

— Galina a un grand appart, un carnet d'adresses bien rempli. Elle a mis le tout à la disposition de son ex, trop heureuse, vous pensez ! Ce matin, il a parlé aux trois.

Victor, qui appelle Charlotte « maman », Capucine et Tatiana.

— Ils ont dit non. Pas question de partir d'ici.

Elle a un petit rire :

— Même Tatiana a refusé, on aura tout vu !

Notre diplomate maison qui ne pense qu'à rassembler, réunir, mettre tout le monde d'accord.

— Et de toute façon, comment ils feraient ? Victor et ses études de médecine ? Capu et son bac de français ?

J'acquiesce : « Bien sûr. » Soulagée, de quelle crainte absurde ?

Le regard de Charlotte parcourt le salon, s'attarde côté salle à manger, s'arrête au miroir entouré de bois doré, constellé de ces petites taches sombres qu'on appelle « fleurs de cimetière », oui, les objets aussi ! Miroir « Régence », devant lequel, debout sur une chaise, quand ce n'était pas sur la table, nos enfants se sont admirés à tour de rôle, rois et reines d'un instant, à l'instar de ceux qui les avaient précédés.

Elle hausse les épaules, fière.

— Bien entendu, moi aussi, j'ai refusé. Vous me voyez vivre à Londres ? Loin d'ici, de La Maison ? Boris s'est mis en colère. Il a pris son sac et il a filé. Je voulais pas y croire, pas là-bas, pas comme ça, sans un mot ! Avec Vladimir, on l'a attendu pour dîner. Quand il a appelé, c'est moi qui ai raccroché.

Elle essuie à nouveau son visage, repousse ses cheveux, lève un regard farouche vers Grégoire.

— Alors, papa, on fait quoi ?

2

Le regard de Grégoire a volé vers le mien, incrédule, incertain ; celui d'un homme pris au piège, demandant soutien ?

Sans vraiment lui laisser le temps de répondre, Charlotte a continué, elle, elle savait pourquoi elle était venue, de quelle aide elle avait besoin, d'urgence : « Papa, maman, au secours ! »

Papa en premier.

— Est-ce que tu vas te décider à bouger ? À parler à Boris ? Tu crois pas qu'un seul mot, « non », à son projet, sans écouter ses arguments, c'est un peu court ? Me dis pas qu'il n'existe pas une solution. À condition, bien sûr, que chacun y mette du sien.

« C'est non. Inutile d'y revenir »… Lorsque Grégoire avait prononcé ces mots, je m'étais dit qu'un tremblement de terre, un tsunami, ne le feraient pas bouger.

Il n'a pas répondu.

— Parce que si tu t'entêtes, mon petit papa, je vais te dire ce qui arrivera : Boris trouvera quelque chose à Londres, il paraît que là-bas ils écoutent, qu'ils donnent leur chance aux battants. Un jour ou l'autre, il signera un contrat et ce sera trop tard. Nous ici, lui là-bas, c'est vraiment ce que tu veux ?

Elle s'est tue, à bout de souffle, d'arguments ? Au « petit papa » de jouer ? De toutes mes forces, j'ai fixé mon Pacha : « As-tu bien entendu ? En refusant de suivre Boris, c'est un cri d'amour que ta fille nous a lancé, accepte de l'entendre, discute avec ton gendre, oublie ton foutu orgueil. On peut gagner en cédant, être grand en reconnaissant l'autre, ne viens-tu pas d'en apporter la preuve avec Ernest Buhari ? Qui a fini par triompher ? »

Il s'est décidé.

— D'accord pour parler à ton mari. D'accord pour l'aider si je peux, s'il le veut… Le jour où il aura réellement renoncé à son *drive*. Pas pour procéder à des petits arrangements.

Un silence glacé est tombé. Charlotte s'est levée, elle-même glacée.

— Alors, c'est comme ça que tu vois Boris, « mon » mari ? Un minable, cherchant des « petits arrangements » ? Décidément, t'es pathétique, papa !

Elle a désigné la porte du Carré.

— Allez, va faire joujou avec tes copains, amusez-vous bien. Et merde, fait chier.

Elle nous a tourné le dos et elle est sortie.

« Et merde, fais chier. »

Chaque minute, chaque seconde que Dieu fait, ou ne fait pas, ne fait plus, des enfants insultent leurs parents. Il y en a même qui lèvent la main sur eux. Aucun ici, jamais, même Thibaut, chassé, même Justino, humilié, n'avait osé ces mots. Sans doute ne leur étaient-ils même pas venus à l'esprit, la barrière infranchissable du respect pour leur Pacha.

Charlotte avait osé.

Et il y a des silences, des refus de regard, qui tuent. Ils vous effacent, vous annulent. Quittant la pièce, ma fille m'avait volontairement ignorée, moi inexistante, comptant pour du beurre, incapable de la défendre. La preuve ? Pas une seule fois je n'avais joint ma voix à la sienne, ma prière, mon cri, aux siens. Je l'avais laissée se battre seule. On peut appeler ça « résignation », « démission ». Lâcheté ?

À mon tour, je me suis levée.

— Vas-y, Grégoire, je t'en supplie, cours, rattrape-la, ramène-la, oublie ses mots, c'était le désespoir. N'attends pas qu'il soit trop tard.

Il n'a pas bougé ; il a ri.

— Trop tard ? Voudrais-tu parler de Londres ? Si c'est ça, tu peux te rassurer, ton gendre ne s'y installera pas.

Je suis restée clouée, sans comprendre.

— Une simple question, a poursuivi Grégoire. Rappelle-moi combien de temps il a cherché avant de prendre sa soi-disant décision ? Deux, trois mois ? Et dans quels domaines a-t-il prospecté ? La restauration, l'hôtellerie. Ah oui, j'oubliais, la mise en scène et la déco, tous secteurs en pointe aujourd'hui.

— Et alors, où est le mal ? Il cherchait dans ce qu'il sait faire.

— Le mal ? Chercher sans l'essentiel : le désir d'aboutir. Ton gendre n'a jamais renoncé à son *drive*. Il me semble que ta fille vient de nous l'exprimer clairement. Et qu'il se serve d'elle pour me faire céder, ça a un nom, le chantage. Chantage aux sentiments, le pire. Je veux bien t'accorder qu'il l'aime, ses enfants également, c'est pourquoi, crois-moi, il n'a jamais eu l'intention de s'établir à Londres.

La colère, la colère enfin, m'a submergée.

— Arrête de dire « ton » gendre, c'est le tien aussi. Et si c'est comme ça que tu le juges, intéressé, calculateur, faux-jeton, je te plains, mon pauvre Grégoire. Je n'aimerais pas être à ta place.

Un instant, son regard a vascillé. Il s'est repris.

— Ni moi à la tienne, ma pauvre Joséphine. Incapable de voir la vérité en face.

— Okay, je n'ai pas su voir qu'Ernest Buhari n'était qu'un sale immigré à la recherche de papiers, un vil parvenu !

J'ai montré les bouteilles alignées contre le mur, j'avais envie de les massacrer.

— D'accord, c'est toi et toi seul qui a découvert la réalité, toi, le grand, le beau, le noble Pacha. Reconnaîtras-tu un jour qu'il peut t'arriver de te tromper ? D'avoir besoin d'aide pour y parvenir ?

— On en reparlera quand tu seras calmée.

Dignement, il a quitté son coin de cheminée. Ridicule dans son vieux peignoir, son pyjama tire-bouchonné, ses babouches cramées, il a monté les marches. Il n'a pas claqué la porte de notre chambre, sûr de son bon droit.

J'ai refermé celle donnant sur le jardin. Noir, là-haut : vendredi, veille de week-end, les enfants sortis ? Charlotte seule ? J'ai rapporté la bouteille et le verre dans la cuisine, la boîte de mouchoirs en papier dans le Carré. « Va faire joujou avec tes copains, Grégoire, amusez-vous bien. »

Le lit était fait dans la chambre de Justino. J'y avais poussé dans la soirée celui en toile bleue pour le jour lointain, après le mariage, où Adella nous reviendrait, quelle jolie petite lumière ! J'ai tourné la clé dans la serrure, tiré les rideaux, et je me suis glissée sous la couette.

« Voilà, c'est fini »... Qui interprétait cette chanson, déjà ? Ce refrain désabusé. Quelles étaient les paroles des couplets ? Et par quels mots exacts se terminait-elle ? S'il vous plaît.

3

Boum ! Un bruit sourd sur le plancher, Grégoire se lève. Il s'étire, va tirer les rideaux et, d'un regard, embrasse l'horizon comme le marin qu'il restera toujours : ciel d'abord.

Puis il se retourne, regarde la place vide dans le lit, se souvient, râle, s'inquiète ?

« Mon pauvre Grégoire, je te plains. »

Eh bien voilà ! Pour la première fois en un demi-siècle de vie commune, j'ai fait, dans un esprit de vengeance, chambre à part une nuit entière. Je ne me suis pas contentée de me tourner du côté du mur, ni d'attendre qu'il soit endormi pour me glisser près de lui. Et il arrivait qu'un long bras chaud serpente sous mon oreiller, qu'une main enveloppe mon épaule, et je serrais fort mes paupières avant de trouver enfin le sommeil. J'ai déserté le lit conjugal, incapable de partager ma couette avec un bonhomme qui ne comprend rien à rien.

Cataracte dans la salle de bains : douche. Quelle heure ? Par la fente du rideau de la chambre de Justino – anneaux de bois coulissant joliment sur une barre blanche –, je peux voir s'affirmer le jour. Pas besoin de recourir au réveil lumineux laissé sur ma table de nuit : sept heures-sept heures trente. Départ des combattants à neuf heures de chez Maurice, après halte à l'hôtel de ville pour publier les bans du mariage Justino-Haydée, l'heure c'est l'heure.

Chaise heurtée… À présent, il s'habille, tenue de tournoi, préparée la veille sur le dossier avant le cri de Charlotte. Du marine, du blanc, une touche de doré, idem pour les copains ; il aura servi, l'uniforme, ces derniers temps ! Ultime coup de peigne ? Regard satisfait dans la glace ? Sac bouclé ?

La porte s'ouvre, boum ! Sac lâché dans le couloir, silence. Grégoire regarde-t-il vers la gauche, la chambre où, bien sûr, il sait que j'ai couché ? Et s'il vient y frapper ? S'il tourne le bouton de porcelaine et constate que j'ai fermé à clé, je fais quoi, moi ?

« Joséphine, incapable de voir la réalité en face »…

Frappe, Grégoire, je ne t'ouvrirai pas. Je t'en veux de me faire douter de « notre » gendre.

*

Il n'a pas frappé. Il n'y a pas eu d'odeur de café montant à l'étage, aucun bruit d'ustensiles divers, pas d'aller et retour cuisine, salon, Carré. Très vite, le grondement du Paquebot dans la cour, qui peu à peu s'éloigne, s'estompe, disparaît.

J'ai attendu quelques minutes pour être sûre, avant de me lever et d'ouvrir le rideau. Le jardin s'ébrouait dans de légères teintes printanières où dominaient le lilas et le vert amande, mes couleurs préférées. Si vous vous penchez sur la balustrade, vous pouvez voir, à droite, au-delà de la haie de résineux, le toit de l'Isba : un seul étage, pas de grenier. Les trois de Charlotte et de Boris y dormaient-ils encore ? Samedi-dimanche, grasse matinée obligatoire. Savaient-ils que leur père avait passé la frontière ? Et leur mère, dépassé les bornes ?

Grégoire avait fait notre lit. Mon regard a couru vers la table : pas de mot. Peut-être sur celle de la cuisine ? Des années auparavant, j'avais fait cette chose humiliante : écrire à l'homme dont je partageais la vie afin d'être certaine qu'il m'écoute jusqu'au bout, qu'il ne m'interrompe pas ni ne me tourne le dos, écrire noir sur blanc ma peine et ma colère à celui qui se voulait champion des mots. J'avais éprouvé de la honte… avant d'apprendre que nous étions nombreuses à le faire ; peu d'hommes.

Vous en dites quoi, les clowns ?

J'ai pris la belle carte-fête sur la commode. Lorsque je l'ai ouverte, chapeaux pointus et nez rouges en ont jailli tandis que s'égrenaient quelques notes de musique, comme c'était triste ! Parmi les dix signatures de mes petits-enfants, celles des trois de « là-haut » qui avaient refusé de partir « là-bas ». En évoquant ceux qui s'expatriaient, Audrey avait-elle voulu préparer sa vieille mère à ce qui avait explosé hier ?

Et merde, Audrey !

La salle de bains fleurait bon la menthe : dentifrice, mousse à raser. J'ai fait ma toilette en vitesse, l'oreille tendue vers mon portable, abandonné sur le couvre-lit. Il ne s'est pas manifesté.

« Quand tu as un souci, n'oublie surtout pas de te faire belle », recommandait maman. Façon de dire : « Ne te laisse pas aller. » Eh bien, allons-y, la fête c'est la fête, j'ai revêtu le beau twin-set offert par mes dix, y ai ajouté mon collier de perles. Et pourquoi j'aurais pas le droit de crâner moi aussi ?

Il était neuf heures trente quand j'ai formé le numéro de mon aînée : sur messagerie. Je n'ai pas laissé de message : mon nom sur l'écran suffirait. Tiens, demain, dimanche des Rameaux, avec tout ça j'avais oublié. Bénédiction et distribution de branchettes d'olivier à la fin de la messe. Nul doute qu'Audrey et saint Jean-Eudes en rapporteraient pour les glisser sous les crucifix de leur bel appart.

Aucun mot de Grégoire sur la table de la cuisine, café sans tartines, pas faim. Vite, les cadavres de bouteilles dans le grand panier ! Ho hisse jusqu'à la poubelle « verre-fête-brisée », au bout du chemin. J'ai retapé le lit de Justino : à bientôt ? Passé un coup d'aspirateur ici et là. Quand dix heures trente ont sonné à la pendule du salon, je suis montée là-haut.

4

C'est un spectacle d'une tristesse absolue, ces quatre regards pleins d'attente – de crainte ? – qui convergent vers moi lorsque je pousse la porte de la grande salle de l'Isba. La tristesse qui s'abat après la défaite, lorsque les poings se desserrent et que l'on n'a plus de voix pour crier : champ de bataille abandonné.

Autour de la table ronde – six couverts –, Charlotte, Vladimir, Victor et Tatiana. Ai-je inventé cette lumière fugace dans les yeux de Charlotte ? Aussitôt éteinte : eh oui, ce n'est que moi, ma chérie, pas Audrey. Parking désert, j'ai vérifié.

Et puis une petite fusée blonde jaillit, me rejoint à la porte : Tatiana.

— Babou ?

Elle s'empare de ma main, m'entraîne vers la table, désigne fièrement mon beau twin-set-tirelires cassées :

— Vous avez vu ?

Je prends la pose : merci, Fée !

Vladimir s'est brièvement soulevé pour me saluer, notre futur médecin m'embrasse, j'effleure de mes lèvres, vite, les cheveux correctement coiffés de ma fille.

— Capucine est pas là, elle a dormi chez Adèle pour réviser leur bac de français, elle rentrera que demain soir, m'informe Tatiana la gazette en me faisant une place près d'elle.

Adèle, avant-dernière d'Audrey, même âge, même lycée que Capucine : les « inséparables ».

— Fais pas cette tête, maman, se décide Charlotte. Figure-toi que Boris a appelé ce matin. C'est même lui qui nous a réveillés. Il a parlé à tout le monde. Il s'est excusé : hier, c'était juste un gros coup de blues. Et, bien sûr, il n'obligera personne à le suivre à London City, aucun petit arrangement louche à craindre. Il a seulement l'intention de tâter le terrain pour voir ce qu'il lui serait possible de faire là-bas.

Comment ai-je pu douter de mon gendre ? Honte à Grégoire qui l'a soupçonné de rouerie. À moi qui l'ai cru, ne serait-ce que l'espace d'une nuit blanche, où, c'est bien connu, c'est le pire qui l'emporte.

« T'es pathétique, papa »…

Et celui qui l'est réellement, c'est Vladimir. Son neveu, auquel il a tout donné, son cœur, ses mains, ses sous, et dont il a reçu en échange un petit bout de patrie sous un ciel normand, ainsi qu'une famille en remplacement de la sienne, exterminée dans un goulag sibérien, Boris, sur le point de s'expatrier ? Son regard tragique implore le mien : « C'est pas possible, Babouchka, n'est-ce pas ? » Pour qu'il oublie de me proposer du thé, faut-il qu'il soit mal !

— J'ai eu tort de descendre hier, poursuit Charlotte, j'avais oublié que mon père est sourd.

— C'est pas ta faute, Babou, se lance courageusement Victor. C'est la génération, les couvercles des casseroles, la cuillère en bois, la conversation dans les odeurs et tout. C'est trop ses racines, tu peux pas l'obliger à être dans le vent, ce serait se renier.

— Et n'empêche que pour ta fête, c'est grand-père qui a payé le buffet, même qu'on a remonté les restes et qu'on te doit le panier, s'enflamme à son tour Tatiana en me couvant d'un regard protecteur. Et pour les oreilles de renard d'Adella, il a tout de suite été d'accord. Et Ernest, il a qu'à bien se tenir !

— Vive le Pacha, quoi ! conclut amèrement Charlotte.

Elle consulte sa montre :

— Je suppose que le champion est arrivé à Saint-Lô. Pourquoi t'es pas avec lui, maman ? Je suis sûre que Marguerite a suivi son Maurice.

Je m'efforce de rester calme.

— Rappelle-toi que je n'ai jamais accompagné ton père à ses tournois. Je ne pense pas que ça lui plairait, et, personnellement, j'ai mieux à faire.

Ma fille a un sourire ironique : moi, une grande personne, une femme libérée, oh ! là ! là !

Je me tourne vers mes petits-enfants et, pendant que j'y suis, j'associe Vlan.

— Quoi qu'il arrive, ne doutez pas d'une chose, le Pacha vous aime et la maison vous sera toujours ouverte.

— Quelle maison, déjà ? Pour y faire quoi ? lâche Charlotte d'une voix glacée.

Faute d'oser répondre : « Et merde, maman » ?

Je me suis levée très calmement, j'ai esquissé un léger et souriant geste d'adieu à la tablée et je suis sortie.

Le jardin lilas-amande flottait dans un brouillard de larmes. J'étais presque arrivée quand j'ai entendu le téléphone sonner au salon. J'ai couru : Audrey ?

— Jo, c'est toi ? a bredouillé mon frère. Peux-tu venir vite s'il te plaît ? Maman vient de nous quitter.

5

« Quel âge, maman, déjà ? »

L'âge de partir.

Comme si je ne le savais pas ! Comme si, ces derniers temps, ma main n'était pas allée plus souvent vers le téléphone tandis qu'un ordre alourdissait ma poitrine : « Vas-y, n'attends pas, dépêche-toi. »

« Combien de bougies ? »

Et de rire toutes les deux, Fée la malice, moi la crâneuse, me battant contre le départ d'une mère qui ne devait pas être loin de la centaine. Voilà beau temps que les bougies ne tenaient plus sur le gâteau et qu'on résumait en en mettant une plus grosse pour les dizaines.

« Combien de dizaines, maman ? »

*

— Ça va, madame ? Veuillez attacher votre ceinture s'il vous plaît. Nous entamons notre descente.

Je me suis penchée vers le hublot de la navette Paris-Toulon : le moment à ne pas manquer, celui où, descendant sur Hyères, vous avez l'impression de vous poser sur la mer.

Mon frère m'attendait dans le hall d'arrivée de l'aéroport parmi une petite foule joyeuse. Plus grand que la moyenne malgré son dos voûté, épaisse tignasse en toit de chaume gris sur les lunettes, blouson de cuir craquelé jurant avec les chemisettes de couleur, et, ridiculisant les tongs, les solides godillots à lacets enfermant les pieds du cultivateur.

Je suis tombée dans ses bras et nous nous sommes étreints longuement, pas besoin de mots : orphelins. Et sans doute ceux qui nous dépassaient, « pardon », « pardon », nous imaginaient-ils mari et femme, un couple. Et nous étions bien deux moitiés qui se rassemblaient enfin.

Il a ramassé mon sac. Je l'ai suivi à l'extérieur où il se garait toujours, le grand garçon craignant de se perdre dans les parkings souterrains. Nous avons marché un moment dans le vert acide des pins, tempéré par l'argent des oliviers, accompagnés par le lancinant concert, imaginaire ou non, d'élytres frottés.

Et, arrivés à son antique camionnette, sitôt la portière ouverte, c'est un déluge de poils gris qui m'a engloutie, Gribouille, son griffon vendéen, vieux chasseur de sangliers, sourcils en visière sur ses yeux bruns énamourés.

Il a démarré.

— S'il te gêne, t'as qu'à l'envoyer à l'arrière.

Les premiers mots d'Hugo. Pas étonnant, venant de celui qui vivait dans la hantise de gêner, de déranger, d'être de trop. Encouragé par un beau salaud que nous appelions « lui » ou « il », pour éviter de dire « papa ».

J'ai serré la tête de Gribouille contre ma cuisse ; inutile de répondre, Blanche était là pour ça.

Ce matin, vers dix heures, elle était allée faire une petite visite à maman pour lui proposer de déjeuner avec eux. Étendue sur son lit, dans sa robe noire, chignon noué, mains croisées sur sa poitrine, elle semblait dormir, sa position préférée, moi, je détestais : « Il ne te manque que le chapelet. »

Blanche s'apprêtait à faire demi-tour lorsque le silence l'avait alertée. Même si Fée se félicitait de ne pas ronfler, à ce point là… Elle s'était approchée : le chapelet était entre les doigts.

Nous longions la mer. Il y avait des parasols abritant des familles sur la plage, des voiles blanches dansant sur l'eau et, au loin, l'élégante signature d'un skieur en combinaison noire. C'était l'heure du bain, des serviettes déployées, « aïe, aïe, aïe, elle est froide quand même ! », avant le goûter, les « tartines au sable » entre lesquelles, autrefois, hier, maman glissait une barre de chocolat ramollie par le soleil.

Ce qui aurait, peut-être, dû alerter Blanche et Hugo, c'est que, mine de rien, elle rangeait. Les uns après les autres, elle vidait les tiroirs et les étagères et triait : à jeter, à donner, à garder.

— J'ai bien le droit de faire du propre, avait-elle répondu à une question, ô combien prudente, de sa belle-fille.

Pour nous éviter cette peine un jour ?

De lui-même, Gribouille était passé à l'arrière, où il faisait semblant de dormir, la truffe dans un vieux pull de son maître, coussinets traînant dans les brins de sarments. Suivant un itinéraire propre à mon frère et qui rallongeait considérablement le trajet, nous roulions à présent dans la campagne, sur de petites routes en lacets d'où vous passiez brusquement d'un massif rocailleux à un côteau où cascadait la vigne, à un champ où broutait un sombre troupeau de bovins ou de claires brebis, et à des prés peuplés d'arbres en fleurs où l'on dégusterait bientôt le fruit à la branche.

— Et puis elle mangeait comme d'habitude, ni plus ni moins, a remarqué Hugo.

Comme un moineau : un peu de soupe, une cuillérée de purée ou de compote, rien que du frais, bien sûr.

Combien de fois maman m'avait-elle fait jurer de ne pas la laisser aller à l'hôpital ! « Si le cancer avait voulu de moi, ça ferait longtemps qu'il m'aurait emportée, me faisait-elle remarquer avec une pointe de coquetterie. Passé un certain âge, on s'en va sur la pointe des pieds. »

Je jurais, bien sûr, et ne me privais pas d'en rajouter : « Pour te sortir d'ici, il faudra me marcher sur le corps. » Et de rire…

Finalement, elle était partie comme elle le souhaitait : chez elle, dans son lit, parmi ses objets familiers, entourée de ses proches. Sans moi.

Hugo s'est raclé la gorge. Blanche s'était occupée de tout. Le bon docteur Blaise avait interrompu sa tournée pour venir constater le décès : mort naturelle. Elle était allée à la mairie remplir tous les foutus papiers. Faute d'avoir pu porter les derniers sacrements à sa plus ancienne et fidèle paroissienne, monsieur le curé était descendu la bénir.

Sa voix s'est encore assombrie. Il fallait bien en parler… Pour que maman puisse rester à la maison jusqu'à mardi, jour de son enterrement à l'église Saint-Michel de Grimaud, Blanche avait fait appel à un prestataire funéraire qui avait envoyé un « thanato… », il avait oublié le nom, pour s'occuper des soins de conservation, la toilette, toutes ces choses impossibles. Elle avait obligé Hugo à quitter la maison durant ceux-ci, mais ils avaient choisi la robe ensemble pour les visites, pas trop à la fois, pas trop nombreuses quand même. Le « thanato » reviendrait lundi pour vérifier.

Les mots sortaient, arrachés à la chair du fils : « Tu ne le diras pas, mais je lui ai remis ses affaires près d'elle », a-t-il terminé.

Nous arrivions, apparaissaient les tours en ruine du château sous lequel se blotissait le village aux toits roux, aux murs taillés dans le roc. Ici, la flèche de Saint-Michel, là, celle, timide entre les pins, de la chapelle des Pénitents. Derrière moi, pattes sur le dossier de mon siège, Gribouille pleurait doucement de bonheur. La grille était grande ouverte sur la cour. Devant la porte du Cigalou, Blanche nous attendait.

6

Elle dort, paupières closes, un peu trop poudrée peut-être, cheveux tirés en chignon, les grains de son chapelet entre ses doigts croisés, semence de firmament.

Elle dort dans le lit à montants de bois dont on a scié les pieds pour lui permettre d'y monter sans aide, encore un peu, sous le crucifix barré d'un brin d'olivier jauni. Demain, dimanche des Rameaux, il faudra penser à le renouveler.

Blanche et Hugo ont bien choisi la robe, camaïeu de gris, boutonnée jusqu'au col blanc, manches longues, à laquelle elle ajoutait, pour la fantaisie, une large ceinture de couleur. Sous le drap, parions qu'il n'y a pas de ceinture aujourd'hui.

Le couvre-lit de satin rose, usé jusqu'à la trame du galon grenat, a été soigneusement replié à ses pieds, les rideaux sont tirés, çà et là brille la flamme d'une bougie. Des bougies, on n'en a jamais manqué au Cigalou, où les grands-parents s'éclairaient à la chandelle avant que n'y soit installé « le confort ».

« Ne le dis pas, je lui ai remis ses affaires tout près »...

Elle n'aurait qu'à tendre la main pour récupérer ses lunettes, posées sur la table de nuit, des verres tout simples qui, ajoutés à sa mémoire, lui permettaient d'accomplir les menus gestes du quotidien et ses minuscules parcours : de son lit au cabinet de toilette, de son lit à la cuisine, à la table, à l'évier. Félicité n'était pas femme à laisser sa vaisselle aux autres.

Lorsque Hugo lui avait fait remarquer, il y a quelques années, qu'elle serait mieux de plain-pied, les marches de l'escalier étant rudes, elle n'avait accepté de descendre qu'après négociation : chambre à l'identique de celle qu'elle occupait « depuis toujours ». Et ces marches sur lesquelles elle s'arrêtait quand le souffle lui manquait pour réciter un *Ave Maria*, elle continuait à les monter en esprit pour ne pas voler la Sainte Vierge.

Rangées dans leurs minuscules écrins, à côté des lunettes, ses « oreilles », tout va, tout s'en va. Elle ne les portait pas au lit, préférant lire dans un sourire, une moue, une ride fugitive, ou sur les lèvres. Et puis ne disposait-elle pas, tout près, du téléphone flambant neuf, numéros en mémoire, équipé de haut-parleurs, qui fait un peu drôle ici, comme un oiseau de couleur, ailes repliées, assoupi.

« Tu me raconteras tout ça bientôt. »

La dernière fois que j'ai entendu sa voix. Pour moi, ses derniers mots.

Je ne te raconterai pas, maman, que ton « Cheyenne », comme tu appelais Justino quand tu voulais l'aider à regarder de plus près ses racines de petit Indien, va épouser la princesse de ses rêves, et qu'avec la bénédiction de la Vierge ils t'ont offert prématurément une arrière-arrière-petite-fille, prénommée Adella.

Je ne te confierai pas que le terrain Mururoa est en pleine éruption, que ton gendre louche vers l'Angleterre où sa famille refuse de le suivre, qu'avec Grégoire, qui te traitait de « grande dame » quand il ne m'accusait pas d'être aussi folle-dingue que toi, les ponts sont rompus. Ni que Vladimir, ton fervent admirateur, en a oublié ce matin de me proposer un thé, c'est sans doute pourquoi j'ai si soif et, rien qu'à penser au flan au pavot, la tête qui tourne.

Et c'est que tu ne m'aies pas laissé, à quelques jours près, le temps de te raconter « tout ça » qui me déchire.

On dit que l'âme demeure un peu après que le corps est parti. Où est-elle à présent, cette âme que je me targuais de peindre ? Est-elle là ? M'entends-tu ?

*

La porte de ma chambre, au premier, était entrebâillée. Hugo avait posé mon sac sur le lit et ouvert grande la fenêtre. Elle donne sur l'arrière de la maison, le bois, la sauvagerie, un renard se préparant à attaquer un poulailler, le grognement d'un sanglier ou d'une laie protégeant ses marcassins.

Le bleu du ciel se grisait, le soleil musardait encore à la surface des branches, sept coups ont sonné au clocher de Grimaud.

J'ai renversé le contenu de mon sac sur l'édredon. En gros, j'avais oublié le plus important : chemise de nuit, brosse et peigne – brosse à dents, quand même – et le réveil lumineux qui m'avait déjà manqué la nuit dernière dans la chambre de Justino. J'ai la manie de le consulter à tout bout de champ pour vérifier combien de temps me reste à dormir, fourmis dans les mollets, résistant à la tentation de me lever au risque de troubler le sommeil du « Juste » qui ronflote – je suis gentille – à mes côtés.

Ce n'est que sur l'autoroute, via Orly, au volant de ma Zeph, tâtonnant du côté de ma poche, que j'avais constaté l'absence de mon portable, oublié dans ma chambre, tant pis ! Tant mieux ?

Si Audrey se décidait à répondre à mon appel, cela m'éviterait de lui dire où je me rendais. Il serait toujours temps, arrivée au Cigalou, de lui apprendre le départ de sa grand-mère et de la charger d'avertir Charlotte ainsi que les enfants, en douceur surtout. Je ne doutais pas de leur chagrin : Grimaud, le havre, lieu de fabuleuses escales ensoleillées près d'une aïeule haut en couleur, preneuse de toutes les bouteilles à la mer. Mon dieu, et Thibaut, mon fils si fidèle ! Lui, il faudrait que je l'appelle sitôt arrivée. Et, je n'en doutais pas non plus, ils seraient nombreux à descendre pour accompagner Félicité Provensal jusqu'à sa dernière demeure, vue imprenable sur les Maures.

Quant à Grégoire, occupé à défendre les couleurs de son club à Saint-Lô, il avait certainement éteint son portable, et de toute façon il n'était pas question de lui annoncer la « chose impossible » – oh, mon Hugo ! – entre deux parties de Scrabble.

J'ai fermé la fenêtre, tiré le rideau et allumé le lustre à pendeloques. Je me suis agenouillée sur le lit et j'ai regardé derrière les montants de bois.

Elles étaient là.

Sur plusieurs lignes, en bataillons serrés, les plus anciennes presque effacées, les croix tracées à chacune de mes descentes au Cigalou. Il paraît que les prisonniers en tapissent les murs de leurs cellules pour comptabiliser les jours d'enfermement, ne pas perdre contact avec l'extérieur. Moi, c'était les croix de la liberté, du ciel rendu, de l'air respiré à pleins poumons. De la vie retrouvée.

La petite fille, la jeune fille, la femme, la grand-mère y avaient signé. Soudain, la douleur m'a ployée : l'arrière-grand-mère y inscrirait-elle son passage ?

On a frappé à la porte : voix de Blanche.

— Ma Jo ? Si tu veux bien, on t'attend à la cuisine pour dîner.

7

À La Maison, il y a deux entrées, qui toutes deux donnent sur la cour. Tout de suite, l'entrée principale, une porte à deux battants un peu solennelle qui ouvre directement sur le salon, et, un peu plus loin, la modeste porte vitrée de la cuisine. Pas difficile de deviner que c'est celle-là que tous utilisent, l'autre étant réservée aux invités ou visiteurs.

C'est qu'à la cuisine, à toute heure du jour, vous êtes presque sûr de trouver quelqu'un, quelqu'une, deux mains à l'épluchage, une casserole ou un faitout sur le feu, une bouilloire en route. Sur la table, un bol traîne, quand ce n'est pas un pot de miel, cuillère plantée dedans, quand ce ne sont pas ces paquets de cacahouètes, amandes ou noisettes dont la marmaille raffole. Et il m'est arrivé, par temps tanguant, de mettre à chauffer ou réchauffer n'importe quoi, juste pour embuer le carreau de la fenêtre, dire : « Je suis là, assieds-toi, je viens. »

Un peu comme dans ces gares où, perdus, rendez-vous manqué, les passagers se rendent à l'accueil afin d'y être rassurés, et parfois leur nom retentit dans les haut-parleurs avec, à côté, les mots « est attendu ».

Blanche et Hugo m'attendaient à la cuisine du Cigalou, porte communiquant avec la grande salle de la dépendance où ils logeaient. Trois couverts étaient mis sur la table à épais tablier de bois strié, d'où, gamine, je ne pouvais m'empêcher, malgré l'interdiction, de tirer les « saletés » avec une dent de ma fourchette, marquée des cicatrices brunâtres de plats trop chauds posés en catastrophe – « Ouille, ça brûle ! » Sur cette table, entre bancs et tabourets, on tenait jusqu'à douze. Autour de cette table, que de fêtes avaient eu lieu, que de toasts portés à la santé ou au succès, sous l'égide d'une vaillante bonne femme dont le prénom se conjuguait à toutes les sauces des contes de fées.

Alignés sur le buffet, à portée de main, café moulu, boîte à thé, huile d'olive, bocaux d'herbes variées. Dans le panier à légumes, tomates, navets, oignons, aïl et échalote, pour le principal. Et, sur la planche, enveloppée dans un torchon, la miche de pain bis.

Près de la cuisinière, Gribouille fourbissait ses airs de martyr, après avoir nettoyé sa gamelle en trois coups de langue. Lorsque je suis entrée, il est venu serpenter entre mes mollets, dans l'espoir, non vain, de me faire oublier la cruelle interdiction : rien pendant les repas.

Mon frère avait troqué son blouson contre un exubérant pull à col roulé dans lequel il ressemblait à son vendéen. Blanche portait un cardigan léger sur une robe de couleur.

— J'ai fait un potage « aurore », je crois que tu aimes bien, Jo.

Elle a posé la soupière près d'Hugo qui m'a servie. On dit aussi « velouté » : potiron, tomates, pommes de terre. Crème et croûtons ajoutés au dernier moment. Un potage qui se mijote, et, si vous voulez mon avis, ce n'était pas pour moi que Blanche l'avait mouliné ce matin. Sans se douter que je ferai le trajet pour le déguster. « Déguster », un bien grand mot. Une cuillérée pour Fée, une pour Félicie, une pour Félicité ?

Pour Hugo, tendrement, ma belle-sœur a déroulé la liste de ceux qui avaient appelé ou étaient passés pendant son trajet aller-retour à Hyères. Certains, je les croyais partis eux aussi. Comment ? Encore là, Mathurin, le garde champêtre qui nous faisait si peur avec ses moustaches retroussées ? Toujours à l'ouvrage, le cordonnier dont l'échoppe sentait si bon le cuir ? Et celle-là.. et celui-là… Normal de faire les comptes de ceux qui restent quand l'un s'en va.

Blanche s'est tournée vers moi.

— Pardon, Jo, mais il faut bien prévoir. Comme Hugo te l'a dit, les obsèques seront célébrées mardi à l'église Saint-Michel par le père Théophile. Souhaites-tu qu'il y ait un défilé à l'issue de la messe ? En général…

Je ne l'ai pas laissée continuer. En général, ni défilé, ni fleurs, ni couronnes. Moi, je voulais tout pour ma mère. Et tout ne serait pas assez pour me faire pardonner de n'être pas arrivée à temps pour l'embrasser.

Plus tard, le téléphone fixe a sonné sur le bord du buffet, ça continuait… Blanche s'est levée vivement. Elle a décroché, son regard s'est éclairé et elle a dit : « Mais bien sûr, ma chérie, elle est là. Je te la passe. »

Elle m'a tendu l'appareil : « Audrey. »

Audrey ?

— Je suis désolée, maman. On pense tous très fort à toi, on t'embrasse…

Je n'entendais plus. Vous ne savez jamais exactement à quel instant le coup de trop, le gravillon, va faire exploser les fortifications. Les larmes que j'avais réussi à retenir jusque-là ont tout balayé.

*

Ce matin, après m'avoir appelée, Hugo avait tenté de joindre Audrey, sa filleule, à Caen : téléphone sur répondeur. Il n'avait pas laissé de message ni osé rappeler, il est comme ça. Avant de partir me chercher à Hyères, il avait chargé Blanche de prendre le relai quand elle aurait un moment.

— Je n'ai réussi à joindre ta fille que vers cinq heures, sur son mobile, m'a expliqué celle-ci. Elle a été très affectée par le départ de sa grand-mère. Et stupéfaite d'apprendre que tu étais en route pour le Cigalou, elle te croyait chez toi.

Mes larmes séchées, le velouté terminé, nous attaquions fromage et salade. Trévise, roquette, mesclun, et ces délicieux chèvres dont les noms sonnent comme une comptine : cabécou, chabichou. Sans oublier le fameux « Rove des Garrigues », blanc comme la chèvre dont il provenait, celle à grandes cornes de M. Seguin. Et, puisqu'on était dans le blanc, un verre de celui élevé maison l'accompagnait, frais comme il fallait.

— Audrey m'a dit qu'elle se chargerait d'avertir Thibaut. Elle prévoit une arrivée groupée lundi, pas trop tard, pour passer la soirée avec nous, avec toi. Dès qu'elle aura une idée du nombre, elle rappellera.

Elle a hésité :

— Tu n'es pas obligée de me répondre, Jo, mais il m'a semblé que quelque chose n'allait pas. Je me trompe ?

Non, la discrète Blanche ne se trompait pas.

Tout en approvisionnant ouvertement Gribouille en épluchures de fromage, j'ai raconté la faillite de Chez Babouchka et le projet avorté du *drive*. Lorsque j'ai parlé de l'Angleterre, Hugo en a abandonné son couteau : quitter le pays, son sol, son bout de terre, son pan de ciel, était pour le « paysan » incompréhensible. S'il n'avait pu garder le Cigalou – Dieu l'en protège –, au plus somptueux des palaces à l'étranger, il aurait préféré camper dans sa camionnette, la Normandie faisant, bien sûr, partie de l'étranger pour lui. J'ai terminé la triste histoire par ma brouille avec Grégoire, qui, à l'heure actuelle, devait bambocher avec ses copains à Saint-Lô.

– « Bambocher » ? Attends, Jo, ne nous dit pas qu'il n'est pas au courant, a protesté Blanche.

— Je n'allais pas lui gâcher son tournoi. Audrey l'appellera quand elle le jugera bon. Et je vous interdis à tous les deux de le faire.

Colère encore ? Aigreur ? Ils ont promis. Homme et femme de devoir : rien à craindre.

Était-il réellement dix heures ? Il ne me restait qu'à ramener un peu de sourire dans l'atmosphère en racontant l'épopée de notre valeureux pompier. Sous le flot des questions, aidée par un rab de blanc de blancs, ma tête commençait à tourner « grave », comme ils disent. Il est vrai que la journée avait été gravement remplie.

Je me souviens d'une part de tarte aux pommes – pâte brisée, lamelles de fruits finement coupées, sucre de canne, beurre, surtout n'ajoutez rien –

reliquat de la veille, passée au four, piochée à même le moule, brûlée à souhait.

D'une infusion – pas camomille – concoctée par Blanche pour me permettre de dormir convenablement. Comme si je n'étais pas une dame très convenable dans mon twin-set classe : « Surtout, quand tu as un souci, fais-toi belle. »

Du bras d'Hugo entourant mes épaules lorsque nous sommes allés souhaiter bonne nuit à la déserteuse et du serment extorqué à mon frère de dormir dans la chambre à côté de la mienne pour ne pas nous laisser seules toutes les deux.

D'une toilette de souris – même pas chat –, d'une longue chemise de nuit déposée sur mon lit par Blanche, et d'avoir plongé dans le sommeil, comme on lâche enfin prise, se laisse emporter, advienne que pourra, parce que vient un moment où, ainsi que le disent les enfants, pour le bon comme pour le mauvais : « C'est trop ! »

8

Un gratouillis à la porte me réveille, oh non, pas encore s'il vous plaît ! Le gratouillis redouble, accompagné d'un bref jappement : « C'est moi. » Je sors le nez de l'édredon, consulte ma montre : huit heures passées… Ai-je dormi si longtemps ?

Le bois du lit rouspète comme je me redresse, le jour allume les rideaux, aucun « où suis-je ? », pas la moindre hésitation, pas dormi assez profondément pour l'oublier.

Allons ! Pieds sur le tapis puis sur la tommette : « Entre, Gribouille. » Me revoilà projetée sur le lit. Pensez s'il y a du terrain à explorer, avec, en plus, sur mes épaules, la chemise de nuit de sa maîtresse adorée, oui mon chien je suis là ! Effusions terminées, nous allons tirer le rideau, salut, les résineux !

« Nous n'irons plus au bois, les lauriers sont coupés. »

C'est traître, les chansons, ça s'adapte à toutes les situations, les états d'âme, pour mieux entretenir le regret.

— On pense très fort à toi, a dit Audrey hier au téléphone. Quoi d'autre ? Ah oui, elle se chargera d'avertir Diane, qui, bien sûr, appellera Marie-Rose. À moins qu'elle ne fonce à la brocante pour lui annoncer de vive voix ce qui m'est arrivé. Merci, ma Casamance ! Même si j'aime mes Grâces comme des sœurs et que nous allons par trois, j'ai le désir qu'elles sachent mais pas le courage de les appeler.

— Eh, oh, Gribouille, mon garçon, où tu es passé encore, tempête Hugo au rez-de-chaussée.

Ne fais pas semblant de l'ignorer, mon frère, puisque c'est toi qui me l'as envoyé.

*

La fenêtre de la cuisine donnant sur la cour était ouverte ; il faut bien surveiller qui entre et qui sort. La cafetière gargouillait sur le feu à côté d'une épaisse tartine mise à griller sur l'antique plaque d'amiante familiale qui n'avait jamais tué personne. J'ai embrassé Hugo en le prenant par surprise, heurtant mon nez à une branche de lunettes.

— Avec la messe et tout, inutile d'espérer voir Blanche avant midi, a-t-il bougonné en versant le café dans mon bol. D'accord pour faire un petit tour ?

C'est toujours en arpentant sa vigne ou à l'occasion d'une balade en forêt que mon frère lâche ce qu'il a sur le cœur. Assis, yeux dans les yeux, il en est incapable. Et n'allez pas imaginer qu'il fuit la vérité ou refuse de voir la réalité en face, n'est-ce pas, Grégoire ? C'est tout simplement qu'autrefois il fallait être loin des « oreilles ennemies », celles de Jean Vallery, notre père (qui êtes en enfer ?), pour pouvoir parler librement.

— D'accord pour le petit tour, mon Hugo.

Et, pour les jours d'orage qui peuvent receler de futurs moments doux, pour les croix de la liberté tracées derrière le montant de mon lit, j'ai trempé résolument un morceau de fougasse à l'anchois dans mon café au lait. De toute façon, si j'y avais manqué, j'en connais un qui y aurait vu un reniement.

Deux vieilles femmes vêtues de sombre étaient assises de part et d'autre du lit de Fée lorsque je suis redescendue après m'être habillée. Les bougies avaient été renouvelées, un beau rameau tout neuf barrait le crucifix. Elles m'ont embrassée en m'appelant par mon prénom. La chambre m'a paru plus froide que la veille : âme définitivement envolée ?

*

Sous le cadran solaire de l'église Saint-Michel, faite de granit et de calcaire, du beau roman fait pour durer, cette phrase est inscrite en provençal :

« Ton lever, je le vois au soleil, mais j'ignore si je verrai ton coucher. »

Le soleil était bien là, salué par les cloches de notre paroisse, lorsque nous avons pris, Hugo et moi, le chemin conduisant au vignoble. Le blanc de blancs qu'élève mon frère est apprécié pour son bouquet « un peu excentrique », lui qui l'est si peu. Il rapporte bon an mal an de quoi payer ceux qui lui prêtent la main, entretenir la maison, vivre décemment. Le salaire d'infirmière de Blanche leur autorise un superflu dont ni l'un ni l'autre ne se soucie vraiment.

Tout en marchant entre les rangées de ceps hérissés de bourgeons charnus débordant de sève qui, bientôt, exploseraient en grappes chargées de grains juteux, mon frère m'a parlé des dernières volontés de notre mère et du testament qui serait ouvert mercredi matin, lendemain d'enterrement, chez maître Pigasse à Grimaud. Testament dont je connaissais par cœur chaque ligne, chaque paragraphe, chaque clause, Félicité n'en ayant jamais fait mystère. Ce qui n'a pas empêché Hugo d'émailler son rapport de « si tu veux bien », « si tu es d'accord », approuvés par Gribouille qui chaloupait de l'un à l'autre, sa fourrure arrondissant des angles qui n'existaient pas.

Si j'étais d'accord… Hugo garderait le Cigalou et son vignoble, tandis que, pour ma part, j'hériterais du portefeuille d'actions, judicieusement placées par la pionnière qui avait animé autrefois, alors qu'elles ne s'y frottaient guère, un petit groupe d'actionnaires féminines.

Si je voulais bien – là, Hugo s'est immobilisé et il a regardé alentour pour s'assurer que seul le ciel, bien sûr du côté de maman, l'entendait –, je pourrais disposer, en attendant que l'héritage soit réglé, de deux lingots cachés par la donatrice dans le potager, « et ne t'en fais pas, Jo, j'ai eu l'équivalent avec certificat et tout, rien que de l'autorisé ».

Sauf à s'appeler Harpagon, il n'est pas joli de pleurer pour de l'or. C'est pourtant ce que j'ai fait en apprenant la nouvelle. Deux lingots dans le potager, sous les haricots et les tomates que notre mère se flattait de planter elle-même : mère cœur d'or !

Et toi, pendule du salon, astique ton battant, prépare tes rêves : mise d'amour doublée.

*

Blanche avait rapporté une dorade du marché. Le soleil chauffait suffisamment pour que nous la dégustions sur la terrasse, grillée au feu de sarments, accompagnée de « grenaille » mangée avec la peau.

Il y avait du nouveau : Audrey avait appelé pour avertir qu'un convoi TGV Méditerranée d'une douzaine de personnes nous arriverait demain dans la soirée. DOUZE ? Eh oui, aucun enfant n'envisageant de manquer les adieux à Fée, leurs parents avaient consenti à leur faire sécher deux jours d'école.

— Si on n'a pas assez de place pour loger tout le monde ici, Audrey m'a chargée de réserver à L'Auberge, a ajouté Blanche.

Hugo s'est indigné : L'Auberge ? Et on dirait quoi au village s'il n'était pas capable d'héberger sa propre famille ? Sa filleule aurait-elle oublié à combien ils dormaient au Cigalou lors des réveillons ou autres fêtes ? Au besoin, on ferait des dortoirs pour les enfants. Si nécessaire, il dormirait dans le cabanon à outils du vignoble.

Il arrive à Blanche de faire sortir exprès son mari de ses gonds, tout étant bon à prendre pour s'assurer qu'aucun résidu des colères d'antan ne lui empoisonne le sang. Il arrive à Hugo de simuler la colère pour mieux savourer une paix enfin acquise, si belle qu'il lui arrive de se pincer pour y croire.

Un peu plus tard – nous prenions le café –, Blanche m'a demandé si je voyais un inconvénient à ce qu'elle fasse appel, pour le déjeuner du retour d'enterrement de mardi, à l'un de ses neveux qui venait de monter une petite entreprise de traiteur à domicile. Avec son équipe, pour l'instant réduite à quatre personnes, dont lui, il se chargeait de l'organisation de repas, cocktails et autres réceptions. Courses, cuisine, service, rangement, il parait à tout, libérant ses clients des contraintes matérielles afin qu'ils puissent se consacrer à leurs seuls invités. L'entreprise de Laurent Prieur démarrait très bien, notamment chez les couples où les deux travaillaient.

Quelle bonne idée ! Bien sûr, j'étais d'accord. Cela permettrait à Blanche de rester auprès de son mari tout au long… de la plus impossible des journées.

Après une brève sieste, nous avons fait tous les lits du Cigalou et de la dépendance. Comme pour les bougies, les draps ne manquent pas, ni les édredons, mot inconnu de mes petits-enfants qui n'utilisent que la couette, rien à voir ! Sous l'édredon, approvisionné en duvet par l'eider, cousin scandinave de notre canard, on peut accumuler les couvertures, rabattre le drap, border bien serré. Réfugié dans les coussinets de l'édredon, on peut comploter à son aise, sachant qu'ils garderont secrets et confidences jusqu'au prochain passage, n'étant nettoyés qu'une fois l'an.

Il était près de six heures, le soir tombait et la fraîcheur. On avait fermé la fenêtre, Hugo et moi aidions Blanche à l'épluchage de la piperade prévue pour le dîner, lorsque, dehors, une portière a claqué, Gribouille s'est dressé, un pas a traversé la cour, la porte d'entrée a été ouverte à la volée, puis celle de la cuisine.

— Alors, moussaillon ? a dit Grégoire.

9

Je suis debout dans le bleu marine, mes bras ne sont pas assez longs pour entourer la poitrine du commandant, alors je m'y coule, m'y cale, m'y enfouis. Je ne savais pas que j'avais eu si froid loin de toi, que j'avais eu si peur d'avoir perdu quelque chose d'essentiel, la poutre maîtresse de la maison, la quille qui tient droit le bateau, ma boussole. Je le déteste, je l'aime, je crois bien que je bombarde son torse de mes poings, que je crie autant que je rie.

Il dit : « Chut, calme-toi, ça va, maintenant, je suis là. » Il ne supporte pas les déballages de sentiments, il trouve ça vulgaire, comme l'odeur de l'ail imposée aux autres sans leur demander leur avis. On lave son linge sale en famille, et encore… Et un peu de dignité, s'il vous plaît.

La dignité, je m'en fous ; pense-t-on à rester digne quand un miracle survient ? Et c'en est un. Qu'est-ce que je m'étais dit, déjà, quand l'intégriste avait refusé le *drive* ? Un tremblement de terre, un tsunami, ne le feraient pas changer d'avis. Pour le *drive*, je ne sais pas, mais pour son moussaillon, il a planté son Club des Cinq, l'honneur de Caen, le podium, la gloire. Je peux les voir d'ici se frotter les mains, les nuls de Saint-Lô.

Il m'entraîne à la table. J'y reprends place en face de Blanche qui sourit, d'Hugo qui me fait les gros yeux : si moi je flanche, qu'est-ce qu'il devient, lui ?

— Bois donc, Josépha, conseille-ordonne Blanche en faisant glisser un verre d'eau sous mon nez.

J'obéis, docile, reconnaissante : oui, donnez-moi des ordres, montrez-moi le chemin, que j'arrête avec les questions : « C'est bien ? Pas bien ? Trop tôt ? Trop tard ? » On finit par ne plus savoir, permettez-moi de me reposer un peu.

Avec précaution, Grégoire me détache de lui, j'ai froid. Se lève.

— Avant de continuer, puis-je aller m'incliner devant la dépouille ?

La « dépouille » ? KO, Hugo. « Puis-je » ? Sachez seulement que l'amoureux du bon français est également capable, quand l'honneur de son petit-fils est en jeu, de vous envoyer un superbe et mémorable « bordel de merde ».

J'ignore ce qu'a cet homme-là, mais les chats le fuient alors que les chiens marchent sur ses pas. À sa suite, Gribouille s'ébranle, l'escorte jusqu'à la porte de Fée, devant laquelle, après qu'il l'a refermée, il s'étend de tout son long, truffe là où les enfants, la nuit, cherchent le rai de lumière.

Je chuchote, je supplie ? « S'il vous plaît, pas un mot de ce que je vous ai dit. » Blanche et Hugo acquiescent. Inutile d'expliquer : on ne va pas gâcher le miracle. Et ils savent bien que si Boris a pu, autrefois, ouvrir le restaurant russe qui périclite aujourd'hui, en haut du jardin sacré de Grégoire, c'est grâce à celle à qui il est en train de rendre hommage. Tiens, qu'aurait-elle dit du *drive* ? Elle aurait été capable d'apprécier.

Chut, le revoilà !

*

Tout en dégustant la piperade, poivrons rouges, poivrons verts, blonds oignons et tomates, revenus à l'huile d'olive, servie avec œufs frais et chorizo doux, mon mari, pressé par Blanche, a bien voulu nous raconter comment il nous était arrivé.

Ce matin, à son réveil, il avait découvert le message qu'Audrey lui avait laissé la veille sur son portable, lui demandant de la rappeler d'urgence, ce qu'il avait fait. Elle lui avait appris le décès de Fée et ma descente précipitée à Grimaud. Le temps de s'habiller, de boucler son sac, de remercier les Saint-Lois qui l'avaient hébergé, d'avertir ses partenaires qu'il leur faussait compagnie, il était neuf heures lorsque au volant de son Paquebot il avait pris l'autoroute de Normandie, circulation fluide, bonne heure, beau temps. Trois heures plus tard, il arrivait gare de Lyon. C'est là que les choses s'étaient gâtées.

La voix du Pacha s'est faite houleuse : queue monstre aux rares guichets, mépris total des chemins de fer pour ceux qui préfèrent commander leur billet à une personne plutôt que de batailler avec une borne qui s'entête à exiger une carte bancaire que vous n'avez aucune intention de lui donner. Bref, pour attraper le TGV Méditerranée de midi et demi, il avait dû y monter sans « titre de transport », comme ils disent. Bar en grève, pas la contrôleuse, elle aussi bornée, qui lui avait infligé une amende carabinée. N'ayant rien avalé depuis le matin, il avait acheté à un charriot roulant un sandwich en caoutchouc et un gobelet de pipi de chat, avant d'arriver à Toulon, où, rebelote, queue monstre à la borne taxis et bagarre, cette fois, pour trouver un chauffeur qui accepte sa carte bancaire afin de le monter à Grimaud. Voilà le tableau !

— Mais Grégoire, pourquoi ne nous avez-vous pas appelés du train ? Hugo se serait fait un bonheur d'aller vous chercher, a risqué Blanche avec précaution.

— Vous appeler ? Sur mon portable, peut-être ? Me donner en spectacle aux passagers ? Être interrompu par un tunnel ? J'ai opté pour le plus simple, a répondu Grégoire avec hauteur.

C'est là que le fou rire m'a prise. Oh, mon Grégoire, le plus simple… Plutôt qu'une minute sur ton portable, des heures d'incertitude, d'énervement, de piétinement.

Mais une si belle surprise au bout pour ta femme.

Nous achevions de dîner quand le fixe a sonné : Audrey, pour donner à Blanche l'heure d'arrivée, lundi, du convoi TGV Méditerranée ainsi que le nombre de passagers. Après avoir noté, Blanche m'a tendu l'appareil : « Ta fille souhaite te parler. »

Casamance s'est raclé la gorge, rare :

— Je ne voudrais pas t'inquiéter, maman, mais figure-toi que papa a disparu. Il n'est ni à Saint-Lô, ni à la maison…

— Bien sûr, ai-je répondu, puisqu'il est ici avec moi.

*

Aujourd'hui, le sexe est à l'honneur. On n'a plus peur d'en parler ni de le montrer, tout cru, à la une des journaux, sur grands et petits écrans, Internet, tablettes. Cet hiver, à Paris, des femmes ont manifesté pour le « droit à l'orgasme ». Les voyant brandir leurs pancartes, rire et crier, certaines seins nus, je pensais à ces couples discrets qui, pour une raison ou pour une autre, ne font plus ou plus guère l'amour. À ces hommes fatigués après une journée à « assurer » à leur boulot, sans grande force, rentrés chez eux, pour « assurer » face à une femme revendicatrice. À ces femmes qui, sans pour autant être froides, ne sont pas forcément montées au septième ciel. Et je me disais que, face à ces images, cette revendication, ils devaient se sentir gênés, un peu honteux, un peu nuls, quoi.

Ils ont tort. Le sexe, c'est bien, l'orgasme, quelques secondes d'extase, mais croyez-moi, c'est peu de chose à côté de ces longs et intenses moments où deux corps se fondent dans la tendresse et l'acceptation de l'autre, « compagnons », mot qui vient de « pain », partage du pain, nourriture essentielle à la vie.

J'allais oublier. À Saint-Lô, le tournoi s'est achevé sur un match nul. Faute du brave qui aurait pu départager les combattants ?

10

Qui sait que, dans la mythologie grecque, les Hespérides étaient des nymphes chargées de veiller sur les arbres aux fruits d'or symbolisant le soleil couchant sur le mont Atlas, avant que Thanatos, la mort, ne vienne s'en emparer ?

La longue voiture noire du thanatopracteur, nom qu'Hugo n'arrivait pas à prononcer en entier, est entrée dans la cour du Cigalou ce lundi matin, à neuf heures et demie. L'homme qui en est sorti venait, comme prévu, vérifier l'état de la défunte. Nous nous trouvions dans la cuisine.

— Grégoire, si vous emmeniez Jo et Hugo faire un tour au village ? a suggéré Blanche. Vous en profiterez pour rapporter le journal et du pain frais pour le déjeuner.

Invitation à dégager le terrain de douleur, à laquelle nous avons obéi sans protester, Gribouille sur nos talons.

— Toutes nos condoléances, nous a dit celui qui travaillait avec la mort quand nous nous sommes croisés, et je n'ai pas pu m'empêcher de regarder ses mains. Il portait d'épais gants de cuir.

Lundi. Grimaud était paisible. Nombreux sont ceux qui choisissent notre village pour prendre leur retraite, pas trop loin de la mer tout en étant protégés de la cohue des vacanciers, pas non plus la canicule, un soleil miséricordieux. L'idéal pour ceux, politiques ou artistes, qui cherchent l'anonymat après une existence trop exposée aux lumières artificielles.

On s'émeut de découvrir au cimetière tant de personnages connus. Sur leurs stèles, les plus célèbres se contentent de faire graver leurs noms entre deux dates, c'est tout, ça leur suffit. Alors que Mme Graillon, notre épicière, avait mis de côté toute sa vie pour pouvoir s'offrir un monument en marbre rare, avec des « Regrets éternels » en lettres dorées et un abonnement hebdomadaire pour renouvellement de fleurs et jardinage de tombe.

L'été, la population de Grimaud explose, les cars de touristes s'alignent en bas du village et les flashs des appareils photo ou des portables concurrencent le soleil. La mauvaise saison pour ceux d'ici, qui laissent leurs volets fermés toute la sainte journée.

Au petit trot devant nous, Gribouille se livrait à son recensement personnel, s'arrêtant devant chaque porte de bois aux couleurs fanées, laissant çà et là un message. À la Maison de la presse, le patron, un gros bonhomme au sourire touchant, nous a longuement serré la main.

— Elle est dans le journal avec sa photo, je vous ai gardé un exemplaire.

L'opérateur funéraire s'était chargé de faire passer l'annonce, rédigée par Blanche, dans la rubrique appropriée. La photo était bien choisie, elle avait dû être prise récemment, je ne la connaissais pas. Fée avait l'air songeuse, un peu absente : déjà ? La famille au grand complet y disait son chagrin de l'avoir perdue. Nous lui ferions nos adieux ce mardi 15 avril, à onze heures, en l'église Saint-Michel de Grimaud.

L'habituelle file d'attente piapiatait devant la boulangerie. Hugo a serré quelques mains, oubliant de nous présenter, Grégoire et moi. Finalement, je préférais. En devanture, un gros œuf pointu en chocolat, enrubanné de rose, annonçait Pâques, dimanche prochain. Mon Dieu, si j'avais pu me douter lors de ma fête, dimanche dernier, qu'avant de venir déverser leurs œufs dans notre jardin les cloches sonneraient ici pour Fée !

Grégoire craignait-il de rentrer trop tôt ? Il a demandé à Hugo de faire un tour par le vignoble. Un homme y travaillait, dégageant les sarments qui risquaient d'entraver la venue de la fleur. Nous sommes allés le saluer. Il s'est redressé avec peine. « Demain, elle aura beau temps », a-t-il remarqué en soulevant son béret et montrant le ciel, avant de se remettre à l'ouvrage. Quelle plus belle épitaphe ?…

Dix heures sonnaient, la voiture de l'homme aux gants de cuir n'était plus dans la cour quand nous sommes rentrés.

— Tout va bien, nous a rassurés Blanche. J'ai parlé à M. Raoul de la nombreuse arrivée familiale, ce soir. Il juge préférable que Félicie n'ait pas trop de visites, que penseriez-vous de les limiter aux adultes ?

« M. Raoul » ? J'ai mis quelques secondes à comprendre de qui il s'agissait, tous les noms ne sont pas prédestinés.

— Oh oui ! ai-je répondu, devançant Hugo, encore plus désarçonné que moi.

Ainsi les enfants garderaient-ils l'image d'une femme étonnament vivace, malicieuse et gaie sous ses cheveux blancs, et non celle d'un visage trop fardé, aux rides gommées, sans lumière, dont je savais que je mettrais longtemps à me libérer.

*

Laurent Prieur, le neveu traiteur de Blanche, est venu en tout début d'après-midi avec son équipe. La trentaine, fine barbe brune, yeux verts, il avait le regard de sa tante, à la fois doux et résolu. Il nous a présenté ceux qui travaillaient avec lui : trois jeunes hommes dont deux chargés exclusivement du ravitaillement et des fourneaux, le troisième, gérant avec lui organisation, déco et service.

Nous nous sommes attablés autour d'un café afin de planifier la journée du lendemain. Grégoire est monté se reposer, suivi de Gribouille, accompagnés par le regard heureux d'Hugo, fier de voir ses amours partagées.

Si j'étais d'accord, un buffet serait proposé sur la terrasse à ceux qui auraient accompagné Fée jusqu'au cimetière : boissons et canapés divers. Plus tard, le repas qui rassemblerait la famille serait servi dans la grande salle de la dépendance d'Hugo, qui communique avec la cuisine du Cigalou, pratique ! Combien de convives ? Une quinzaine. Une ou deux tables ? Pourquoi pas deux, disposées en fer à cheval, afin que tous communient lors d'un repas dédié à Fée.

En ce qui concernait la déco de la salle, ces branchages et fleurs sauvages qu'elle chapardait lors de ses promenades et rapportait au creux de son tablier en déclarant que c'était du « rab » que le bon Dieu faisait pousser pour tout le monde. Et, çà et là, des photos de vacances, en veillant à ce que chacun puisse s'y retrouver près d'elle lorsqu'il se chercherait.

Le jeune traiteur avait élaboré un menu qu'il nous a soumis : viande et poisson afin qu'il y en ait pour tous les goûts, grillés au feu de sarments, sauces servies à part, accompagnés de légumes frais. Frites pour les enfants ? Frites pour tout le monde. Salade et fromage, bien sûr. Desserts variés.

Menu approuvé, les cuistots ont commencé à installer leur matériel tandis que Blanche ouvrait pour son neveu l'armoire à linge de table, le buffet aux ménagères contenant l'argenterie et le bahut réservé à la porcelaine et au cristal.

Il était plus de quatre heures lorsqu'ils ont quitté les lieux dans la camionnette portant le mot EURÊKA flanqué de deux ailes. Hugo était déjà en route pour la gare de Toulon, où les nombreux arrivants du convoi familial se répartiraient entre sa fourgonnette et un taxi réservé par Blanche.

« Convoi » ? Finalement, j'aime pas. Ça fait cortège funèbre, transport militaire, et ne parle-t-on pas de convoi de prisonniers ? Alors quoi ? Troupe, groupe, caravane ? Grégoire affirme que, pour choisir le bon mot, il faut d'abord bien en définir le contenu. Peut-être aussi l'accepter…

Pas évident quand, en grec, en latin ou en provençal, c'est Thanatos qu'il contient.

11

Et en un clin d'œil, un claquement de doigts, la cour se remplit, la vie déborde.

De la camionnette d'Hugo sortent les plus jeunes, sacs au dos ou en bandoulière, filles et garçons en uniforme : jean, blouson, baskets. Un seul adulte parmi eux, Thibaut, bien sûr ! Ils s'étirent, s'ébrouent, lèvent les yeux vers le ciel où le soleil jette de derniers feux, faisant chanter le vert et le miel. Ils répriment des sourires d'aise : ont-ils le droit ? Et je me souviens : moi, sitôt passé la grille du Cigalou, je mourais de faim.

Du taxi, lourde porte coulissante, gare à la marche, les adultes descendent un à un. Audrey, puis Jean-Eudes qui attrape au vol Kahura (Petit Printemps), papillon rose et noir comme les fleurs de son kimono. Puis voici Charlotte, suivie… suivie de Boris, je ne rêve pas. Aux dernières nouvelles, n'était-il pas à Londres ?

Dans mon dos, Grégoire s'est raidi. Avant qu'il ait pu manifester sa surprise, son mécontentement ? Justino et Victor nous ont rejoints, et leur regard, découvrant leur Pacha près de moi, s'éclaire : il est là, ça va, ouf !

— Je te raconterai Haydée, Babou, ne peut s'empêcher de me glisser le jeune fiancé à l'oreille en m'embrassant.

Capucine, Adèle et Tatiana prennent le relai : dans mes bras, les filles ! Tatiana nous apprend que le pauvre petit Grégoire a été laissé à sa bonne-maman, il a beaucoup pleuré. Suivent nos « Parisiens », Tim et Gauthier, aînés d'Audrey. Comme ils font sérieux en costume-cravate. Évidemment, il fallait qu'ils viennent : n'ont-ils pas profité à plein de Fée, au temps des culottes courtes ? Fée au meilleur de sa forme. N'empêche, je dois me hausser sur la pointe des pieds pour les embrasser.

Déboussolé, Gribouille fait des huit entre les mollets, distribuant des coups de truffe aux mal élevés qui annexent sa cour. Les derniers à s'avancer sont Charlotte et Boris, entourés d'Audrey et de Jean-Eudes : front commun ? N'oublions pas que la dernière fois que Mururoa a vu son père, elle lui a dit « merde ». Et pis encore.

Je vais à leur rencontre, embrasse tout le monde sans faire le tri. Grégoire va-t-il suivre ? Apparemment pas. Il a rejoint Hugo, près de Blanche qui frappe dans ses mains.

— Écoutez-moi tous, s'il vous plaît ! D'abord, on est vraiment heureux que vous soyez là. Si vous voulez bien, Hugo et moi allons vous montrer vos chambres. Ensuite, rendez-vous à la cuisine pour vous rafraîchir, vous devez avoir soif. D'accord ?

— Mais non ! Pas d'accord ! On veut d'abord voir Fée ! proteste une voix indignée.

Victor : futur grand ponte.

Comment avions-nous pu imaginer un instant que les enfants accepteraient de ne pas voir, une dernière fois, celle dont le nom était si fabuleux qu'aucun n'avait jamais eu l'idée de l'appeler autrement ? Fée, qui « fichait » chacun d'entre eux dans un gros cahier caché au fond de sa table de nuit : date, heure et lieu de naissance, premier cri, premiers mots, premiers pas. Suivis de griffonnages lisibles d'elle seule où elle notait les pas, plus hasardeux, accomplis sur le chemin de leur jeune vie : chutes, élans, victoires, découragements, petits ou gros bobos qu'elle s'appliquait à panser avec ses remèdes de bonne femme, genre : « Tu fermes les yeux, tu respires à fond, tu comptes jusqu'à trois, je souffle, c'est parti ! » Et le plus fort c'est que, parfois, ça partait vraiment.

« Quand je n'y serai plus, tu me brûles tout ça, jure-le. » Serment tenu la veille dans la cheminée de la cuisine avec la complicité de Blanche. Et, voyant se tordre le papier, il m'avait semblé entendre des pleurs d'enfants.

Pas plus de deux à la fois, et seulement quelques minutes. Finalement, M. Raoul – quel nom ! – n'avait pas si mal travaillé, à en croire les chuchotements au sortir de la chambre.

« Ce qu'il y a de bien, c'est qu'elle a pas l'air d'avoir eu mal. »

« C'est trop top qu'elle se soit faite belle juste avant. »

« On a cru qu'on s'était trompés et qu'elle allait se réveiller, la peur ! »

On appelle ça des « perles ».

*

Bien sûr, il était hors de question de dîner aussi nombreux dans la cuisine, nettoyée à fond, où demain, première heure, officieraient les cuistots de Laurent Prieur. Aussi Blanche avait-elle réservé deux tables chez Angelo, notre italien à Grimaud.

Sacs posés dans les chambres, gosiers rafraîchis, il était plus de huit heures quand la troupe s'est ébranlée. Moins Hugo, resté garder la maison avec Gribouille épuisé, ivre de caresses, qui ronflait sans façon sous la table.

J'ai pris le bras de Grégoire. Je lui étais reconnaissante de n'avoir pas évoqué l'arrivée surprise de Boris durant le court instant où nous nous étions retrouvés seuls, pas maintenant, mon Pacha, pas tant qu'« elle » sera là. Blanche nous a rejoints. Nuit tombée, air immobile, comme en suspens, et, derrière les voilages, le clignotement précautionneux de lumières : chut !

Rue du Grainage, boulevard des Micocouliers, des noms qui sentaient bon, qui sentaient la vie, et même si on ne le disait pas, ça faisait du bien d'être sortis, marcher un peu, respirer à fond.

Devant nous, les jeunes, menés par Tim et Gauthier, la voix plus pointue des filles prenant le dessus sur celles des garçons. Derrière, les adultes, eux plus discrets. Il faut dire qu'il n'est pas facile d'avoir une conversation suivie dans ces rues qui soudain s'étrécissent, vous obligent à avancer en file indienne sur des pavés disjoints, envahis d'herbe folle, qui piègent le pied.

Justino a surgi entre nous.

— Je peux vous raconter ?

— On n'en peut plus d'attendre, là ! a répondu Blanche, main sur la gorge.

Samedi soir – Justino ne savait pas encore pour Fée –, Haydée l'avait appelé pour l'inviter à déjeuner à l'hôtel particulier hier – dimanche, quoi. L'inviter lui tout seul, et, même si c'était bien, ça lui faisait un peu peur. Il s'était habillé comme vendredi, il avait garé son deux-roues sur le parking, le majordome l'avait conduit au salon.

— Toute la famille était là, même Salimata. Et devinez qui était la reine ?

— Haydée ? ai-je suggéré.

— Adella ! Elle portait une robe... une robe comme de la soie et un bracelet, on appelle ça une gourmette, avec plein de médailles en or qui pendaient.

— Hum... Et à part les médailles en or ? a demandé Grégoire, réservé.

— Elle m'a reconnu. J'ai eu le droit de la prendre sur mes genoux. J'étais fier. Et Haydée, je ne l'avais jamais entendue rire comme ça, oh vite qu'on se marie, Pacha, vite ! T'as déposé les bans ? On va organiser des fiançailles, est-ce que ça pourra être à la maison, cette fois ? S'il te plaît. Ernest, finalement, il est sympa, et Bethléem est cool, comme toi, Babou, en tout doux.

— Comment ça, « en tout doux » ? Parce que moi, je suis comment, dis-le, « en tout dur » ?

— Non, mais toi, tu donnes ton avis.

— Hélas ! a clamé Grégoire.

Et un vrai éclat de rire a ricoché entre les vieux murs de Grimaud. Ceux de devant se sont retournés, interdits. Permis ?

Rue du Porche, rue de l'Horloge, rue de la Treille, nous arrivions. Une odeur de pâte chaude, tomates, poivrons, annonçait l'Italie. Hiver comme été, une guirlande de lampions se balance au-dessus du large porche de bois, de la pancarte « CHEZ ANGELO », en épaisses lettres blanches.

Hélas, la terrasse n'ouvrait pas encore le soir, bientôt, foi de patron, sorti sur le pas de la porte vitrée pour nous accueillir, en long tablier blanc jusqu'à la pointe de ses souliers cirés.

Il a promené sa moustache brune sur les joues de Blanche, puis sur les miennes, en bredouillant des « dolorosé » et des « miséré », avant, avec un grand sourire, d'entraîner la troupe jusqu'au fond de la salle où deux tables nous avaient été réservées. La trattoria ne désemplit pas : la *sposa* à la caisse, la *ragazza* au service, le *ragazzo* aux fourneaux, Angelo partout, le bonheur est un aimant.

À sa table, Blanche a pris d'autorité Boris et Charlotte, tiens donc ! Audrey, Jean-Eudes et Thibaut sont venus à celle de leur père et beau-père. Le reste s'est réparti. De toute façon, nous étions proches, et, la musique s'ajoutant aux rires, on ne pouvait partager que le plaisir.

Pas évident de passer commande lorsque au menu une bonne douzaine de pizzas sont proposées et que chacun met son point d'honneur à en choisir une différente. En ce qui concernait les desserts, on verrait après. Boissons et *antipasti* nous ont été servis pour nous faire patienter.

Un brusque changement d'atmosphère m'alerte. Dans la salle, toutes les têtes se tournent vers l'entrée du restaurant. « Ça alors », souffle Audrey, main devant la bouche. J'ai compris. C'est toujours la même chose, avec mes Grâces, partout où elles passent, il faut qu'elles ramassent tout.

Souveraine dans sa large cape mauve fermée au cou par un camée d'agathe, coiffée d'une toque de même couleur, Diane cingle telle une goélette vers nos tables, suivie de Marie-Rose, en pirate de luxe. Elles accostent devant moi.

— Tu ne pensais quand même pas qu'on allait te laisser toute seule dans un moment pareil ? lance Diane, ignorant superbement les quinze autres convives.

— Un chauffeur de l'hôtel du Parc (quatre étoiles) est venu nous prendre à l'aéroport, enchaîne Marie-Rose. Ton portable, t'en as fait quoi ? On a appelé Hugo qui nous a dit où te trouver. On a le droit de s'asseoir ?

Et je sais que je les attendais. Et même que si elles n'étaient pas venues, peut-être bien que je ne le leur aurais jamais pardonné.

12

Hugo, c'est le désastre. Dieu sait pourtant qu'il s'est appliqué, qu'il a fait tout son possible pour être beau, comme il faut, présentable : raté ! Mon frère n'est beau et présentable que lorsqu'il est lui, le paysan, l'éleveur de vin : blouson de cuir craquelé de la couleur de ses sarments, jean, godillots. Certes, un peu tordu-courbé à force, mais pas du sarment qui entrave la floraison, du bon qui protège le bourgeon sans l'étouffer. Et, dans ce costume qui l'étrique de partout, cette chemise qui le serre au col, sans compter la cravate, sans compter les mocassins qui lui font le pas incertain, on dirait qu'il héberge un étranger.

Grégoire, au contraire. Il n'a eu qu'à rafraîchir sa tenue de tournoi, un coup de brosse, un coup de fer, et le commandant est là, épaules déployées, pied ferme ; qu'ils viennent, le roulis, le tangage ! Quant à la cravate marine, impeccablement nouée, il est né avec.

Je porte une robe sombre empruntée à la penderie de Blanche, un peu trop longue, un peu trop large, mais avec la ceinture ça devrait aller. Manteau assorti de même provenance, collants achetés à la mercerie. Seuls les souliers, portés depuis samedi, laissent à désirer. Pour les tours de vigne, j'aurais dû penser aux bottes. Diane va froncer le nez, tant pis.

*

Les hommes en noir se sont glissés dès huit heures dans la maison pour la mise en bière. Blanche les guettait afin qu'ils n'aient pas à sonner. On aurait dit une bande d'espions dans un film improbable. Ils étaient conduits par une petite femme en tailleur gris d'une quarantaine d'années, au visage doux et ferme : « La maîtresse de cérémonie de l'entreprise », s'est-elle présentée. Son rôle serait de ne pas ajouter le désordre à la douleur. Elle veillerait à ce que les différentes étapes de cette journée – de la maison à l'église, de l'église au cimetière – se passent harmonieusement, dans la dignité et le respect dus à la défunte et à sa famille. Elle m'a proposé de l'appeler par son prénom, Béatrice, comme un pacte que nous aurions scellé face à l'innommable. J'ai accepté, elle me plaisait. Ni mine apitoyée, ni « je partage votre peine », le sentiment étrange qu'elle « savait » et que nous pourrions nous appuyer sur elle. Et puis, « Béatrice », l'amie de Dante, auteur de *La Divine Comédie*, paradis, purgatoire, enfer, ça vous pose quand même.

Également vers huit heures, eux passant par la porte de la dépendance, Laurent Prieur et son équipe ont investi la cuisine. Une sorte de chassé-croisé, la vie, la mort, s'est instaurée dans la cour, cagettes de fruits, légumes et autres victuailles, croisant inquiétantes sacoches, lourdes serviettes, et le long et plat carton, porté à deux, qui contenait le capiton.

Les derniers soins dispensés à Fée par le thanatopracteur et son assistant prendraient un certain temps, aussi Blanche nous a-t-elle poussés dehors, Hugo et moi, promettant de nous appeler, le moment venu – quel moment ? Nous n'avons pas insisté pour rester.

D'autant que dans les escaliers les cavalcades commençaient tandis que la tuyauterie de la salle de bains et des cabinets de toilette faisait vibrer les murs et que se déversaient les insolantes cataractes des chasses d'eau.

Il fallait gérer les petits déjeuners, servis sur la terrasse d'Hugo, sorti dès l'aube chercher baguettes fraîches, croissants et pains au chocolat à la boulangerie. Café ? Thé ? Cacao ? Brrr, frisquet, le ciel, malgré le soleil annoncé. Et on ne s'incruste pas, s'il vous plaît, les suivants attendent.

Dans leur chambre, saint Jean-Eudes et Audrey préparaient avec les volontaires les interventions durant la messe. Un peu partout fusait la lumière des portables ou tablettes, promis, ils seraient mis hors circuit dès le seuil de la maison franchi. Mes Grâces m'auraient-elles appelée si je n'avais pas oublié le mien à La Maison ? Et où en étaient-elles à leur hôtel du Parc ? Petit déjeuner dans la chambre ou au buffet, très réputé, dans la salle à manger où les clients, pas idiots, s'empiffraient pour la journée ?

De la cuisine du Cigalou, des odeurs de toutes les couleurs de la gourmandise commençaient à monter, que les cuisiniers tentaient de dissiper en créant des courants d'air qui ne faisaient qu'aggraver les choses. Touchant de bonne volonté, soucieux de me faire savoir qu'il était là, Grégoire l'était trop, ne me lâchant pas. À la vérité, j'aurais bien rejoint, ni vu ni connu, Gribouille, qui, bouclé dans la chambre de son maître, entonnait avant l'heure un chant funèbre.

— Vous pouvez venir, a chuchoté Blanche.

Hugo, Grégoire et moi sommes entrés.

Je ne suis pas très ferrée en capitons. J'ai appris que celui qui avait été choisi pour Fée était champagne, comme l'indiquait l'étiquette sur le plastique roulé contre le mur. Assorti à la couleur de son cercueil, ni pin ni sapin, bois clair, poignées en laiton – alliage cuivre et zinc – aux mêmes reflets que la robe qu'on lui avait laissée, après l'avoir repassée, comme en témoignait le fer sur la table.

— Y a-t-il un objet, une photo, une lettre, que vous souhaiteriez qu'elle emporte avec elle ? a demandé Béatrice.

Bien sûr, cela aussi, maman l'avait prévu. Une photo ? Quel drôle de cadeau à faire à ceux qui restaient que de s'imaginer en si sinistre compagnie. Une lettre ? Laquelle ? Tous les mots de celles qui avaient compté étaient inscrits dans son cœur. Quant au portable que certains réclament à portée de leur main au cas où, ce n'était pas là-haut qu'elle allait s'y mettre.

Son chapelet, voilà tout.

M. Raoul avait donné trop de volume à ses cheveux, ça ne lui aurait pas plu. Aussi ai-je raplati par ci par là, lissé du bout des doigts sur les tempes. Avant de me sauver.

Si on n'a plus le droit de choisir ses images…

13

Celle que je veux garder en mémoire, c'est l'image, insoutenable de douleur et de beauté, de six hommes, les miens : Hugo et Grégoire, Boris et Thibaut, Tim et Gauthier, pénétrant dans l'église comble au son de l'orgue, le cercueil de bois blond sur leurs épaules. Ils marchent lentement vers l'autel, accompagnés par les regards. Ils vont vers la marée de fleurs devant laquelle un fragile apôtre aux cheveux blancs, vêtu de la chasuble immaculée recouverte de l'étole violette, leur ouvre les bras.

« Nous t'accueillons, Félicité, dans la maison du Père. »

La messe a commencé.

Seigneur, je viens vers toi.
Seigneur, écoute-moi.

Je n'écoutais pas, je comptais.

Les gerbes, les couronnes, les bouquets, les fidèles. Hommes, pieds écartés, bien solides sur leur terre, tournant entre leurs doigts inoccupés casquettes ou bérets. Femmes à fichus, longues jupes sombres et souliers plats, regards entendus, lèvres frémissantes ; chez elles.

À raison d'une trentaine de rangées, une dizaine de chaises paillées par rangée, le tout multiplié par deux, ça en faisait, des prières, des yeux levés vers le Très-Haut, des voix reprenant les chants en chœur.

« Le chœur des chèvres », ainsi maman appelait-elle, avec affection, celui qui sévissait dans notre paroisse. Et l'on peut dire que ce matin, pour l'honorer, elles y mettaient le paquet.

Au cœur de nos détresses,
Aux cris de nos douleurs,
Au vent de nos tempêtes,
Au souffle des grands froids.
Toi qui doutes sur la croix.
Toi qui pleures sur nos croix.
Nous passons sans te voir.

À cœur fendre.

*

Dans son homélie, le père Théophile a parlé de Félicité Provensal comme d'une amie aussi têtue dans sa foi que dans sa façon, parfois originale, de la pratiquer. Il a prononcé le mot « iconoclaste », surprenant dans une église, mais il est vrai que Fée en prenait à son aise avec les icônes de la bien-croyance. Je regardais la fresque, au-dessus de l'autel, représentant saint Michel terrassant le dragon. J'entendais maman nous grondant, du sourire dans la voix, lorsque nous comparions, Hugo et moi, l'infâme reptile à celui qui nous empoisonnait l'existence. Quand nous ne lui donnions pas les traits de Néron, le tyran, coupable du martyre de saint Paul et de saint Barthélemy, dont les portraits flanquaient celui du patron de notre paroisse.

Alors, Fée nous montrait, au-dessus du spectacle guerrier, la colombe serrant dans son bec un rameau d'olivier.

— Prenez exemple.

C'est triste, un adieu, lorsque aux mots en latin ne s'ajoutent pas ceux, parfois maladroits, des proches, un mouchoir d'enfant agité, une ultime confidence.

Capucine, Adèle et Tatiana sont venues dire au micro, d'une voix qui tremblait un peu, que leur grand-mère était tendre et drôle à la fois, un réservoir à secrets, la reine des clins d'œil, et qu'elles ne l'oublieraient pas. Prenant le relais, Victor a raconté que voilà, quand il avait eu besoin d'un rein et qu'il désespérait de l'obtenir, Fée était venue le voir à l'hôpital et lui avait dit que si ces ânes de médecins avaient accepté, elle lui aurait volontiers offert l'un des siens, pourquoi pas les deux, on n'en rajoute jamais assez dans l'amour.

Et, bien entendu, toute l'église en a rajouté dans les larmes.

Agnus Dei, absolution, communion. À nouveau, je comptais : tiens, il était venu, celui-là ? Sincèrement ému à n'en pas douter. Et celle-là, pardon Seigneur, je la croyais déjà près de vous. Dans un effort de discrétion totalement raté, Marie-Rose et Diane ont fermé le ban.

Comment avais-je pu souhaiter un défilé ? Ces joues effleurées, ces mains longuement gardées prisonnières, cette ritournelle désolée.

Comment avais-je pu l'imposer à ma famille ? Très vite, Hugo a déclaré forfait, entraîné par Grégoire, qui n'en était pas, vers ceux qui en attendaient la fin près de la statue de la Vierge à l'Enfant. La Vierge ? L'Enfant ? Mon esprit vagabondait. À y bien réfléchir : de Fée à moi, de moi à Thibaut, de Thibaut à Justino, le gène du culte à Marie ne s'était-il pas transmis… pour donner une petite Adella ?

Confirmé par l'hymne qui a clos la triste procession.

Chez nous, soyez reine, nous sommes à vous.
Reignez en souveraine, chez nous, chez nous.
Soyez la Madone qu'on prie à genoux.
Qui sourit et pardonne, chez nous, chez nous.

*

Pour monter au cimetière, vous empruntez l'avenue de la Cabro-d'Oro : chevreau ? chevrette ? Décidément ! Suivaient le corbillard couvert de fleurs, la famille, les amis et, sans doute, quelques-uns qui n'avaient rien de mieux à faire. Le ciel tenait sa promesse, le soleil frappait, même un peu trop fort, et Diane, plus habituée à l'air conditionné d'une voiture qu'à la marche en plein midi, portait sa cape sur son bras. Quant au père Théophile, on pouvait voir apparaître, tandis qu'il gravissait la côte, une belle paire de baskets neuves sous la blanche chasuble. Que ne ferait-on pour une amie !

Surtout, ni crypte, ni monument, ni caveau, une tombe en pleine terre, tournée vers les Maures. Sur la stèle, un nom si beau qu'il se passait de commentaires : Félicité Provensal, entre deux dates, souligné par ces simples mots : « J'ai aimé. »

...Les miens, les vôtres, les autres, les senteurs, les bons petits plats mis ou non dans les grands du moment qu'on partage la fête, mon pays de soleil, de pluie et de liberté, Jésus, Marie, Joseph, et donner des coups de pied dans la fourmilière, la vie, quoi, ni simple ni tranquille.

Il n'y a pas eu de discours, seulement une bénédiction avant que le cercueil soit descendu dans la fosse où chacun a laissé tomber une fleur puisée dans le panier prévu à cet effet. Puis, tout naturellement, ils sont revenus à moi.

J'avais voulu un défilé, j'en ai eu deux, ça m'apprendrait. Même si on n'apprend jamais : la mort, comme l'amour, quand ça vous tombe dessus, c'est toujours la première fois.

Et un peu plus tard, tandis que je me dirigeais vers l'une des voitures prévues pour redescendre la famille à la maison – organisation parfaite, discrétion, respect, merci, Béatrice –, ces mains qui venaient se glisser furtivement dans la mienne, ces regards un peu inquiets, ces « Ça va, Babou, tu es sûre ? » disaient tous la même chose. Désormais, j'étais en première ligne. Non que cela me fasse peur, mais bon, c'est quand même agréable d'entendre, au-dessus de soi, une voix, fût-elle un peu cassée, qui vous commande, privilège de l'âge : « Tu me raconteras. »

14

— Eurêka !

Qui a lancé le cri en premier, suivi par un autre, repris par toute la table, applaudi ? Je ne le saurai jamais, mais il est vrai que c'était tellement évident, ça crevait les yeux, comment n'y avions-nous pas pensé avant ?

« Eurêka », les regards fixés sur Boris et Charlotte pétrifiés, sifflet coupé.

Le repas terminé, à la fois léger et succulent, dans un décor touchant composé de fleurs et de photos, service impeccable, bref, une réussite totale, Blanche avait demandé à son neveu de venir se présenter afin de recevoir félicitations et encouragements bien mérités. Il était venu sans ses équipiers, déjà mobilisés par un autre engagement prévu le soir. Il avait préféré rester debout.

Répondant à une question de Diane, enthousiaste, qui, aidée par le blanc de blancs maison, parlait de le faire monter à Caen, Laurent Prieur avait expliqué qu'en dehors de repas tel que celui qui venait de nous être servi il organisait cocktails et réceptions, ainsi que des soirées « à thème », formule en vogue aujourd'hui. La mer, par exemple, avec un menu composé exclusivement de ses fruits, le Sud, déclinable de multiples façons, « pourquoi pas l'Asie ? » avait-il ajouté galamment en direction de la jolie Kahura dont les joues s'étaient empourprées de plaisir.

C'est alors que les « eurêka » avaient fusé en direction des Karatine.

La mer, le Sud, l'Asie ? Et pourquoi pas la Russie ? Pourquoi pas Boris ? Celui-ci n'avait-il pas travaillé autrefois dans la mise en scène et la déco ? Et, le plus important, ne logeait-il pas chez lui un chef hors pair en cuisine slave ce qui avait valu à son restaurant les éloges d'un des plus grands critiques gastronomiques ?

Oui, pourquoi Boris ne lancerait-il pas, en Normandie, une entreprise de traiteur à domicile semblable à celle qui réussissait si bien ici ?

Un peu sonné par l'ovation qu'il prenait pour lui, le jeune entrepreneur ne savait vers qui se tourner, qui remercier. Nos Russkoffs restaient muets, Grégoire jouait sans difficulté les sourds, Audrey s'est tournée vers lui.

Notre aînée n'a jamais manqué de courage, surtout lorsqu'il s'agit de défendre sa sœur. Elle a carrément mis les pieds dans le plat.

— Alors, papa, tu as entendu ? Ça te va ? Exit le *drive*, terminés le bruit, la musique, les odeurs, la circulation dans ton cher jardin. Là-haut, rien que l'organisation, le cerveau.

L'âge venant, le fonctionnement du cerveau a tendance à se ralentir. De plus, Grégoire a toujours détesté être pressé dans ses décisions. Le choix le plus anodin, tel que celui de la couleur de ses chaussettes, achetées en lot ou à la paire – autre dilemme –, est pour lui une affaire d'État. Ne parlons pas des infâmes babouches africaines que je le supplie en vain de jeter depuis dix ans. Bref, vous ne le verrez jamais décider le couteau sur la gorge, il se la laissera plutôt trancher.

Face à la marée de regards impatients tournés vers lui, il a, comme on dit joliment, « observé un silence », c'est-à-dire regardé passer un ange.

On n'est pas assureur-conseil multirisque pendant trente ans sans sentir lorsqu'une atmosphère se dégrade, vire à l'orage. Voyant le visage de sa femme s'empourprer, Jean-Eudes a pris le relais. Lui, disons-le sans fard, est un véritable éteignoir. Il suffit qu'il ouvre la bouche pour qu'un bâillement irrepressible vous gagne.

— Une minute, a-t-il demandé en levant le doigt, et la déprime a succédé à l'exaltation.

Sans s'en formaliser, il a sorti de sa poche une tablette numérique, l'a activée et s'est tourné vers Laurent Prieur qui consultait sa montre en douce.

— Auriez-vous l'amabilité de nous en dire davantage sur vos tarifs ? Ne vous adressez-vous pas à une clientèle privilégiée, disposant de gros moyens ? Et, en ces temps de crise, voyez-vous…

— Mais pas du tout, monsieur, s'est récrié le traiteur piqué au vif, par ailleurs soulagé d'avoir enfin trouvé son interlocuteur. Nous adaptons nos prix. Et le fait de travailler directement avec de petits producteurs nous permet d'alléger les coûts. Si cela vous intéresse, je pourrai vous transmettre notre documentation.

Gauthier, aîné d'Audrey, études de gestion-comptabilité, a volé à l'aide de son beau-père.

– « Rapidité d'exécution, adaptation à toutes circonstances, pas de souci, nous sommes à vos côtés ! » Un beau slogan, a-t-il récité avec la fougue du débutant.

— Il arrive en effet que nous soyons appelés le matin pour le soir, par des clients passablement stressés, a reconnu le traiteur. Le fait que nous nous occupions de tout de A à Z les rassure. D'ailleurs, nous avions songé à donner ce nom à l'entreprise : « De A à Z ».

C'est alors que c'est arrivé.

— Eurêka me semble préférable, a tranché Grégoire. Et n'oubliez pas Archimède.

Archimède ?

L'ange qui passe dans les silences s'est carrément écrasé sur la table, tandis que m'envahissait la douce chaleur de la victoire. La veille, alors que nous discutions de la disposition des tables, n'avions-nous pas choisi le fer à cheval afin que la famille puisse communier dans un même souvenir, de mêmes sentiments ? Pourquoi pas en échaffaudant un grand projet ?

Tous les yeux ont à nouveau convergé vers le Pacha, prince du suspense, roi du retournement de situation (voir Ernest), qui a repris la contemplation tranquille de son café.

Sans surprise, le premier à tirer les conclusions de la saillie de son grand-père a été celui qui lui avait toujours été acquis : Victor.

— Il faudra quelqu'un pour aider Vladimir à la cuisine, il est trop vieux pour tout faire tout seul. Surtout avec les déplacements chez le client.

— Vladimir ? a répété Laurent Prieur, cherchant dans l'assemblée celui dont il s'agissait.

— Hélas, cher ami, il n'a pas pu venir, il garde l'Isba. Nous espérons vous le présenter bientôt, est intervenue Diane, pompette, mondaine et diplomate.

— Pour animer vos soirées à thème, s'est lancée à son tour Marie-Rose, vous arrive-t-il de faire appel à des artistes ?

— Mais bien sûr : musiciens, chanteurs, a répondu Laurent, s'adaptant vaille que vaille à la situation bordélique (pardon).

— Waou, le grand Igor ! s'est enflammée Charlotte, s'exprimant pour la première fois, rouge d'enthousiasme.

— Le grand Igor ? s'est enquis à nouveau Laurent, tournant la tête de tous les côtés à la joie des enfants.

— Nous disions donc : deux personnes en cuisine, deux au service, s'est précipité lentement Jean-Eudes en maniant sa tablette.

— Et moi, je suis où ? s'est réenflammée Mururoa.

— Pas au service, tout de même, s'est alarmée Casamance.

— Pourquoi pas ? Vêtue en batelière de la Volga…

— Et, pour la déco, n'oubliez pas la brocante, s'en est mêlée Marie-Rose, prêt d'accessoires gratuit, livraison à domicile.

Dopé par un succès oratoire nouveau pour lui, Jean-Eudes ne lâchait plus le morceau.

— Vous avez un site Internet, je suppose ? a-t-il demandé à Laurent.

— Comment faire autrement ? Web designer et tout. Au départ une mise de fonds importante, mais…

— Une mise de fonds importante ? a répété Charlotte d'une voix de noyée.

— Pour la mise de fonds, pas de souci, je m'en occupe !

Un cri du cœur. La première fois que je m'exprimais, aussi. Quand je pense à ce que Justino m'avait envoyé la veille avec sa prétendue « toute douce » Bethléem. Les gourmettes et les médailles en or, une affaire d'homme, peut-être ?

C'est vers moi que, ce coup-là, tous les regards se sont tournés, dont celui d'Hugo, paniqué à l'idée de me voir révéler le magot sous les primeurs. Ne crains rien, mon frère, je sais me taire quand il faut, et un peu de mystère n'a jamais tué une famille, alors que trop parler… Bref, j'ai regardé à mon tour l'ange aux ailes d'or passer.

Il n'en restait qu'un dont on n'avait pas entendu la voix. Et pourtant, depuis l'entrée en scène de Laurent, ne s'était-il pas agi que de lui ? Lorsque Boris s'est enfin décidé, sa voix était lourde de désir, d'angoisse, d'ardeur. J'ai compris pourquoi ma fille l'aimait : le contraire de son père.

— Nc trouvez-vous pas qu'on est un peu dans les contes de fées, là ? a-t-il demandé.

— Évidemment !

Suivant mon doigt, les visages sont allés vers les photos de la « reine des clins d'œil », celle grâce à qui nous étions tous réunis ici, sans laquelle nous n'aurions jamais connu Eurêka. Et on peut dire qu'elle faisait fort pour sa sortie : rien qu'un miracle supplémentaire, confirmé par Grégoire se tournant vers sa fille éperdue.

— Et bien sûr, on mettra des flyers partout, partout.

*

Eurêka, qui veut dire « J'ai trouvé », est l'exclamation poussée par le grand physicien Archimède entrant dans sa baignoire et constatant que l'eau montait. Ainsi naquit le fameux « principe » enseigné dans toutes les écoles : un corps plongé dans un liquide en augmente le niveau.

Si vous ajoutez qu'à l'arsenal de Toulon vous pouvez admirer un navire construit pour la marine nationale et portant le nom d'*Archimède*, vous ne vous étonnerez pas de la bienveillance inattendue de mon Pacha. De commandant à commandant…

15

Nombreux sont, l'été, les hélicoptères qui volent en reconnaissance au-dessus de Grimaud pour détecter d'éventuels départs de feu. Il en fut de mémorables, dévastant les Maures, et je me souviens de la foule désolée regardant, des remparts du château, partir en fumée tant de mémoire et de beauté. Fuyant devant les flammes, sangliers, biches et un petit flot de lapins affolés témoignaient de la tragique négligence ou du crime imbécile.

Et, en cette aube de mercredi, alors que seule la brume grisait la forêt, si les guetteurs de feu avaient survolé le village endormi, sans doute leur attention aurait-elle été attirée par un petit groupe de personnes dans le potager d'une longue maison rousse dont la cheminée fumait.

Descendant un peu, braquant leurs jumelles sur le groupe, ils n'auraient pas été peu étonnés en découvrant, autour d'un paysan remuant le sol, deux femmes en robe de chambre et bottes et un homme portant une veste de commandant sur son pyjama. Étonnement vite suivi de méfiance en voyant le paysan sortir de terre une boîte enveloppée de plastique et la remettre aux femmes avant que celles-ci ne se hâtent de regagner la maison.

Mais les jumelles les plus puissantes n'auraient pu permettre aux pompiers de discerner les larmes sur les joues de la plus âgée d'entre elles.

— Alors, c'est comme ça que tu la remercies ? a plaisanté tendrement Blanche en me tendant une poignée de mouchoirs en papier.

J'ai désigné, au centre de la table, la boîte que nous venions de débarrasser de son plastique.

— C'est que c'est tellement elle : la fortune dans une vulgaire boîte à chaussures !

— Pourquoi ça, « vulgaire » ? Fée se chaussait très bien, a retorqué Blanche en montrant, sur l'étiquette intacte, le nom du modèle : Duchesse, pointure trente-neuf.

À leur tour, Grégoire et Hugo ont refermé la porte de la cuisine sur eux. Ça faisait bizarre de n'être plus que quatre dans la maison, pardon, cinq avec Gribouille, lui pas fou, qui finissait sa nuit devant la flambée allumée par son maître avant la chasse au trésor.

Mon mari a présenté à la flamme ses mains rougies de froid où le seul or qu'il ait jamais possédé résidait dans une alliance impossible à retirer autrement que par amputation. La veille, après le départ des enfants pour la gare de Lyon, suivant de peu celui de mes amies vers l'aéroport d'Hyères, je lui avais révélé de quelle façon je comptais aider notre gendre à monter son entreprise de traiteur à domicile, à Caen plutôt qu'à Londres. Il avait eu cette réaction surprenante : « Tout le monde n'a pas la chance d'avoir épousé une Marguerite. » Fallait-il qu'il soit fatigué pour souhaiter périr d'ennui. Et d'accord, c'était du rêve, peut-être même de l'utopie, rien n'était gagné, mais celle qui permettrait à Boris de lancer son entreprise n'avait-elle pas fait que ça toute sa vie ? Rêvé d'aider ses enfants. Et avec la foi…

— Vas-y, ma Jo, à toi, a grommelé Hugo en se raccrochant des deux mains au bol de café que venait de lui verser Blanche.

J'ai tiré à moi la boîte à chaussures pointure trente-neuf et, l'un après l'autre, en prenant mon temps, j'en ai sorti les objets emmaillotés. Marguerite, je ne sais pas, mais moi, ce n'est pas tous les jours que m'est donnée l'occasion de découvrir deux lingots d'or.

Les flammes se sont fanées dans la cheminée du Cigalou. Là-bas, à La Maison, le battant d'une pendule a resplendi. J'avais oublié que ces quelques centimètres de métal précieux pesaient si lourd, très exactement 996 et 998 grammes, comme l'attestaient les certificats les accompagnant. Et là, c'est notre cher Archimède qui se serait gratté le crâne si l'idée farfelue lui était venue de les plonger dans sa baignoire, en voyant monter significativement le niveau du liquide. Et qui sait si, « eurêka », il n'aurait pas découvert cet autre principe : « Ne vous fiez pas à la taille, c'est le contenu qui compte. »

— Eh bien ! s'est contenté de dire Grégoire.

Aucun souci à me faire de ce côté-là. Pas le genre de mon époux de se renseigner sur le cours de l'or, ni d'envisager de m'en demander quelques grammes pour son usage personnel. Il n'aime pas parler gros sous. À moi les cordons de la bourse, il affirme me faire toute confiance pour gérer le budget, un peu facile, non ? Un peu « À toi de te débrouiller. » Ainsi monsieur peut-il ignorer superbement que les traites du Paquebot dans lequel il navigue en élargissant mâlement les épaules ont été payées en partie par mes « ouvrages de dame ». Et qu'à une lointaine époque où la maison était aussi pleine d'enfants que d'emmerdements (pardon) c'étaient mes fleurettes sur coffres de bois qui mettaient du beurre dans les épinards.

Bref, concernant le legs de maman, j'ai seulement eu droit, avant qu'il ne monte faire sa toilette, à un : « Je suppose que tu comptes sur moi pour t'aider à rapporter ces deux machins à bon port. »

*

Nous avions, Hugo et moi, rendez-vous à dix heures chez maître Pigasse, notaire à Grimaud. C'est un vieux monsieur aux cheveux blancs, d'aspect un peu sec : la compagnie des chiffres ? Il dit volontiers en avoir vu de toutes les couleurs dans son métier, sans doute est-ce pourquoi, vêtu de ses sempiternels costumes gris, il semble porter le deuil de ses illusions.

Bien sûr, il était présent à l'église la veille. Il nous a demandé de bien vouloir lui pardonner son absence lors du défilé ainsi qu'au cimetière : une ouverture de testament à Cogolin. Après nous avoir lu celui que nous connaissions par cœur, il m'a fait remarquer avec un gros soupir qu'un héritage ne se règle pas du jour au lendemain et que, le fisc passant par là, il me faudrait sans doute attendre plusieurs mois pour pouvoir disposer du mien. Je brûlais de lui raconter les tomates et les haricots en or, lorsqu'il a ajouté d'un ton mi-chèvre mi-choux : « Comme vous le savez, notre Félicité détestait faire attendre. »

Nous donnant à entendre que maman avait pu le mettre au parfum du magot dans la boîte à chaussures, accomplissant l'exploit de réduire au silence un ténor de la loi.

*

Le soleil pénétrait à flots dans la chambre de Fée, par la fenêtre grande ouverte, lorsque nous sommes rentrés. Blanche avait refait le lit et tiré l'édredon. Téléphone à haut-parleur et « oreilles » avaient disparu. Gribouille promenait sa truffe partout en gémissant, cherchant celle qui partageait avec lui petits beurres et tendres biscuits à la cuillère.

Nous prenions, Grégoire et moi, un TGV en fin de soirée. Blanche, elle, serait à son poste d'infirmière dès demain à l'aube. Nous n'aurions pas le temps de faire ensemble du propre dans les affaires de maman, et je m'en suis désolée.

— Mais tu sais bien qu'elle s'en est chargée elle-même, m'a-t-elle rappelé. Cela me prendra tout au plus une journée.

Elle avait mis de côté pour moi une grosse enveloppe renfermant des photos de vacances et le petit coffret contenant les quelques bijoux, pour la plupart anciens, de Fée. Parmi eux, plusieurs bagues dont une que j'aimais particulièrement, portant un trèfle aux feuilles serties de minuscules émeraudes.

— Haydée ? a suggéré Blanche avec un sourire.

Bien sûr ! Bague de fiançailles unique en son genre. En ce qui concernait les diamants, ordinairement offerts en cette circonstance, côté Buhari, ils étaient blindés. Et au poids du rêve et de l'espoir, ce trèfle à quatre feuilles était sans prix, ce qui veut dire inestimable.

J'ai insisté pour que Blanche garde le collier de perles. N'en avais-je pas déjà un ? À mon cou, d'ailleurs.

Après avoir déjeuné des reliquats de la veille, Grégoire et moi avons bouclé nos bagages. Chacun deux petits sacs, plus un couffin garni, offert par la maison : boisson pour la route, olives noires, fougasse, pain bis et lingots, recouverts du classique torchon à carreaux qui nous attirerait, à coup sûr, le regard indulgent des autres passagers.

Notre train arrivait à Paris à près de vingt et une heures, Grégoire m'avait fait la surprise de réserver une chambre à l'hôtel, près de la gare. Avais-je oublié que ma voiture était au parking d'Orly ? Il m'y déposerait demain, avant que, frais et dispos, nous reprenions notre autoroute de Normandie.

Mais la plus belle surprise que mon homme m'a faite est celle-ci.

J'accomplissais avec Gribouille, qui sent les départs et pleurait déjà le nôtre, un ultime tour de chambre afin de m'assurer que nous n'y avions rien oublié, lorsque – quelle intuition me poussant ? – je me suis agenouillée sur le lit pour regarder, une dernière fois, les « croix de la liberté » auxquelles, bien sûr, il était hors de question d'ajouter celle de ce triste séjour.

Deux belles croix toutes neuves, toutes fraîches, fermement tracées à l'encre bleu marine, suivaient celles des années précédentes. Elles me disaient que la chaîne ne s'arrêterait pas et que, cette traversée-là, mon Pacha et moi l'avions accomplie ensemble.

Troisième partie

GRANDIR

1

« Allô, maman ? Dis-moi que c'est pas vrai, papa n'a pas fait ça, quand même, il n'a pas traité Boris de minable ! Je suis avec Charlotte, tu me rappelles ? »

Audrey, samedi 12 avril, treize heures trente. Hugo vient de m'annoncer le départ de Fée, je fonce vers Orly. J'ai oublié mon portable à la maison, tant pis. Tant mieux ?

« Ma Jo, c'est moi. Quand est-ce qu'on fête l'empereur, sa femme et la petite princesse ? Pourquoi pas demain, ton homme à Saint-Lô ? Rappelle. Diane trépigne, La Grande Marée aussi. »

Marie-Rose, samedi 12 avril, quinze heures dix. L'hôtesse pose la main sur mon épaule : « Madame, veuillez attacher votre ceinture s'il vous plaît, nous entamons notre descente. » Lorsque vous atterrissez à Hyères, vous avez l'impression de vous poser sur la mer.

« Babou, t'es où ? Haydée vient de m'appeler. Je suis invité à déjeuner demain à l'hôtel particulier, moi tout seul, je mets quoi ? »

Samedi 12 avril, seize heures trente, Justino. Je roule vers Grimaud dans la camionnette d'Hugo, Gribouille, museau sur mes genoux.

« Oh ! maman, Blanche m'a dit pour Fée, pardon, pardon… »

Samedi 12 avril, dix-huit heures quinze. Audrey à nouveau. Dans sa belle robe à reflets, un peu trop poudrée, Fée dort, son chapelet entre ses doigts.

« Le 12 avril, à dix-neuf heures quarante-neuf, ce correspondant a essayé de vous joindre sans laisser de message. Pour rappeler, faites le 1, pour effacer, faites le 3, pour réécouter…

Grégoire. Avant de bambocher avec les copains à Saint-Lô ?

Sans compter tous les « Babou, t'es où ? », « Tu fais quoi ? », « Tu rentres quand ? »

*

J'ai détaché de mon oreille le portable retrouvé dans les plis de mon couvre-lit. Nous étions le jeudi 17 avril, il était quinze heures quarante-cinq. Depuis les messages que je venais d'entendre, cinq jours s'étaient écoulés, de ceux qui tirent un trait entre « avant » et « après », bousculent les couleurs d'une vie, ses odeurs, son goût, et plus rien ne sera jamais tout à fait pareil, derrière nos pas il y aura désormais cette ombre, ces brusques assauts d'un passé révolu, au mieux cette nostalgie.

Comme prévu, Grégoire m'avait déposée à Orly, où j'avais récupéré ma voiture. Nous avions décidé de ne pas nous suivre sur l'autoroute, un truc à avoir un accident, l'œil trop souvent sur le rétroviseur. Et de toute façon il avait l'intention de se rendre directement chez Maurice afin de se faire pardonner sa défection à Saint-Lô, la moindre des choses. Il déjeunerait avec lui. Nous nous retrouverions plus tard à la maison.

J'avais été soulagée de rentrer seule, retrouver en douceur, en silence, mes murs, mes repères, mes odeurs. En silence ? « Allô, maman », « Allô, Babou », « Allô, Jo », « T'es où, tu fais quoi, tu rentres quand ? »...

J'ai fermé les yeux et pris une grande inspiration : s'il vous plaît, laissez-moi le temps de rentrer, de me poser, de me ressaisir.

« Pour effacer, faites le 3. » Mon doigt a hésité. Non ! Pas encore, pas en catastrophe. De toute façon, passé quelques jours, les messages disparaîtraient d'eux-mêmes. À moins que je ne désire – faites le 5 – les conserver, ah ! ah !

J'ai laissé retomber l'instrument détesté de Grégoire ; et s'il était dans le vrai ? J'ai regardé, sur ma table de nuit, mes bons vieux fidèles, ma lampe, le verre, le réveil dont les aiguilles lumineuses m'avaient tant manqué, dans le lit à montants de bois, là-bas, avant que mon commandant ne débarque – « Alors, moussaillon ? » –, qu'il ne me fasse l'amour ou plutôt la tendresse : un départ, un retour, un chagrin, une caresse, tournez manège.

Secoue-toi, Jo !

Je suis allée tirer les voilages et j'ai ouvert la fenêtre à deux battants. Le bourdonnement du printemps a empli la chambre. Dites donc, vous avez drôlement progressé, les bourgeons, en quelque jours. Il est vrai qu'en grec avril veut dire ouvrir. Mais ça, pour le savoir, il faut s'être acoquinée avec un bonhomme amoureux des mots. Et là-haut, voyez-moi ce tapis de primevères, rire impertinent dans le vert uniforme de la pelouse.

L'un des tiroirs de la commode était resté ouvert. Le refermant, j'ai fait vaciller la carte « fête des Grands-mères ». À propos, vous en dites quoi, les clowns ? Ne m'aviez-vous pas avertie, à votre façon, de ce qui m'attendait, avec votre chanson triste sous vos nez rouges et vos chapeaux pointus ? Mais après tout c'est le boulot des clowns que de transformer en rires et en grimaces la douleur de vivre.

Et puis, dans les replis du couvre-lit, trois petites notes de Bach se sont égrenées. Durant quelques secondes, je n'ai plus bien su où j'étais : hier ? aujourd'hui ? Premier appel après la tempête.

On dit que Dieu ferme une porte pour mieux en ouvrir une autre. En répondant, quelle porte allais-je ouvrir ?

Demain ?

J'ai appuyé sur le téléphone vert.

— Babouchka ? Enfin, vous êtes rentrée ! Venez vite, j'ai fait un flan au pavot.

Vladimir, dit Vlan, cuistot ukrainien.

2

Qu'est-ce que j'avais imaginé ?

Qu'au retour de Grimaud, mardi soir, aucun des voyageurs ne lui apprendrait la grande, la fabuleuse nouvelle : il allait reprendre du service aux fourneaux, pas à ceux de l'Isba, mais quelle importance ? Il pourrait exercer à nouveau sa passion, régaler les autres tout en aidant à vivre la famille de celui qui lui avait offert une nouvelle patrie.

Boris restait en France. Du moins pour l'instant.

Victor avait-il dit à Vlan qu'il aurait droit à un marmiton ? Capucine, que les accents de la balalaïka accompagneraient certains festins, pourquoi pas la voix du grand Igor ? Charlotte, que je m'étais engagée à financer, au nom de Fée, le lancement de l'entreprise ?

— Venez vite, Babouchka, j'ai fait un flan au pavot.

Sa façon de me remercier ?

J'ai retiré mes souliers-tour de vigne et je les ai balancés dans la corbeille. Terminé ! Chaussée de baskets, je suis redescendue au salon. La pièce était obscure. Après ma fuite, samedi, une main prudente était venue fermer les volets. « Tic-tac », m'a appelée l'horloge.

La bonne vieille comtoise en pin blond, sans valeur marchande, incasable dans des appartements modernes trop bas de plafond, et bruyante en plus, martelant impitoyablement heures et demi-heures, on n'a pas idée aujourd'hui où des pétitions circulent pour faire taire les clochers des églises, où on lit l'heure sur son mobile et où, sur certaines montres, s'affichent celles de si nombreux pays qu'on s'y perd un peu, que l'on ne sait plus très bien d'où l'on vient, qui l'on est, où l'on va.

Oh, l'imprudente, j'avais laissé les couffins-métal précieux en bas de l'escalier. J'y ai puisé l'un des cadeaux de Fée, l'ai démailloté, puis je suis allée ouvrir la porte vitrée de la comtoise. « Vas-y », m'a encouragée le cadran en émail portant le nom de l'artisan qui avait œuvré pour moi, pour nous, pour cet instant où dans la cache, sous le balancier de cuivre jaune, je déposerais ce lingot.

« En route pour le rêve », a approuvé l'horloge.

J'ai refermé.

Quelques olives noires bien grasses, un morceau de fougasse à l'anchois, une tranche de pain bis, ça fait toujours plaisir. J'ai empoigné les anses du couffin intact et j'ai pris le chemin de l'Isba.

*

— Mère, non, c'est trop ! proteste Boris en désignant l'objet que je viens de poser sur la table, tandis que les yeux de Vladimir s'écarquillent et que s'illuminent ceux de Charlotte.

« Mère »... Ou bien Jean-Eudes a déteint sur le Russkoff, ou l'or me sanctifie. Ils achevaient de déjeuner lorsque je suis entrée : Boris, Charlotte, Vladimir. Pas d'enfants : encore deux jours d'école avant le week-end de Pâques. Maman détestait faire attendre, j'ai donné la priorité au lingot sur les nourritures terrestres.

— Vous n'avez pas de scrupules à avoir. Audrey a reçu le même il y a quelques années alors qu'elle traversait une passe difficile. Et ce n'est pas moi qu'il faut remercier.

Charlotte approuve ; elle était au courant pour sa sœur. Ce qu'elle ignore, c'est que sa grand-mère, même si elle nous interdisait de loucher sur l'assiette du voisin – et tant mieux pour lui si elle est mieux remplie que la nôtre –, a forcément pensé au jour où Thibaut pourrait en avoir besoin en multipliant le cadeau par trois.

Sous l'œil heureux de Vladimir, je reprends une tranchette de flan. J'ai une petite faim quand même. Figurez-vous que j'ai oublié de déjeuner : une histoire d'anciens messages découverts sur mon portable.

Charlotte se lance, s'empare du lingot, le soupèse.

— Oups ! je ne savais pas que c'était si lourd.

Je parlerais bien d'Archimède, mais pas sûr que ça les branche. Je sors l'enveloppe jaunie qui accompagnait le trésor sous les tomates.

— Le certificat. Si vous voulez, je vous donnerai une adresse à Caen où vous pourrez le changer contre un chèque. Et pas de souci, en toute légalité, Fée l'avait acheté dans les règles.

— Dis, maman, t'en as encore beaucoup des comme ça, des « dans les règles » ? s'amuse Mururoa.

— Plein la maison. C'est pourquoi je vous demanderai d'être discrets sur celui-ci. Aucune envie d'être à nouveau saucissonnée[1].

— Et il en dit quoi, papa ? Pourquoi il est pas monté avec toi ?

— Ton père est chez Maurice et il sera heureux si ce « machin », c'est comme ça qu'il l'appelle, vous aide à monter votre entreprise.

Je savoure une gorgée de thé dont je ne connaîtrai jamais à quel mélange subtil de feuilles il doit

1. *Allô, Babou, viens vite… on a besoin de toi !*, tome 4.

son arôme ; à chacun ses secrets, ses trésors. Charlotte a transmis le lingot à Boris. Dans le silence brusquement tombé, il me semble sentir une tension : trop recevoir peut être écrasant. Allons-y !

— J'ai un service à vous demander.

Aussitôt les têtes se redressent, des sourires s'esquissent.

— Un déjeuner de fiançailles Justino-Haydée est prévu à La Maison. J'en connaîtrai bientôt la date. À défaut de majordome, maître d'hôtel et soubrettes, j'ai pensé qu'on pourrait organiser un repas à thèmes, au pluriel. Russie, Nigeria, Normandie, d'accord pour m'aider ?

— Mais bien sûr, Babouchka ! D'ailleurs nous en avions déjà parlé, s'enthousiasme Vladimir. Que diriez-vous d'un goulasch d'agneau Tolstoï ?

— À propos de déjeuner et en attendant Tolstoï, puis-je vous rappeler que là, très vite, tout de suite, c'est le dimanche de Pâques, intervient Charlotte avec fougue. Et si, pour une fois, les cloches passaient chez nous ? Maman, dis oui !

— Je me charge de tout, embraye Boris.

Rendre ! Le bonheur est dans l'échange.

*

Nous commencions à dresser la liste des œufs, en notant les préférences de chacun, chocolat noir, au lait, blanc, avec ou sans friture, quand mon portable a vibré dans ma poche : Grégoire. Tiens, tiens, on se modernise ? Il venait de rentrer de chez Maurice, j'étais où ?

Je lui ai proposé de venir nous rejoindre. Il a décliné : fatigué. Il m'attendait.

— S'il n'a pas envie de nous voir, qu'il le dise tout de suite, a râlé Charlotte, mine sombre.

C'est moi qu'une grosse fatigue a emplie. Je me suis levée : « J'y vais. » Vladimir enveloppait le reste de flan dans du papier d'argent : « Pour le Pacha », a-t-il murmuré en le mettant dans le couffin. « Pardon, maman, j'ai rien dit », m'a glissé Charlotte en m'embrassant. « Je vous raccompagne », a décidé Boris.

Tandis que nous descendions vers La Maison, il m'a appris qu'il avait rendez-vous lundi avec son banquier. D'ici là, aidé par Jean-Eudes, il mettrait son projet noir sur blanc.

Tiens, Grégoire avait ouvert les volets du salon ! J'ai entendu sa voix méprisante vendredi dernier : « Ton gendre n'a jamais eu l'intention de s'installer à Londres. » Il avait prononcé le mot « chantage ». Était-ce cela que Charlotte ne parvenait pas à lui pardonner ? D'avoir douté de l'intégrité de son mari ?

Je me suis arrêtée.

— Boris, j'ai besoin de savoir. Avez-vous sérieusement envisagé de vous expatrier en laissant ici femme et enfants ? Où… était-ce du flan ?

Il a ri.

— Pour le flan, Vladimir est meilleur que moi. Mais si j'avais trouvé à Londres la possibilité de nourrir ma famille, bien sûr, j'y serais resté. En espérant qu'un jour elle me rejoindrait. Pourquoi ?

Sans répondre, je lui ai souri. Et aussi à Grégoire, sorti sur le pas de la porte. Et également à un rêve caché sous le balancier d'une vieille comtoise, ses forêts, ses balades, ses lacs, un dénommé Alphonse de Lamartine qui parlait du temps comme personne. Ce temps dont on aimerait tant suspendre le vol.

— Si je vous disais qu'il m'arrive d'avoir envie de tout plaquer, de partir pour d'autres cieux, plus cléments, ai-je confié à « mon » gendre.

— Comment ça, « tout plaquer » ? Et nous ? a-t-il protesté en riant.

— Alors, qu'est-ce qu'on raconte de beau ? a demandé Grégoire.

3

— On dit quoi : « morte » ou « décédée » ? C'est quoi, le mieux, demande Adèle.

— Ni l'un ni l'autre. On dit « partie » ou « disparue », c'est plus cool, répond Capucine à son « inséparable », même lycée, même classe, bac de français à l'horizon.

— Partie ou disparue, ça veut dire qu'on peut revenir, et on sait bien que Fée reviendra pas, observe Tatiana, alors c'est pas cool, ça fait fantôme.

Quatre heures, dimanche de Pâques. La récolte des œufs dans le jardin de l'Isba, suivie d'un kébab en guise d'agneau pascal – on aime mélanger les genres dans la famille –, s'est bien passée malgré un ciel tristounet qui, par bonheur, nous a épargné ses larmes. Il arbore même un peu de bleu, comme souvent ici en seconde partie de journée. C'est la mer qui monte ou descend quelque part, je n'ai jamais bien retenu si elle emmenait ou ramenait le soleil.

J'étendais trois chemises sur le fil tendu entre deux pommiers quand j'ai surpris, côté Karatine, la conversation entre les *girls*. Vu la teneur des propos, mieux vaut qu'elles ne m'en sachent pas témoin. Je me fais toute petite derrière la haie.

— Maman dit que tu dois surtout pas t'enfermer dans le souvenir, reprend doctement Adèle. Si tu t'enfermes, t'avances plus. Tu dois mettre le mauvais dans un coin, garder le bon et regarder devant.

Bref silence de réflexion.

— Dur pour Hugo, quand même ! Heureusement qu'il a Gribouille, constate Tatiana.

— Qui va pas tarder à disparaître, remarque Capucine.

— Et pour la bière ? La « mise en bière », attention à pas confondre avec la boisson, ose Adèle.

Trois petits rires et puis s'en vont.

*

J'ai attendu quelques secondes avant de me redresser et de filer vers la maison. Leur en vouloir ? Allons donc ! Peut-on en vouloir à l'enfance, à l'innocence, à la fleur qui bouscule le bourgeon en attendant le fruit qu'aucun orage ne vous empêchera de croquer ? À la vie qui reprend ses droits ?

Salon vide. Sur la table de la salle à manger, un œuf intact, chocolat noir, Grégoire. Chuchotis dans le Carré, partie de Scrabble en train. Le rêve des petits-fils ? Détrôner un jour leur grand-père. Et si, ce jour-là, derrière le triomphe, se cachait une sorte de remords, comme une angoisse ? Pas si simple de se retrouver en première ligne.

Je suis passée par notre chambre et, dans le tiroir de ma table de nuit, j'ai récupéré la clé de mon atelier. Allez, courage, juste un petit tour pour voir.

L'odeur tiède, fanée, vaguement poussiéreuse, affleurait faiblement, tel un appel. Du calme, mon cœur ! J'ai refermé la porte. Plus de deux mois s'étaient écoulés depuis que j'avais abandonné les lieux, un jour de Mardi gras – salut, les clowns ! – où, sur le seuil de la cuisine, m'attendait une renardette qui me rendait arrière-grand-mère. Deux mois ! Comme si j'ignorais ce qui m'avait empêchée de revenir plus tôt. La peur de ne plus pouvoir répondre à l'appel, prendre le large pour créer.

J'ai regardé la toile vierge sur le chevalet, les tortillons de peinture séchée sur la palette, la large brosse en martre, cousine de la fouine et de la zibeline, poil souple et dru, préparée pour peindre mon fond.

Fond de tableau, fond d'âme : bleu azur teinté de soleil.

Allons !

Je suis allée à la fenêtre, j'ai tiré les voilages, je l'ai ouverte à deux battants et j'ai pris une longue inspiration. Un oiseau a fendu le ciel en poussant un cri aigu avant de disparaître. Trois chemises du Pacha pendaient à un fil. Du côté de l'Isba montait de la musiquette. Soudain, tout m'a paru plus petit, sans relief, sans magie. Cette magie que donnent aux jardins nos regards d'enfant, lorsqu'une pelouse devient savane, un bassin, la mer, trois arbres, une forêt. Et, la nuit venue, tout prend un aspect terrifiant, derrière les craquements des branches se cache un redoutable prédateur. Ce vent ? Le souffle d'un dragon. Lorsque aller récupérer un vêtement ou un jouet oubliés relève de l'héroïsme.

Ces jardins d'enfance où, quand vous y revenez adulte, vous ne reconnaissez rien.

Je suis revenue devant ma toile, j'ai tendu la main vers ma blouse de peintre, jetée sur le dossier d'une chaise avant que ne débarque la fille de Justino, que Charlotte n'insulte son père, que Fée ne nous quitte. Problème Justino réglé, souci Karatine en voie de l'être, j'allais pouvoir la revêtir à nouveau.

Mon bras est retombé.

Qu'avait dit Adèle, déjà ?

« Mettre le mauvais dans un coin, garder le bon, regarder devant. »

Et Grégoire, avant de prendre l'autoroute de retour ? « Ne pas conduire l'œil sur le rétroviseur, dangereux ! »

Okay, okay. Mais pour regarder devant, oublier le rétroviseur, encore fallait-il avoir fait le deuil de sa mère, accepter de grandir.

Pas d'âge pour ça.

4

J'ai laissé la fenêtre entrouverte : « à plus, mon âme », refermé la porte à clé, replacé la clé dans le tiroir de ma table de nuit et effacé résolument tous les anciens appels reçus « en absence » sur mon portable. Désormais, sans pour autant oublier, « L' » oublier, je regarderai devant, merci Adèle, merci Grégoire.

Justino m'a facilité la tâche en débarquant à La Maison, le surlendemain du mémorable dimanche de Pâques, en début d'après-midi. Survolté, le pompier ! Une date avait enfin été trouvée, qui convenait aux Buhari, pour le déjeuner-fiançailles ici : le dimanche 11 mai, dans trois petites semaines.

— Babou, faut vite s'occuper de l'invitation officielle. Pas par téléphone puisque tu les as pas encore rencontrés, une lettre sur du papier à en-tête, t'as ça ?

Les rencontrer ? Je n'aurais pas demandé mieux, mais bon, on m'avait oubliée à La Maison.

Eh oui, j'avais ça, un beau papier jaune poussin triple épaisseur, « en-tête » lettres bleues en relief, à faire hurler les écolos. J'avais même une bague trèfle que le jeune prétendant pourrait offrir à sa belle à l'occasion du fameux déjeuner.

— Surtout, tu ne bouges pas, je reviens.

Je suis montée chercher bague et papier dans ma chambre. Pour la bague, Marie-Rose m'avait déniché l'écrin ancien qui convenait. Impatient, Justino m'attendait en bas des marches. Je l'ai entraîné dans le Carré du Pacha, occupé, le pauvre, à d'autres écritures moins réjouissantes : sa déclaration d'impôts à Caen. Je veux bien tenir les cordons de la bourse, pas l'ouvrir moi-même au percepteur pour qu'il me pique mes maigres économies. Pas maso.

Nous nous sommes installés à la table sacrée et j'ai posé l'écrin sous le nez du futur fiancé officiel.

— Surprise !

Découvrant le trèfle porte-bonheur dans son nid de pierres précieuses, il est resté bouche bée. Puis il a désigné les pierres.

— C'est quoi ?

— Des émeraudes, cadeau de Fée.

Chut, mon cœur, elle sourit là-haut.

— Oh, Babou, y en a combien ? T'as compté ? Dis donc, ça doit valoir cher !

— D'autant plus que c'est une bague ancienne. Unique.

— Comme au Louvre ?

— En quelque sorte.

— Et Fée, elle était d'accord ?

— Tu penses…

— Et si elle va pas à Haydée ?

— Un bijoutier la mettra à la taille de son doigt.

Notre pompier a replacé soigneusement la bague dans l'écrin.

— Tu peux me la garder ?

— En lieu sûr jusqu'au jour J. On y va pour l'invitation officielle ?

Il a rapproché son siège du mien, j'ai ouvert le bloc de beau papier et emprunté son stylo à Grégoire – partage des tâches. J'ai dévissé lentement le capuchon pour laisser s'inscrire, dans la mémoire de l'élu, ce moment inestimable, comme une bague venant du passé, aux pierres de la couleur de la mer lorsqu'elle se soulève.

— Tu m'arrêtes si ça ne va pas.

J'ai commencé à écrire : « Le Commandant et Mme Rougemont seront heureux de recevoir M. et Mme Buhari… »

J'ai lâché ma plume.

— À propos, on invite qui exactement ?

— Ben, toute la famille. Salimata aussi, sinon, c'est la brouille.

— Et il s'appelle comment, le mari de Salimata ?

Le gendre irréprochable, accueilli par Ernest les bras ouverts, sans enquête préalable.

— Martin. Freddy Martin.

J'ai repris ma plume avec un petit sourire intérieur, les meilleurs : tout le monde ne peut pas s'appeler Thibaut Rougemont.

« Ainsi que M. et Mme Freddy Martin… »

— Et à quelle heure invitons-nous ?

— Après la messe, bien sûr, puisque c'est un dimanche. Tu mets treize heures.

J'ai mis : « Le dimanche 11 mai, à treize heures, à l'occasion des fiançailles de… »

— Halte ! m'a arrêtée Justino. Dans la bonne société, les fiançailles, ça se marque pas, c'est sous-entendu.

Ah bon ? Et d'où il tenait ça ? Du majordome ? J'en perdrais mon latin… si j'en avais fait.

— Quand la date de votre mariage sera fixée, si ça se marque pas, auras-tu la gentillesse de nous en avertir, le Pacha et moi, que nous ne venions pas en baskets à l'église ?

Justino a ri de bon cœur. J'ai achevé de rédiger l'invitation-bonne société, et, à sa demande, j'y ai joint un plan pour arriver jusque chez nous.

— Le chauffeur l'entrera dans son GPS, avoue que c'est quand même un peu le désert, ici ! a remarqué mon petit-fils, poing sous le menton, œil rêveur.

J'ai avoué, désert, vent de sable, caravanes, oasis : regard d'enfant ?

— À propos, les enfants de Salimata, on invite ?

— Y en a trop. Ils resteront avec la gouvernante.

Bien sûr, la gouvernante, où avais-je la tête !

Le futur fiancé officiel glissera dès ce soir l'invitation dans la boîte à lettres de l'hôtel particulier.

— Surtout, tu m'appelles dès que tu as la réponse.

*

Elle est arrivée le surlendemain, en milieu de matinée, sur le fixe du salon, ça se faisait ? Grégoire jardinait, c'est moi qui ai décroché. Une voix chaude, chantante, a demandé si j'étais bien Mme Rougemont. Sans lui laisser le temps de répondre, clac, j'ai raccroché. Encore une pub ! Termites, volets électriques et, récemment, la meilleure : « Vous cherchez l'âme sœur, ce message vous est destiné. » Peut-être l'argument choc pour convaincre Grégoire de mettre notre numéro sur liste rouge.

Quelques secondes plus tard, la voix pulpeuse réitérait, cette fois en se nommant : Bethléem. J'ai prétexté un faux mouvement. On a vite fait de vous traiter de raciste. Elle m'a annoncé que sa famille serait très heureuse de se rendre au déjeuner de fiançailles – ça se disait ? – des enfants.

Que pouvait-elle apporter ? Ernest tenait à participer. Pourquoi pas du champagne ? D'accord pour le champagne.

— Bien entendu, nous amènerons notre Adella, a-t-elle dit pour finir.

Et la jolie ritournelle qui a chanté dans ma tête m'a rappelé combien la petite m'avait manqué.

Une réunion d'organisation s'est tenue à l'Isba. En comptant Marie-Rose et son Jean-Yves, Diane et son Achille, artisans de la réconciliation franco-nigériane, nous serions une vingtaine. Déjeuner assis ou buffet ? À Caen, le majordome a froncé les sourcils : le roi de l'or noir, debout ? D'accord, d'accord : déjeuner assis ! À l'intérieur ou à l'extérieur ? Nous avons parié sur le soleil. Au cas où, nous pourrions toujours nous rabattre sur le salon.

Deux tables – planches sur tréteaux –, nappes damassées, argenterie de famille. Service assuré par les plus jeunes.

Restait à établir le menu. Léon Tolstoï et son goulasch ont été abandonnés au profit du saumon et de l'esturgeon dans tous leurs états, servis en hors-d'œuvre : thème slave. Le thème normand a été choisi pour illustrer le plat principal : côtes de bœuf au barbecue. Et, pour terminer, le Nigeria serait mis à l'honneur avec un dessert tout cacao, fait avec les précieuses fèves récoltées là-bas.

*

— On ne te voit plus, se plaint Diane. N'avais-tu pas parlé de nous inviter à La Grande Marée quand tout serait réglé pour Justino ?

— Tes pinceaux, tu les reprends quand ? s'inquiète Marie-Rose. Je croyais que c'était urgent ?

Je ris… un peu de travers : chaque chose en son temps ! Avant… après… hier… aujourd'hui. On verra demain.

Le samedi 10 mai, veille du grand jour, une caisse de Dom Pérignon a été livrée par le chauffeur à casquette des Buhari. Il faisait chaud, je lui ai proposé de se rafraîchir en ma compagnie à la cuisine. Il a refusé, avant, dignement, de remettre sa casquette. Ça ne devait pas se faire dans la bonne société.

5

Il y a les bonnes et les mauvaises fatigues. Les bonnes, vous les éprouvez comme une récompense : devoir accompli. Certes, vous en avez plein le dos, mais c'est de bonheur, ouf ! Votre effort a été récompensé.

Les mauvaises fatigues vous laissent un goût d'amertume, vous vous êtes battu pour rien, des prunes. Demain, tout sera à recommencer. La partie est-elle gagnable ? Pour un peu, vous baisseriez les bras.

Au terme de cette journée, enfin seuls, au calme, c'était de la bonne fatigue que nous éprouvions, Grégoire et moi, écroulés dans nos chaises longues sur la terrasse. Rien à redire au déroulement de la fête, aucune fausse note, inutile de chercher cette petite bête qui s'ingénie à grignoter le plaisir. Il me semblait plutôt voir s'étendre sur notre maison les ailes traversées de doux nuages d'une peinture de René Magritte, ajoutant l'inattendu à l'émerveillement.

Inattendu, le soleil qui avait brillé sans partage sur le pays en ce jour de sainte Estelle, sainte de glace, faisant mentir son dicton : ni « fleur gelée », ni « futures récoltes menacées ». Dès dix heures du matin, les hommes avaient dressé les tables sur la terrasse et les femmes disposé le couvert sans autre risque qu'une petite averse de fleurs de pommier.

Le repas étant préparé sous notre toit par le futur traiteur à domicile – tiens, qu'attendait-il pour donner un nom à son entreprise ? –, j'avais été interdite de cuisine. Nul n'aurait pu empêcher Grégoire de s'occuper des boissons. Le Dom Pérignon et la vodka qui accompagneraient apéritif et entrée avaient été mis au frais dans le réfrigérateur de secours. Faute de grand cru normand, quelques bouteilles de précieux pomerol, un vin de Bordeaux au parfum de truffes qui accompagnerait le plat principal, avaient été montées de la cave. On resservirait du champagne avec le dessert.

À midi, chacun s'était retiré dans ses appartements afin d'y faire toilette. Pour ma part, un tailleur en lin couleur paille, des collants – une grand-mère ne va pas jambes nues, bon, bien, au temps pour la douceur du soleil sur la peau, les souvenirs « rumeur de plage » ! Le Pacha en tenue de pacha, Justino dans son sillage : « Ça va ? C'est bon ? T'es sûr pour la cravate ? » Cravate fantaisie sur chemise claire, veste, jean, Converses aux pieds, bague en poche.

À midi quarante-cinq débarquaient mes Grâces, accompagnées d'Achille et de Jean-Yves, conduits par le chauffeur de l'ambassadeur. Un quart d'heure plus tard, mon ami à casquette déposait nos hôtes devant la porte large ouverte du salon.

Et que la fête commence !

Inattendu, du moins pour moi, Ernest. Je ne l'imaginais pas si beau, en un mot, « classe ». Grand, large d'épaules, il porte un blazer marine sur un pantalon de flanelle grise, une chemise à son chiffre, cravate, mocassins. Des tempes blanchies ajoutent à la distinction. Son regard sombre – amusé ? – semble m'interroger tandis qu'il effleure de ses lèvres ma main levée.

Bethléem suit, qui me prend sans façon dans ses bras : « Je peux vous appeler Babou ? » Ça se fait ? La rivière qui étincelle à son cou éclipse tous les bijoux sortis des coffrets par la famille pour l'occasion. Sa somptueuse robe fleurie porte la signature d'un grand couturier, ses cheveux savamment tressés en chignon dégagent un visage rond, épanoui. Rien de l'épouse brimée qu'il m'était arrivé de plaindre.

Et voici Haydée, longue, élancée, bustier qui ne cache rien de ses charmes, jupe en corolle, espadrilles de corde haut lacées. Ses cheveux lisses sont retenus par un simple ruban de velours.

Son sourire ne trompe pas : enthousiasme, naïveté, honnêteté. Sans me laisser le temps de l'embrasser, elle tend vers mes bras ouverts une bébichone en robe de soie, bandana étoilé sur ses trois poils de jais, et – au secours ! – deux diamants incrustés dans le lobe de ses oreilles de renarde. Il faut souffrir pour être belle ? As-tu pleuré quand on te les a percées, pauvrette ?

Bon, bien, à chacun ses canons de beauté. Et l'essentiel est là, il semble que l'on m'ait reconnue, on ne pleure pas en atterrissant sur ma poitrine, on s'y loge sans faire de manières, on ronronne de plaisir. Ne me reste plus, un peu étourdie, qu'à serrer la main de Salimata la traîtresse, tout onctueux sourires, et celle de Freddy Martin, son époux, qui, dans cette famille joliment pain d'épice, fait tristement décoloré.

*

Étiquette respectée ou non, la suite s'est passée dans une parfaite harmonie. Quand tous ont été rassemblés sur la terrasse, notre pompier, le feu aux joues, a sorti de sa poche la bague trèfle à quatre feuilles et il l'a glissée sans souci au doigt d'Haydée, faite pour elle ! Autre miracle de sainte Estelle ?

Le Dom Pérignon a été servi, les coupes heurtées au bonheur et à la prospérité. À propos, à quand le mariage ? Le mois de juillet a été évoqué. Je me trouvais près de Bethléem et son compatissant : « Ça ira pour vous, Babou ? », qui évoquait un deuil récent, m'est allé droit au cœur. Bien sûr, ça m'irait ! Depuis quand Fée était-elle femme à retarder les fêtes ?

Autour d'Adella, buvant son biberon entre deux éclairs de diamant, une petite cour s'était formée. Le lit de toile bleue a été roulé sous le saule, un parapluie déployé à sa tête en guise de moustiquaire. La princesse endormie, nous sommes passés à table.

Grégoire et moi présidons l'une, les fiancés, l'autre. À notre table, placés comme il se doit, du lourd : Bethléem et Ernest, Diane et son ambassadeur, Salimata et son décoloré. À la table des fiancés, nos trois enfants, Marie-Rose et son Jean-Yves. Au bout, les jeunes qui aideront au service.

L'entrée, « thème slave », est servie. Saumon dans tous ses états et, sur des blinis tiédis, œufs gris d'esturgeon translucides. DU CAVIAR ? On s'était abstenu de m'avertir… « Tic-tac », approuve la comtoise, complice de Fée la prodigue. Une vodka de derrière les glaciers de la mer Caspienne accompagne la folie.

J'ai pris Ernest à ma droite, bien sûr. À sa gauche, Diane, pas pour rien épouse d'ambassadeur, se fait un devoir d'animer la conversation : « Et un tel, vous connaissez ? », « Et une telle, vous l'avez rencontrée ? » En face, mon Pacha se met en frais pour Bethléem. Inattendu, le français impeccable qu'elle et son époux pratiquent. J'avais oublié qu'au Nigeria notre langue était prioritaire dans les bonnes écoles.

À la table voisine, où le français n'est pas si bien traité, Marie-Rose met une atmosphère d'enfer, on y rit à gorge déployée.

Chut ! La jalousie est un vilain défaut.

6

Presque quinze heures. Voilà déjà un moment que montaient du barbecue, un peu plus haut, les bonnes odeurs du « thème normand », viande grillée assaisonnée d'herbes. Armé de son coutelas, Vladimir s'apprêtait à officier. Tourbillon d'enfants pour changer les assiettes. Pomerol versé religieusement dans les verres.

Nous nous étions interrogés sur l'opportunité d'offrir à nos hôtes africains de la viande de bœuf. Inattendu, Ernest nous a appris qu'existaient en son pays de larges plaines sous des cieux changeants où l'élevage prospérait. Lui-même ne possédait-il pas un troupeau de bovins ? Rien ne pouvait lui faire plus plaisir que notre choix.

Sauces diverses et jardinière de légumes accompagnaient les côtes de bœuf. Que disait Grégoire à Bethléem qui la faisait rire ainsi ? À quoi applaudissait la table voisine ? Ma tête tournait un peu. J'aurais bien été m'étendre dans l'herbe à l'ombre du saule, à côté d'Adella. Je me serais laissée bercer par le bruit de la fête, le cliquetis des couverts, le brouhaha des conversations. Sous mes paupières closes, je me serais passé et repassé le film mouvementé qui avait abouti à ce déjeuner, cette issue heureuse. Je te raconterai, maman…

— Babou ? Ça va ? Tu finis pas ? Je peux changer ton assiette ?

Et pourquoi cela n'aurait-il pas été ?

Le dessert, « thème Nigeria », une mousse au chocolat au centre d'une couronne de pépites de cacao, glorifiant la précieuse fève, a été applaudi par nos hôtes. Inattendue, au coin de l'œil d'Ernest, une larme ?

Re-champagne.

*

— Si vous me présentiez votre jardin ? demande-t-il.

Nous en sommes au café, pris debout, histoire de se dégourdir les pattes et de mêler les convives des deux tables. Audrey et Charlotte font plus ample connaissance avec Haydée et Salimata. Justino, sa fille dans ses bras, pavoise au milieu d'un nid de pies, ses cousines. Besoin de silence, je m'étais un peu éloignée quand Ernest a surgi.

— Pourquoi pas ?

Galamment, il arrondit son bras, j'y glisse le mien, il m'entraîne.

— Nous n'avons guère eu l'occasion de parler, remarque-t-il.

Terrain monopolisé par Diane ! Mais j'ai surpris, à plusieurs reprises, son regard intrigué, malicieux, sur moi. Le même qu'à son arrivée lorsqu'il avait baisé ma main. Cet homme a quelque chose à me demander, une femme ne s'y trompe pas.

Bien ! Pour le jardin, on commence par quoi ? La chêneraie, où bientôt sera planté un arbrisseau portant le nom d'Adella ? Le liquidambar, notre « arbre à gros mots », dont je lui expliquerai pourquoi son feuillage rougit en toutes saisons ? Ou tiens, l'if au pied duquel, un jour de mai semblable à celui-ci, Tatiana avait ramassé Lulu, la pie tombée du nid, l'orpheline aux ailes collées qui l'avait adoptée comme mère. Un jardin, c'est une histoire que l'on ne se lasse jamais de faire partager.

Finalement, je n'ai pas à choisir. Sitôt hors de portée de voix, Ernest s'arrête.

— Je voulais vous demander pardon, Joséphine.

Ah bon ? Et qu'a donc à se faire pardonner le roi de l'or noir, l'empereur de la fève de cacao, celui dont le regard, lorsqu'il m'appelle « Joséphine », me fait impératrice.

— Pardon de m'être défié de vous et de votre belle famille. Mais mettez-vous à ma place !

J'essaye. Sans grand résultat.

— Un bébé d'origine inconnue qui nous tombe du ciel, poursuit-il.

Je précise :

— Une nourrissonne sur le seuil de la cuisine.

— Le sentiment que nous pourrions bien nous être fait avoir…

— La certitude de Grégoire de l'avoir été.

— Une épouse un peu trop compréhensive.

— Un époux qui ne veut rien comprendre.

Il éclate de rire, j'embraye. En bas, sur la terrasse, des têtes se tournent vers nous.

— Me permettez-vous de me racheter ? demande Ernest en désignant l'Isba.

— Il n'est jamais trop tard pour faire amende honorable.

— Justino nous a parlé des soucis de votre gendre et de l'entreprise qu'il s'apprête à lancer. Nous avons pu apprécier son savoir-faire et celui de son cuisinier, Vladimir, c'est ça ?

— Vlan ! Pour vous servir.

— Nous avons, à Caen, de nombreux amis et relations qui seront certainement très heureux de faire appel à eux. Vous pouvez compter sur ma femme et moi pour les leur recommander.

— Sans oublier Charlotte, elle est dans le lot. Et attendez d'avoir entendu le grand Igor, ai-je complété.

Et, sous les yeux médusés de l'assistance, au grand complet sur la terrasse, nous avons claqué nos paumes l'une contre l'autre.

Tadam !

*

Il y a les bonnes fatigues, devoir accompli. Plein le dos, mais de bonheur.

Dans la nuit qui envahit peu à peu la terrasse, je viens de raconter à Grégoire mon échange avec Ernest, sa promesse d'aider les Karatine. Avec un tel appui, plus de soucis à se faire de ce côté-là !

— Bref, tout est pour le mieux dans le meilleur des mondes, rétorque-t-il – un peu jaloux ?

Sinon que le meilleur des mondes n'existe que dans la science-fiction et qu'on n'a guère envie de s'y aventurer.

On dit que l'émeraude est la couleur de l'espoir. C'est également celle que prend la mer lorsque la tempête la soulève.

La tempête se prépare.

7

— Babou, Pacha, s'il vous plaît, faut que vous m'aidiez ! Y a que vous, y a que toi, Pacha, ça peut plus attendre !

Devant nous, dans le salon, Victor à bout de nerfs, à bout de souffle. À croire qu'il a couru de son CHU jusqu'à La Maison. Il est un peu plus de huit heures, nous prenions des nouvelles du monde à la télévision, nous ravigotant – pas du luxe – avec, pour l'épouse un doigt de porto, pour l'époux un scotch-glaçons, lorsque le futur grand ponte a surgi.

— Si on fait rien, cette fois, il survivra pas.

Je fusille le monde avec la télécommande. Grégoire est debout.

— Calme-toi, mon Victor. Qui ne survivra pas ?

— Vous le connaissez pas : un petit garçon. Enfin, non, onze ans.

De soulagement, je ferme les yeux. Durant les quelques secondes qui ont précédé la réponse, j'ai vu Boris tomber, suivi par Vladimir. Ouf ! Un petit garçon de onze ans ? J'ai un peu honte quand même.

Grégoire se torture les oreilles : lui aussi ? Il pose la main sur l'épaule de son petit-fils.

— Maintenant, tu vas t'asseoir et tout nous raconter, si possible par le début, ordonne-t-il.

— Une minute !

Je file à la cuisine, éteint sous la cocotte, sors du réfrigérateur deux cannettes de la boisson des petits comme des grands. Pour la dégustation, il y a plusieurs écoles. Vic, l'élémentaire, ni paille ni verre, directement du récipient au gosier.

Lorsque je reviens au salon, il est perché sur le bord d'un fauteuil contre le canapé où Grégoire a repris place. Je lui tends une des cannettes, pose l'autre sur la table basse. « Merci, Babou », voix moins haletante, relai passé ? Il s'octroie une grande lampée, moi, une gorgée de porto.

— Surtout ne vous moquez pas, démarre-t-il d'une voix sourde. Il s'appelle Crépin. Pas difficile de deviner comment on l'appelle à l'école. Cette garce l'a fait exprès.

— Je suppose que tu parles de sa mère, s'enquiert calmement Grégoire.

— Marie-Sophie.

— Eh bien, Marie-Sophie a offert à son fils un saint remarquable : Crépin, frère de Crépinien, tous deux martyrs sous l'Empire romain, patrons des cordonniers, récite le grand-père.

Et il lève son scotch-glaçons, avant d'y tremper ses lèvres. À la santé des persécutés ? Cet homme m'étonnera toujours.

Lancé, Victor poursuit. Il a fait la connaissance de Crépin il y a environ deux mois alors qu'à la suite d'une mauvaise chute celui-ci venait d'être admis aux urgences pédiatriques de son CHU. Plus de peur que de mal : cheville foulée et un beau cocard à la tempe.

— C'était pas le problème, constate sombrement Victor. Le problème c'est qu'à onze ans il a à peine la taille d'un gamin de huit. Retard de croissance, confirmé par les radios. Aucun signe de puberté, bien sûr !

Vous pouvez compter sur notre greffé du rein pour se brancher automatiquement sur quiconque éprouve de la difficulté à grandir. N'est-ce pas pour avoir subi cette souffrance qu'il a décidé de faire médecine ? Aider autant que possible, rendre la chance qui lui a été donnée, avec son greffon, de vivre normalement ?

Une poignée d'heures plus tard, sa garde terminée, il était revenu voir le blessé.

— Sa mère était là, engueulant tout le monde, exigeant de le ramener à la maison, une vraie crise d'hystérie. Ça voulait dire quoi, « le garder en observation », alors qu'il n'avait qu'une petite foulure de rien du tout ? Sa taille ? Et après ? Il était suivi par un spécialiste, qu'on l'appelle si on ne la croyait pas.

Le chef de service avait dû intervenir.

Après qu'elle eut dégagé, menaçant de revenir, Victor s'était présenté à Crépin et il avait tenté d'engager la conversation : en vain. Pas un mot, lèvres soudées.

— Comme lorsque sa mère était là et qu'on avait l'impression qu'il cherchait à disparaître sous les draps.

— Maltraitance ? gronde Grégoire.

S'il y a une chose qu'il ne supporte pas, c'est que l'on s'attaque à un petit. Un jour où la presse racontait en boucle le calvaire d'un enfant, suivi de sa mort, il avait déclaré solennellement à la famille rassemblée que si quiconque avait le malheur de s'attaquer à l'un des siens, il lui réglerait son compte sur-le-champ, sans attendre la justice, cette traînarde. Oups ! Engagement salué par une ovation.

— Même pas ! semble regretter Victor.

— Explique-toi.

— Aucune trace de coups, récents ou anciens, qui permettraient de le retirer à sa mère. Aucun signe de maltraitance.

À la suite de la crise d'hystérie de celle-ci, une enquête des services sociaux avait quand même été diligentée, et Crépin, placé provisoirement dans une famille d'accueil par le juge des enfants.

Victor décapsule la seconde cannette, boit à nouveau. Par la porte large ouverte sur la terrasse, on aperçoit un ciel zébré de rose orangé, pas un souffle. La paix du soir ?

— Il faut que vous sachiez, Crépin a été un accident…

— Un accident ?

Grégoire et moi avons réagi en même temps.

— Il est né avant le mariage de Marie-Sophie, une brève aventure avec un étudiant étranger, reparti chez lui sans savoir qu'elle était enceinte. On n'avorte pas dans la famille, alors elle l'a gardé. Et puis elle a rencontré Jean-Baptiste Degennes, ils se sont mariés et elle a eu un autre garçon, Nicolas, lui désiré, lui tous les bons saints derrière son épaule, il y en a même un qu'on appelle « le Grand ». Pas de mauvais traitements, mais, sûr et certain, une différence de traitement.

— Son mari aussi, différence de traitement ? demande Grégoire.

— Il est jamais là. Il commerce avec la Chine. C'est Marie-Sophie qui gère. Je suppose qu'il veut pas voir.

Je demande, réflexe de grand-mère :

— Et les parents de Marie-Sophie, eux non plus, ils veulent pas voir ?

Victor m'adresse un sourire triste.

— Ils habitent loin, à Nice.

— Mais pourquoi tu ne nous en as pas parlé avant ?

— Comme si vous aviez pas déjà assez à faire avec Adella et Justino. Et puis j'étais rassuré, il était bien dans sa famille d'accueil, et même, il grandissait.

— Il « était » ? relève Grégoire.

— Sa mère a pris une avocate, une connue, une dure. Elle a fait appel et obtenu du juge une nouvelle audience plus tôt que prévu, jeudi prochain, dans une semaine. L'assistante maternelle qui s'occupe de Crépin dit que c'est plié, elle va gagner.

La voix de Victor se brise à nouveau. Il se tourne vers son grand-père :

— C'est horrible, Pacha, il faut faire quelque chose, vite ! Tu veux bien t'en occuper ?

— Bien sûr, répond Grégoire. On commence par quoi ?

8

Ce matin, Bethléem m'a appelée. Nul besoin qu'elle se nomme, j'ai tout de suite reconnu sa voix, une voix de soleil, un fruit exotique mûr à point.

Elle voulait savoir si le samedi 19 juillet nous conviendrait à Grégoire et à moi pour le mariage de nos enfants. Pas la date idéale, bien sûr, vacances d'été, mais c'était la seule possible pour le père Benoît, curé de l'église du Vieux-Saint-Sauveur, paroisse d'Haydée, très demandé en cette période de l'année. Du côté de la mairie, aucun problème.

D'accord pour le mariage le 19 juillet.

Sa seconde demande était plus originale : verrions-nous un inconvénient à ce que le consentement des époux devant Dieu – le seul qui compte – soit suivi du baptême en grande pompe d'Adella, la petite ayant seulement été ondoyée, si l'on pouvait dire « à la sauvette », afin de la sauver des limbes si un malheur lui advenait, merci Seigneur de l'en avoir préservée !

Okay pour le baptême en grande pompe et bravo pour l'excellent français imagé.

Puis nous sommes passées à du plus léger. Thibaut, père du marié, souhaitait, si j'en étais d'accord, me laisser gérer l'intendance : faire-part, invitations, liste de mariage, demoiselles et garçons d'honneur, réception. Kahura (Petit Printemps), belle-mère de Justino, étant très occupée par la confection de ses éventails et peu au fait des usages de notre pays.

— Et ce sera une occasion de nous revoir, a ajouté Bethléem.

Avec joie !

Première tâche, les faire-part. Nous avons pris rendez-vous deux jours plus tard, lundi, chez un imprimeur bien connu à Caen. Verrais-je un inconvénient à ce qu'Abébi vienne me chercher ?

Abébi ?

Mais oui, le chauffeur nigérian qui avait livré le champagne.

Super, pour Abébi.

Ah, Bethléem allait oublier ! En ce qui concernait les alliances, Thibaut avait exprimé le désir de s'en occuper lui-même.

Aïe !

*

« On commence par quoi ? » avait demandé Grégoire à Victor.

Par mettre un visage sur le petit, trop petit Crépin, avant que le juge des enfants ne le rende à sa mère.

La famille qui l'héberge vit dans la proche banlieue de Caen, direction Bayeux. En ce début d'après-midi de dimanche, tout en guidant son grand-père au volant du Paquebot, notre étudiant en médecine ne tarit pas d'éloges sur Dominique, la mère d'accueil, qu'apparemment il connaît bien. Combien de fois est-il allé chez elle sans que nous nous doutions de rien ? Fallait-il que nous ayons le cœur ailleurs !

Ex-institutrice, mari agent SNCF, leurs deux enfants envolés, elle a décidé de porter aide à ceux qui souffrent. Actuellement, elle en héberge trois : Crépin et deux plus jeunes. Tout le monde est au courant de notre venue, Dominique se réjouit de faire notre connaissance. À propos : la règle lui interdit de se laisser appeler « maman », ce que certains auraient un peu trop tendance à faire. Ils détournent l'interdiction en l'appelant « maman Do », c'est joli.

Mais nous arrivons.

Joli aussi, le nom de la maison inscrit en lettres dansantes de plusieurs couleurs en haut de la barrière blanche : L'Échappée belle. Sitôt la voiture arrêtée, Victor en saute et va la pousser, déclenchant – greli-grelot – le tintement d'une clochette. Nous suivons.

Le jardin, de bonne taille, précède une solide normande au toit d'ardoises, murs crépis de blanc, volets verts percés de cœurs. Dans un bac à sable, un blondinet fait des pâtés. Sur une balançoire, une basanette berce sa poupée. Contre le mur de la maison, assise sur le banc de pierre, collé à une ample femme au chignon gris occupée à l'écossage des petits pois, ce garçon dont on voit à peine le visage ne peut être que Crépin.

— Mais vois donc qui est là ! s'exclame la femme.

Crépin lève le nez. Découvrant Victor, son visage s'éclaire. Il se détache de sa protectrice, se lève et vient vers lui, vers nous. Il porte un polo de marque, des baskets dernier cri et, au poignet, une grosse montre de plongée qui accentue la finesse de l'attache. Épais cheveux châtains, yeux verts qui passent rapidement sur moi avant de se fixer sur Grégoire.

Que lui a dit notre Victor pour que son regard sur le Pacha exprime une telle attente, tant d'espoir ? Et voilà que les lèvres minces tremblent, comme se refusant aux mots. La patte de Grégoire s'abat sur l'épaule frêle, l'enveloppe.

— Alors, mon grand ? demande-t-il.

9

Il était tellement énorme, ce « mon grand », tellement vertigineux, que durant quelques secondes le temps s'est figé. Puis Crépin s'est retourné et il a regardé à droite, à gauche, pour s'assurer qu'il n'y avait personne, que c'était bien à lui que le Pacha s'était adressé. Un « Alors, mon grand ? » comme on peut lancer un soir de tempête un « Alors, moussaillon ? » qui signifie que désormais plus de souci, les vents mauvais peuvent se lever, le commandant est à la barre.

Un semblant de sourire a descellé les lèvres du petit-grand garçon et l'argent d'un appareil dentaire compliqué est apparu. Abandonnant son écossage, la femme au chignon gris nous avait rejoints : « Appelez-moi Dominique. » Grégoire lui a serré la main, moi, je l'ai embrassée, même si, sûr et certain, ça ne se fait pas d'embrasser quelqu'un qu'on voit pour la première fois, pas davantage que d'inviter un chauffeur à casquette, joliment appelé Abébi, venu vous livrer une caisse de champagne, à se rafraîchir en votre compagnie. Et n'imaginez pas pour autant que j'embrasse facilement. Voyez Marguerite, lèvres en avant, dont on a l'impression qu'elle s'apprête à vous croquer un morceau de joue, j'évite ! Idem pour la belle-mère d'Audrey, elle, lèvres pincées, avare de sentiments.

— Vous prendrez bien quelque chose ? a proposé Dominique.

Elle a récupéré la cuvette en émail et la passoire-écossage-petits pois et nous a entraînés dans sa cuisine tandis que Victor se laissait mener par Crépin vers ce qui ressemblait à un clapier.

« Quelque chose », c'était un verre de jus de fruits frais et des sablés confectionnés ce matin par les enfants à notre intention. Nous étions assis à la table recouverte d'une toile cirée, Dominique près de la fenêtre ouverte de façon à avoir son petit monde à l'œil. La fillette à la balançoire s'appelait Daisy, comme l'héroïne de *Gatsby le Magnifique*, le roman de Fitzgerald, s'est amusée l'ex-instit. Le garçonnet sur le tas de sable, Fabrice. Del Dongo, lui héros de l'inoubliable *Le Rouge et le Noir* de Stendhal ? Ces deux-là devraient lui rester un bout de temps, leurs parents étant en prison. Il arrive que l'on appelle ses enfants, parfois sans le savoir, de noms synonymes d'évasion.

Dominique a désigné Crépin.

— Si vous l'aviez vu quand il nous est arrivé ! On aurait dit qu'il faisait tout pour disparaître. Offrir le moins de surface possible aux regards. Et pour le faire parler, la croix et la bannière. Avec ça, de plutôt bons carnets à l'école.

— Il va à l'école ? s'est étonné Grégoire.

— Bien sûr ! Mon mari l'y dépose en allant à son travail. Nous allons l'y rechercher… en famille.

Une chance que Daisy et Fabrice soient plus jeunes que lui, a-t-elle poursuivi, ils l'avaient accueilli comme un grand frère. Avec eux, il parlait un peu. Avec Fourrure, le lapin, beaucoup. Mais le premier pas important avait été accompli lorsque Crépin avait cessé de mouiller son lit. L'énurésie, mal bien connu des enfants en souffrance.

— À partir de là, il a commencé à grandir… à vue d'œil. Presque six centimètres en deux mois. Loïc lui-même n'en revenait pas.

— Loïc ?

— L'éducateur chargé de le suivre durant son placement. Il faudra que vous le rencontriez.

— Et la mère de Crépin, l'avez-vous rencontrée ? a demandé Grégoire.

Dominique a secoué négativement la tête.

— Je ne voudrais pas vous choquer, ni que vous pensiez que j'exagère, mais, d'après le pédopsychiatre qui le suit, Crépin serait pour sa mère l'« enfant du péché », a-t-elle dit avec colère.

Grégoire s'est raidi. Si ces mots avaient été prononcés par moi, il aurait parlé de cliché. Dominique a poursuivi.

— La religion de Marie-Sophie lui interdisait l'avortement, alors elle l'a gardé. Sa présence lui rappelle sa faute, alors elle l'expie. À sa façon, en s'obligeant à lui donner le meilleur. Vous avez vu ses dents ? Le meilleur orthodontiste de Caen, une ruine ! Et aussi le meilleur collège, leçons particulières si nécessaire. Dans leur appartement, une chambre spacieuse, douche pour lui tout seul, des vêtements de marque dont tous les jeunes raffolent. Tout, sauf ce dont il aurait besoin pour grandir : l'amour.

Du côté du bac à sable où Crépin avait rejoint les petits, il y a eu des cris et des rires. Il avait coiffé la poupée de Daisy d'un seau. Aidée par Fabrice, elle tentait de la lui reprendre. Victor est intervenu. Dominique a eu un gros soupir.

— Depuis qu'il a appris qu'il rencontrerait à nouveau le juge, jeudi, il est devenu agressif. S'il pouvait perdre les quelques centimètres qu'il a gagnés ici, ce serait fait. Il a compris qu'il était là en sursis.

— Mais le juge ne peut pas le rendre comme ça à sa mère ! a protesté Grégoire. Vous avez parlé de pédopsychiatre, je suppose que celui-ci l'a mis au courant de ce que vous venez de nous raconter. Et les centimètres en plus devraient plaider en votre faveur, non ?

— Sans doute, a acquiescé Dominique sombrement, mais ce ne sera pas suffisant pour qu'il nous soit laissé. Pour cela, il faudrait que Crépin exprime clairement au juge son désir de rester ici et qu'il en donne les raisons. Le problème est que, dès que vous lui parlez de sa mère, il se ferme : un mur. Et dans ces conditions, c'est la parole de l'avocate que le juge entendra. D'autant qu'il paraît qu'elle est excellente.

Elle s'appelait maître Deflers, Grégoire a noté le nom. Il a également pris les coordonnées de l'éducateur. Dominique était-elle d'accord pour rester en contact avec lui ? Il lui a donné sa carte après y avoir ajouté son numéro de portable ; on m'avait changé mon homme !

Avant que nous partions, « maman Do », a appelé les enfants à la cuisine. Les deux petits se sont précipités, semant du sable partout. Crépin a suivi avec Victor. Nous les avons félicités pour leurs sablés. Dominique leur a présenté l'assiette.

— Régalez-vous.

Daisy et Fabrice y sont allés à pleines mains. Crépin n'a pas bougé.

— Viens là ! lui a ordonné le Pacha.

Après une infime hésitation, il s'est approché lentement. Un gros nœud serrait ma gorge.

Grégoire a pris un sablé et il l'a coupé en deux.

— Tu connais, bien sûr ! Cela se fait entre

alliés. Quand le plan a réussi, on réunit les deux moitiés.

Crépin a incliné la tête. Il a tendu la main pour prendre sa moitié et, délicatement, il l'a enveloppée dans une serviette en papier avant de la mettre dans sa poche.

Mon Pacha, de même.

10

Conflit de loyauté.

Le piège où était pris Crépin, la cause de son silence.

Son impossibilité de dénoncer sa mère, le refus viscéral de révéler au juge l'indifférence de celle qui l'avait mis au monde, de reconnaître qu'il représentait un fardeau pour elle, d'avouer, de s'avouer, qu'elle ne l'aimait pas.

C'est ce que Bertrand Langlois, ex-avocat, ami de Grégoire, lui a expliqué au lendemain de notre visite à L'Échappée belle, lorsqu'il est allé le trouver pour lui demander conseil, toutes affaires cessantes.

« Si on ne fait rien, cette fois, il ne survivra pas », nous avait avertis Victor.

Silence mortel ?

Dominique avait dit vrai, si Crépin continuait à s'y enfermer, s'il refusait de parler de sa mère, de son attitude avec lui, l'« enfant du péché », de la souffrance morale qu'elle lui infligeait, il y avait toutes chances – chances ! – qu'il lui soit rendu. D'autant que la famille Degennes, lui brillant ingénieur, elle décoratrice de talent, bénéficiait d'une excellente réputation en ville.

Celle de maître Deflers, l'avocate que s'était choisie Marie-Sophie, n'était plus à faire : pugnace, talentueuse, dévouée à la cause des femmes. Elle saurait convaincre le juge que le placement de Crépin dans une famille d'accueil avait été sans véritable fondement et que l'y maintenir serait une erreur. Bref, pour Bertrand Langlois, la cause était entendue.

*

— Cause entendue..., soupire Grégoire. Alors que justement la souffrance d'un innocent ne l'est pas. Tu vois, ma Jo, même si on les aime, les mots, parfois...

Au retour de mon équipée-Bethléem, en début de soirée, j'avais retrouvé mon Pacha à la tonte de sa pelouse. Quand il tond, c'est qu'il a besoin de se calmer. D'aucuns préféreront s'adresser à Bach ou à Schubert, mais bon, des goûts et des couleurs... Et probablement le grand-père avait-il oublié qu'en enfourchant son tracteur il volait à sa descendance l'un de ses plaisirs favoris.

Sans me laisser le temps de me changer, il m'avait entraînée dans son Carré pour me conter sa déconvenue.

C'est chose faite !

Il retire ses lunettes, sort son mouchoir, en nettoie soigneusement les verres, semble découvrir son épouse : jolie tenue printanière, escarpins, collier de perles. Fronce les sourcils.

— Vous, les femmes, quand vous vous y mettez, vous êtes redoutables.

Me comparerait-il à Marie-Sophie ou à son avocate ? Sans rancune je m'empresse de le rassurer : si fragiles, les hommes.

— Et toi, mon chéri, quand tu t'y mets, tu es imbattable.

— Mais trois jours, ma Jo, seulement trois jours d'ici jeudi, la nouvelle audience ! Et comment aider ce petit s'il refuse de dire ce qu'il vit, de parler de sa mère. Qu'attend-il de moi ?

Je revois le sablé coupé en deux, l'alliance conclue. Où Grégoire a-t-il bien pu cacher sa moitié ? Elle n'était plus dans sa veste ce matin quand je lui ai fait les poches pendant qu'il se douchait. Parions qu'elle se trouve quelque part ici ; affaire à suivre.

— Crépin attend que tu parles pour lui, que tu le sauves malgré lui, même si probablement il n'ose pas se l'avouer.

Les clairs-obscurs de l'âme humaine, oh, Rembrandt ! Oh, mon âme !

Le regard de Grégoire se tend, il serre les poings.

— D'accord, décide-t-il. J'irai voir Loïc dès demain.

— Loïc ?

Admettons-le ! Si Grégoire est à moitié sourd et si ma vue est plus performante que la sienne, pour la mémoire, il m'enfonce. Le collectionneur de mots, le fervent des dictionnaires.

— Mais l'éducateur, voyons, Joséphine ! Tu ne te souviens pas ? Dominique m'a donné ses coordonnées hier.

— Ça y est, j'y suis. Ai-je le droit de me rajouter ? Moi aussi, j'ai envie d'aider Crépin.

Grégoire se racle la gorge, tripatouille ses oreilles.

— Pardonne-moi, mais je préfère m'occuper de cette histoire seul avec Victor. Imagine que cette… Marie-Sophie apprenne que nous cherchons à le lui reprendre. Le moins de personnes seront au courant, le mieux ce sera.

Taquiner, c'est aimer.

— Alors, juste un petit mot à l'oreille de mes Grâces ?

À condition qu'on ait un tant soit peu le sens de l'humour.

— Surtout pas ! Même si je les apprécie beaucoup et si je dois reconnaître que pour Justino elles se sont montrées à la hauteur… Et, à propos de Justino, ne devais-tu pas rencontrer Bethléem cet après-midi ? Si tu me racontais.

De l'art de tirer des bords pour dire non avec élégance.

*

Abébi était venu me quérir à la maison après le déjeuner. Casquette soulevée, courbettes, portière ouverte, si madame veut bien… Il y a des jours où l'on regrette de n'avoir pas de voisins.

Nous avions retrouvé Bethléem chez l'imprimeur, quartier résidentiel à Caen, adresse bien connue. À l'époque du Net où vous commandez d'un clic mille cartes de visite pour trois fois rien, la clientèle des Buhari était pain béni pour le patron, qui nous avait reçues en personne dans un petit salon tendu de velours grenat tel un écrin.

Et, à propos de pain béni, alors que, rédigeant avec son aide le texte du faire-part annonçant le mariage de nos enfants, Bethléem avait souhaité y ajouter le baptême d'Adella, le digne vieux monsieur à rosette de la Légion d'honneur avait avoué que c'était la première fois, durant sa longue carrière, que cette double annonce figurant sur une même page lui était demandée.

Tout simple, finalement, coulant de source comme toutes les grandes idées, à peine une demi-ligne ajoutée à l'annonce du mariage indiquant que « le consentement des époux serait suivi du baptême de leur fille Adella ».

Comment les Rougemont auraient-ils pu se désolidariser d'une si belle innovation ? Et Thibaut ne m'avait-il pas donné carte blanche pour l'intendance ? Le baptême serait également annoncé sur notre page.

Dans la foulée, nous étions passées aux cartons d'invitation, glissés à l'intérieur des faire-part, pour les privilégiés qui seraient conviés à la fête organisée chez les parents de la mariée : un cocktail suivi d'un dîner dans leur parc.

Plusieurs tentes prévues pour parer à un éventuel caprice du ciel, cocktail debout, dîner assis. Que penserais-je d'un orchestre pour chauffer l'atmosphère ? Discours (assommants mais inévitables), bal, feu d'artifice, est-ce-qu'autre chose me ferait plaisir ? Bethléem serait heureuse d'y souscrire.

Les Buhari comptaient sur la venue d'environ deux cent cinquante « privilégiés » (joie non dissimulée de l'imprimeur). Pourrais-je envoyer dès que possible la liste de nos invités ? (Y ajouter Bertrand Langlois – ex-avocat – et sa famille pour faire nombre.)

Qui dit invitations dit cadeaux. Ma coorganisatrice avait l'intention de déposer une liste dans un grand magasin huppé de la ville disposant d'un important rayon argenterie. J'ai proposé d'y ajouter La Caverne pour les amateurs de présents plus originaux, accessibles à toutes les bourses. Idée adoptée ! Rendez-vous a été pris pour une virée chez Marie-Rose. Je me chargerai de l'avertir.

Un tout dernier point : l'annonce du mariage dans le « Carnet du jour » d'un grand quotidien national. Prématuré. Nous verrions cela en temps voulu.

11

Dans ce Carnet, très lu, y compris à l'étranger, et que l'on peut consulter sur Internet, toutes les grandes étapes de la vie sont annoncées, à commencer bien sûr par les principales : naissance, mariage, deuil.

L'annonce d'un mariage est la plus sobre. Les parents sont heureux, ont le plaisir ou la joie de faire part de l'union de leurs enfants. Suit, en général, le nom de l'église où celui-ci sera célébré. Point. Il arrive que vous soyez averti après que le mariage a eu lieu, trois lignes sèches. Et vous ne pouvez vous empêcher de vous interroger : pourquoi cette discrétion ? « Mariage à la sauvette », dirait Bethléem.

Si vous voulez annoncer un deuil, vous n'avez que l'embarras du choix. À la tristesse, la douleur, d'avoir perdu un être cher, unique, aimé de tous, vous pouvez ajouter « grande », « profonde », parfois « infinie ». Le mot « mort » (ou « décès ») est souvent suivi de « survenue », mot qui, si l'on se fie au dictionnaire, veut dire « arrivée par surprise » ou « inopinément », même si ce départ était attendu, prévisible et parfois souhaité pour la délivrance de la personne citée. On parle également de « rappel à Dieu », de « retour auprès du Seigneur » ou d'« entré dans la lumière du Créateur ». Et si certains se contentent de faire part du décès tout bas, sans larmes apparentes ni violons, croyez-moi, ce n'est pas pour autant que leur peine est moins profonde. Parfois même, au contraire.

C'est pour ce qui concerne les naissances que l'annonce est la plus longue et fournie. On y lit le désir d'en faire partager la joie, le bonheur, avec le plus de personnes possible. Aux grands-parents se joignent les « arrière », une croix discrète suivant parfois leur nom, indiquant qu'ils ne sont plus là mais participent à leur manière. Frères et sœurs, si le nouveau-né en bénéficie, oncles et tantes, cousins, cousines, s'associent également à l'allégresse.

Aux très classiques : « a donné naissance » ou « est venu au monde », ma formule préférée est : « a donné le jour ».

Sinon que l'on peut aussi « donner la nuit ».

Lorsque Marie-Sophie, après sa rencontre sans lendemain, son bref amour envolé, avait découvert qu'elle était enceinte, l'idée de « faire passer » ce qui n'était encore qu'un œuf minuscule, un embryon de la taille d'un grain de blé, lui était-elle venue ? Pour la catholique pratiquante, avorter eût représenté un crime, aussi avait-elle décidé de le garder, très certainement approuvée par ses parents.

Et « l'enfant du péché » croît en elle.

Il a quatre semaines et il a bien grandi, sept ou huit millimètres. Le cordon ombilical est formé, avec lequel il communique avec l'organisme maternel. Et déjà son cœur bat.

Il a six semaines, ces pousses fragiles, ces tendres bourgeons, ce sont ses membres. Le visage se dessine : deux petites saillies pour les yeux, deux fossettes pour les oreilles, une seule ouverture pour la bouche et le nez.

Il a deux mois et commence à se redresser. Il tient ses mains appuyées sur son ventre, ses jambes sont pliées, les pieds se rejoignent comme s'il s'apprêtait à nager. Il a désormais tout ce qu'il faut pour devenir un être humain qui, un jour, sentira le froid et le chaud, éprouvera le plaisir ou la souffrance, appréciera les caresses ou redoutera les coups, subira ou se révoltera.

Il a quatre mois : premiers cheveux, premiers pipis qui se déversent dans le liquide amniotique, du grec *amnion*, emplissant l'amnios, poche protectrice dans laquelle il baigne.

Il a cinq mois, il dort, se réveille. On perçoit nettement les battements de son cœur. Ses ongles sont là, au bout de doigts bien formés.

Il a sept mois. Il reconnaît la voix de sa mère. La musique le fait réagir, et voyez la merveille : il suce son pouce.

Il a huit mois et il se prépare à naître, tête en bas, dos le plus souvent sur le côté gauche du ventre maternel, côté cœur ?

Il a neuf mois.

On dit : « donner le jour ». Marie-Sophie s'apprête à donner la nuit à Crépin.

Dans le « Carnet du jour » du grand quotidien national, on peut également annoncer les fiançailles, les noces de toutes les couleurs, les décorations, que sais-je ? Et, bien sûr, la fête des Mères.

Cette année, le dimanche 25 mai.

Demain.

12

J'avais été avertie de longue date par « mes trois », Thibaut, Audrey, Charlotte, que cette année, contrairement aux précédentes, la fête des Mères n'aurait pas lieu à La Maison. Assez de réjouissances à gérer comme ça, la dernière en date, le déjeuner de fiançailles, pas rien quand même ! Précédée de peu par la fête des Grands-mères, sans compter les improvisées, organisées au débotté, tiens, le soleil ! si on s'invitait dans le jardin, un petit pique-nique, une nappe jetée sur l'herbe… qui, chacun apportant sa contribution, et Grégoire ouvrant sa cave, se transformait une fois sur deux en festin.

On allait laisser le jardin souffler un peu, lui aussi l'avait bien mérité, et, avec la préparation de l'été, dans même pas un mois, il avait suffisamment à faire comme ça. Bref, ce dimanche 25 mai, décision avait été prise de m'enlever. Je n'aurais que le droit de me faire belle, très. « Pourquoi pas un petit tour du côté de tes pinceaux ? » avait suggéré étourdiment Charlotte, et le gris avait envahi mon cœur, ce gris dont tous les peintres savent qu'il n'a pas sa place dans les sept couleurs de l'arc-en-ciel : violet, indigo, bleu, vert, jaune, orange et rouge.

Et dans mon for intérieur, où il arrive qu'à l'insu de tous on dresse des barricades, on hisse le drapeau blanc, j'avais soupçonné mes tendres de vouloir m'éloigner d'une maison où, pour la première fois depuis que nous y vivions, je ne décrocherai pas le téléphone pour souhaiter à une fée, dans son pays de soleil : « Bonne fête, maman. »

Grégoire était-il dans le complot-enlèvement ? Il m'avait juré que non, et cet homme n'a jamais su mentir convenablement. De plus, il aurait préféré en être pour s'associer au cadeau, manquant singulièrement d'idées en ce qui concerne son épouse, prétendant qu'elle avait « tout », comme si on avait jamais tout, heureusement, d'ailleurs ! Et m'offrir un bouquet de fleurs coupées eût été offenser un jardin qui me les offrait vives à foison.

*

Midi sonne lorsque le carrosse de Jean-Eudes s'arrête devant la maison.

— Pas de cagoule ni de bandeau sur les yeux ? plaisante Grégoire, un peu crispé, en me suivant à l'arrière de la Mercedes, sur les odorants sièges de cuir beige.

— Zen, papa. On se détend ! rétorque Audrey, assise près de son assureur-conseil, belle comme la journée qui s'annonce.

Nous démarrons.

Un bandeau sur les yeux, c'est ainsi qu'est représentée la Justice par ceux qui, à tort ou à raison, estiment qu'elle n'a pas fait correctement son boulot. Sans surprise, jeudi, Crépin a été rendu à sa mère.

Comment ce dimanche à elle dédié se passe-t-il pour toi, pauvre petit-grand garçon ? As-tu préparé un cadeau à ton collège ? Appris un poème ? Fait un dessin ? Pour ton frère Nicolas, à la maternelle, c'est sûr. Et plutôt dix cadeaux qu'un, mijotés depuis des jours avec la maîtresse pour la « plus jolie, la plus gaie, la plus tendre des mamans ». Et où est Jean-Baptiste, ton beau-père ? À Caen ou à Shanghai ? A-t-il fait en sorte d'être présent pour fêter lui aussi sa belle épouse, la remercier de lui avoir donné un garçon ? Que pense-t-il de celui apporté dans la corbeille de mariée par Marie-Sophie ? Est-il sensible à ton silence, Crépin ? Sent-il ton désarroi ? T'a-t-il associé à son cadeau, un bouquet, des chocolats ? Pas un méchant, Jean-Baptiste Degennes, selon Dominique, juste un peu lâche, aspirant à la paix *at home* ; peut-on se battre sur tous les fronts ?

— Si vous voulez bien descendre, nous sommes arrivés, annonce cérémonieusement Audrey.

Le restaurant, bois et verre, se trouve tout près de la colline aux Oiseaux, nom donné au parc floral, réputé pour ses roses, non loin du Mémorial de Caen. Une rose pourpre m'est offerte à mon entrée. La salle du bas est pleine, une plus petite, au premier, nous a été réservée.

Et bien sûr tous nous y attendaient, enfants et petits-enfants, ces derniers ayant eux-mêmes fêté leurs mamans un peu plus tôt dans la matinée.

Nous sommes conduits à nos places, vue sur le jardin. Et là, de surprise en surprise, les trois coups sont frappés avant que nous soit offerte une saynète interprétée par nos « trois ».

Nouveau siècle, nouvelles mœurs.

Partage des tâches.

Parité.

Papa au berceau, maman au boulot, les deux aux fourneaux.

Vivons avec notre époque, désormais fête des Mères et fête des Pères seraient souhaitées en même temps. Champagne.

Un cadeau commun nous a été remis : un bon pour deux nuitées à la fameuse ferme Saint-Siméon d'Honfleur, lors du week-end de la Pentecôte. HONFLEUR ? Notre escale préférée, Grégoire pour le port, moi pour les peintres qui y étaient nés et avaient immortalisé sa lumière.

Une formidable idée, un fabuleux présent.
Re-champagne.

*

Je ne parlerai pas du menu, savoureux et abondant. Il faut dire que pour les menus, avec toutes ces fêtes, c'est un peu l'indigestion, et il m'arrive de rêver à deux œufs à la coque et à une compote. Mais comment éviter de parler du dessert, puisqu'en même temps qu'une pièce montée digne de noces d'or il nous a amené Haydée.

Lorsqu'elle est entrée, le silence s'est fait. Elle portait une robe plus sage que celle des fiançailles, corsage boutonné jusqu'au cou, jupe tombant sur les hautes espadrilles de corde, lacées. Dégagé par la natte de ses cheveux tressés, mêlés de rubans, son visage exprimait joie et timidité. Derrière son épaule, Abébi, casquette soulevée, m'a adressé un signe de connivence avant de s'éclipser : me la confiant ? Parions qu'il attendrait « mademoiselle » dans la voiture, au plus près du restaurant.

Justino s'est précipité. Visiblement, la visite d'Haydée n'était pas une surprise pour lui. Elle a dit bonjour à tous des deux mains portées à ses lèvres avant de venir nous embrasser, Grégoire et moi. Nous nous sommes poussés pour lui faire de la place, elle a accepté une part de gâteau, une coupe de champagne. Tandis qu'elle savourait l'un et l'autre, tous les regards étaient fixés sur elle. À ses côtés, notre pompier sur des charbons ardents. Nous avons compris pourquoi lorsqu'elle a dévoilé la raison de sa venue.

Elle s'est tournée vers les Karatine. Voilà, s'ils étaient d'accord, sa mère souhaitait qu'ils prennent en charge le cocktail suivant son mariage, le 19 juillet prochain, comme chacun savait. Thème slave, buffet froid et chaud, environ trois cents convives prévus. Bethléem pouvait-elle compter sur eux ?

Thème slave, trois cents personnes, merci Ernest, homme de parole ! Dans le silence qui a suivi, il m'a semblé que Mururoa, pourtant solidement fortifiée, prenait sérieusement l'eau.

— Vous permettez ? a fini par répondre Boris d'une voix blanche.

Il a sorti son mobile de sa poche, pianoté et enclenché le haut-parleur. Une sonnerie, deux, dix… temps suspendu. Puis la belle voix d'un vieux grognard ukrainien, réprimant des sanglots de gratitude et de bonheur, tandis que son neveu, aussi ému que lui, lui faisait part de la demande de Bethléem.

Apparemment, c'était d'accord.

Mais, j'y pensais, ma coéquipière en organisation de festivités ne m'avait-elle pas parlé d'un orchestre pour chauffer l'atmosphère ? Affirmé qu'elle serait heureuse de souscrire à toute idée me venant ? Un nom, une musique, s'imposaient pour illustrer le thème slave-trois cents convives, le grand Igor, la balalaïka. Pas une journée à perdre, il me faudrait le réserver dès demain. Tout comme le père Benoît, curé de l'église du Vieux-Saint-Sauveur, dans un autre registre, il est très pris en cette saison.

La modeste pièce montée – pour quinze personnes seulement – a été rapidement exécutée. Tous parlaient à la fois : ah, vite le mariage ! Seul Victor restait en retrait, nous lançant de loin des appels de détresse, mais chut, on ne parle pas de Crépin, imaginez que Marie-Sophie Degennes apprenne…

Café bu, festin terminé, mon Pacha a proposé un tour dans le parc de la colline aux Oiseaux, histoire de se dégourdir les pattes. Il a très vite entraîné son petit-fils à l'écart. J'ai suivi.

Notre futur grand ponte n'avait pas à s'en faire. Ni l'escale à Honfleur, ni les préparatifs du mariage n'empêcheraient Grégoire de tout mettre en œuvre pour recoller au plus vite les morceaux du sablé. La machine de guerre était en route. Demain, lundi, il avait rendez-vous avec Loïc pour mettre au point une stratégie et attaquer dès que possible. Bien sûr, Victor serait tenu au courant.

Je m'interroge. Où les combattants en seront-ils le 19 juillet prochain, dans un peu moins de deux mois, lorsque seront déployées les tentes et dressées les tables du buffet russe ? Buffet chaud et froid, a précisé Bethléem. Parions que notre Vladimir ne résistera pas à mettre Léon Tolstoï à l'honneur avec l'une ou l'autre recette portant son nom.

Qui sait que l'écrivain, en dehors de ses très fameux romans *Guerre et Paix*, et *Anna Karénine*, est également l'auteur d'une pièce de théâtre intitulée : *La Puissance des ténèbres* ?

Le thème en est le procès d'un paysan qui a tué le nouveau-né qu'il a eu de sa belle-fille de seize ans. Quelques scènes sur la violence, la pulsion de mort, le remords.

Dans ce sombre spectacle où se déchire une famille, un personnage se détache, le grand-père. Vaillamment, il œuvre à la réconciliation à l'aide de la Parole, mot auquel il met une majuscule, comme à Verbe, du latin *verbum*, auquel bien souvent le mot « magique » est associé.

J'ai cherché dans les dictionnaires de mon Pacha le mot « Ténèbre ». On y parle d'obscurité profonde, de l'enfer : « empire des ténèbres » et, note rafraîchissante si l'on peut dire, « prince des ténèbres ».

Pauvre petit prince Crépin.

La magie du Verbe, la lumière de l'amour, parviendront-elles à te sauver ?

13

Être éducateur, travailler au contact d'enfants blessés, abîmés, reclus en eux-mêmes ou, au contraire, violents, est un apostolat. Pour l'exercer, savoir allier l'empathie, la patience, la ténacité, l'oubli de soi, il faut parfois montrer de l'héroïsme. Et tant pis pour ceux qui se moquent des « grands mots » – ils existent, nous en vivons tous. Oui, des héros !

Loïc Lefloch était de ceux-là, portant au quotidien, haut levées, la « croix et la bannière » au service de petites victimes auxquelles leurs parents, au lieu de donner le jour, avaient donné la nuit. Et il arrive qu'elles en meurent.

S'occuper d'un enfant, nouer avec lui une relation forte sans pour autant prendre la place de ses géniteurs, être un modèle sans jouer les camarades, un compagnon, pas un copain, tel était le défi que l'éducateur avait à relever.

Et aussi aider cet enfant à comprendre qu'il n'est pas responsable du désamour de ses parents, recolorer l'image sombre qu'il se fait de lui, l'aider à se forger des rêves, jusque-là interdits, soit par son entourage, soit par lui-même.

Et encore, le plus difficile parfois, confier à celui que l'on a pris en charge, souvent pour des années, ses propres doutes, ses peurs, ses échecs. « Alors, il est comme moi ? se dit l'enfant, n'osant y croire. Lui aussi, il a éprouvé cet accablement ou cette révolte ? Lui aussi, il a eu envie de renoncer, et parfois celle de tuer ? » Et la honte, cachée au plus profond, s'estompe. Et, dans sa solitude, point une lumière.

Le « conflit de loyauté » dont avait parlé Bertrand Langlois à Grégoire, Loïc le connaissait par cœur : Crépin en demande d'amour mais se refusant à le recevoir pour ne pas trahir sa mère. Et jusque-là, malgré ses efforts, conjugués à ceux de Dominique, pas une seule fois ils n'avaient réussi à le faire parler d'elle. Et voilà que lundi dernier, Loïc allant le chercher à L'Échappée belle pour le conduire chez le pédopsychiatre, visite préalable à l'audience du jeudi, Crépin, sans mot dire, sort de sa poche une moitié de sablé et la lui montre.

Par Dominique, l'éducateur avait appris notre visite et le pacte conclu entre le « grand » et le Pacha, un vrai miracle en quelques heures. Il aurait pu se montrer jaloux, éprouver du dépit, pensez…

Le commandant et le fils de pêcheur étaient faits pour s'entendre. À bord de la même galère, ils ont décidé d'œuvrer ensemble afin de trouver la preuve qui convaincrait le juge de rouvrir le dossier. Pour Loïc, agent de l'État, une démarche limite : on ne conteste pas un jugement rendu. Mais Grégoire avait une promesse à tenir, deux moitiés de sablé à réunir, alors Loïc a embrayé. Désormais, ils seraient deux à porter la « croix et la bannière », dans le but de ramener Crépin à bon port : chez « maman Do ».

*

Grégoire s'est interrompu dans son récit. Par la fenêtre de la cuisine, il a regardé la pluie crépitant sur son Paquebot qu'il n'avait pas pris le temps de rentrer au garage tant grande était sa hâte de me parler : ciel gros chagrin toute la journée.

— Et voilà !

Son regard est monté vers l'horloge Spirou : sept heures moins le quart.

— Tu me sers quelque chose ?

Bouteille de scotch trente ans d'âge, deux glaçons dans un haut verre, trois olives, une poignée de chips… Surtout ne nous pressons pas, laissons aux petits gestes du quotidien, aux minuscules rituels, le temps de jouer leur rôle de bouées repères.

Grégoire a eu un gros soupir, il a sorti son mouchoir et épongé son front.

— Rude journée, quand même !

Trop ?

Il m'arrive d'oublier l'âge de mon mari. Les analyses prescrites par le médecin n'indiquent rien d'alarmant. C'est un grand marcheur, bon pour le cœur. La pratique du Scrabble est excellente pour la mémoire. Bilan satisfaisant, en somme. N'empêche, les AVC, ça existe…

Le « Carnet du jour » d'un fameux quotidien m'est apparu : rubrique deuils.

— Arrête de t'en faire pour moi, je ne suis pas encore mort, a dit sans fioritures l'homme qui me connaît presque par cœur, le « presque » étant indispensable à la longue vie d'un couple : terrain jamais totalement conquis.

— Et maintenant ? ai-je demandé.

— Avons-nous le choix ? Si nous voulons que Crépin soit rendu à Dominique, nous devons trouver des preuves de maltraitance psychologique, ou de « sévices moraux », comme tu préfères.

— Et comment comptez-vous vous y prendre ?

— En cherchant du côté de ceux qui vivent au plus près de lui : l'employée de maison à demeure chez les Degennes. La jeune fille au pair qui s'occupe épisodiquement du petit frère.

Nicolas ! « Lui, tous les bons saints derrière son épaule », avait remarqué Victor. Lui, aimé ?

Et, à propos de « bons saints », le choix d'un prénom n'est jamais innocent, m'a fait remarquer Grégoire. Daisy... Fabrice... Crépin-crétin ? En anglais, on parle de *given name*, nom cadeau, cadeau empoisonné ?

Il s'est décidé à entamer son remontant préféré.

— Tu ne m'accompagnes pas ?

— Bien sûr que si !

Sous le regard incrédule de celui qui ne me connaîtrait jamais par cœur, plutôt que mon habituelle gorgée de porto, je lui ai chippé son verre et me suis envoyée une lampée de scotch trente ans d'âge.

— Je m'en doutais, a remarqué celui qui n'aime pas être pris au dépourvu.

— Ah bon ?

— Que tu vidais ma bouteille en douce, a poursuivi l'épris d'humour.

— J'avoue.

Soupir pour la forme, récupération de verre, retour aux choses sérieuses.

— Je ne t'ai pas dit le pire, ma Jo. D'après Loïc, si cette Marie-Sophie a tant bataillé pour récupérer son fils, c'est en grande partie pour la galerie. Dans son milieu, ça la foutait mal que l'on dise qu'il lui avait été retiré à la suite d'un manque de soins ou d'affection. Elle va tout faire pour retrouver son auréole de femme qui assume le passé en traitant aussi bien le bâtard que le légitime.

Dans son regard, j'ai lu une vraie douleur.

— Il ne manquerait plus que cette salope lui fasse payer le fait qu'il se soit attaché à Dominique et qu'il ait commis le crime de lèse-majesté d'oser grandir loin d'elle.

14

Elle s'appelle Colette Gentil, c'est joli. Elle a la soixantaine et elle est employée à plein temps chez les Degennes, logée au rez-de-chaussée de l'immeuble cossu.

Autrefois, le personnel occupait les mansardes, on disait « chambres de bonnes », ascenseur de service s'il y en avait. Voilà belle lurette qu'on les a réunies pour en faire des studios, vue imprenable sur toits et clochers, accessibles par l'ascenseur du grand escalier. Aujourd'hui, les privilégiés qui ont les moyens de s'offrir du personnel à demeure le logent en bas.

Colette n'avait pas vingt ans lorsqu'elle est entrée au service des grands-parents Degennes. Jean-Baptiste, elle l'a élevé. Elle est de celles dont on dit qu'elles « font partie de la famille ». Il arrive même qu'on les trouve dans le fameux « Carnet du jour », à la rubrique deuils, les mots « dévouée » ou « fidèle » accompagnant leurs noms. Ses patrons descendus prendre leur retraite dans le Midi, elle a été tout heureuse d'entrer au service de Marie-Sophie après la naissance du petit Nicolas, pour permettre à celle-ci de continuer à travailler. Sa jolie chambre avec cabinet de toilette, c'est « madame » qui l'a décorée, et on parle de Colette comme d'une gouvernante. Ne gouverne-t-elle pas la bonne marche de la maison ?

Elle dispose d'une journée et demie de congé hebdomadaire, du samedi après le déjeuner, vaisselle faite, jusqu'au lundi matin. Quand « madame » le peut, elle prend le relais, sinon, on fait appel à une jeune fille au pair qui s'occupe exclusivement de Nicolas. À onze ans, Crépin est assez grand pour se prendre en charge.

Ce samedi 31 mai, Grégoire et Loïc se sont donné rendez-vous en tout début d'après-midi près de l'immeuble en pierre de taille, au centre de Caen, décidés à attendre le temps qu'il faudra la sortie de Colette Gentil. Loïc se fait tout petit. Si elle sort, Marie-Sophie pourrait le reconnaître, ils se sont croisés plusieurs fois. Il a également rencontré Colette durant le placement de Crépin chez Dominique, lors des week-ends dus à sa mère – deux par mois –, lorsqu'il le lui amenait ou venait le rechercher.

Voilà plus d'une demi-heure qu'ils poireautent. Et si, contrairement à ses habitudes, Colette renonçait à sortir en raison de la pluie fine, têtue, qui s'obstine depuis le matin ? Ils n'osent l'envisager.

Et enfin la porte cochère s'ouvre. Cette femme vêtue d'un tailleur gris assorti à son chignon serré, c'est elle. Elle lève les yeux vers le ciel, déploie un parapluie et se met en marche. Grégoire s'ébranle, va à sa rencontre, soulève sa casquette.

— Madame Gentil ?

La gouvernante s'arrête. Visage austère, à peine maquillé, regard méfiant sous les lunettes.

— Monsieur ?

Il a été décidé que ce serait le Pacha qui parlerait, Loïc craignant que, ne le reconnaissant, Colette se refuse à répondre.

— Accepteriez-vous de nous dire quelques mots de Crépin, le fils aîné de Mme Degennes ? commence-t-il.

La femme se fige. Son regard passe à présent sur Loïc ; c'est fait, elle l'a reconnu. Elle hésite.

— Je vous en prie, insiste Grégoire.

On ne tourne pas comme ça le dos au commandant Rougemont. Sa prestance, son autorité, quelque chose dans son regard, vous l'interdisent. Ce serait, en quelque sorte, offenser Dieu lui-même. Et ce n'est pas moi qui le dit, c'est ceux qui ont travaillé sous ses ordres sur la *Jeanne*.

Colette ne fait pas exception.

— Il est rentré à la maison, madame en est

heureuse. Je ne vois pas ce que je pourrais dire de plus.

— Simplement ceci : « Et lui, est-il heureux d'être rentré chez lui ? » insiste le Pacha.

— Comment savoir ? Encore faudrait-il qu'il parle, bougonne la femme. Et maintenant, si vous voulez bien…

Elle s'est remise en marche. Grégoire embraye.

— À moins que la souffrance d'un enfant ne vous indiffère, pourriez-vous nous en dire un peu plus ?

Cela s'appelle très exactement du chantage ! Doublé d'un piège. En acceptant d'en dire plus, la gouvernante reconnaîtra implicitement la souffrance de Crépin. Ralentissant le pas, elle constate d'abord que, comme son petit frère Nicolas, c'est un enfant gâté. Rien n'est trop beau, trop bon, pour eux, madame est comme ça : le meilleur en tout.

Grégoire ne commente pas ; il est également très fort dans le maniement des silences.

— Bien sûr, Crépin ne profite pas vraiment de ce luxe, admet son interlocutrice, vaguement honteuse. Et parfois, à le voir toujours seul dans sa chambre, à ne parler que si on l'interroge, vivre le front baissé, il fait peine. Mais madame affirme que c'est l'âge, que ça s'arrangera. Et, en ce qui concerne le retard de croissance, il est suivi par un grand ponte, conclut-elle.

Je suppose que lorsque Colette a prononcé ces derniers mots, Grégoire a réprimé un sourire de travers en pensant à notre futur grand ponte à nous, qui, en se portant au secours de Crépin, le mettait dans cette foutue situation.

— Je peux m'en aller à présent ? On m'attend, a presque supplié la gouvernante.

Cette fois, c'est Loïc qui est intervenu.

— S'il vous plaît, madame, c'est important. Vous ne pouvez vraiment pas nous en dire plus ? Même un peu ?

À nouveau, Colette a hésité. Le destin de Crépin a balancé. Elle a poussé un gros soupir.

— Vous n'avez qu'à vous adresser à Samantha, la jeune fille au pair, enfin, l'ex. Madame l'a mise à la porte récemment. Elle avait enfreint le règlement.

— Le règlement ? a répété Grégoire le plus calmement du monde.

— Les garçons n'ont pas le droit de se voir, même pour les repas. Et Samantha ne se privait pas de les réunir dès que madame avait le dos tourné, a-t-elle répondu à contrecœur. Si je vous donne son adresse, il faudra me promettre de ne dire à personne que c'est moi qui vous en ai parlé.

Je ne serais pas étonnée que Grégoire ait donné sa parole d'honneur.

Exit, Colette Gentil : conscience en paix ?

*

La mère de Samantha était gardienne d'immeuble, non loin de chez les Degennes. Samedi après-midi, peu de chances que la loge soit ouverte. Grégoire et Loïc ont décidé de la tenter. Au point où ils en étaient avec la chance : « toutes chances » qu'il soit rendu à sa mère…

Le vent tournait-il ? Mère et fille étaient là. Et cette fois, apprenant que le but de la visite était Crépin, Samantha n'a pas hésité à les suivre dans la salle du fond d'un café voisin.

La jeune fille était en dernière année de formation pour enseigner à l'école maternelle : bac plus cinq ! Petite, rondelette, brune de cheveux et d'yeux, fossettes, air mutin, on avait peine à croire qu'elle avait dépassé les vingt ans.

— Les gamins, les petits, ça a toujours été mon truc, sans doute que j'ai manqué de frères et sœurs, a-t-elle plaisanté.

Elle ignorait que « la » Marie-Sophie avait récupéré Crépin. Colette s'était bien gardée de le lui dire ! Sa réaction a été sans nuance.

— La salope, elle va pouvoir continuer à s'acharner.

— Que veux-tu dire par « s'acharner » ? a demandé Loïc, cette fois sûr de lui.

— Le traiter comme un pestiféré !

Le condamner à l'isolement dans sa chambre superluxe comme dans une prison quatre étoiles, moins la télé, bien sûr. Interdit d'images. Son seul contact avec l'extérieur, un collège pour richards où – Samantha s'était renseignée – ses gentils camarades ne se privaient pas de se moquer de lui, son prénom, sa petite taille, et le bruit qui courait qu'il faisait pipi au lit.

Alors oui, bien sûr, autant que possible, elle réunissait les frangins. Et le petit comme le grand s'en montraient heureux. Bien que le mot « heureux » soit le dernier qui convienne à Crépin. Mais, entraîné par Nicolas, il parlait. Elle l'avait même entendu rire une fois, à marquer dans les annales.

Elle en avait parlé à Jean-Baptiste : ça le gênait pas un peu qu'ils aient pas le droit de jouer ensemble ?

Elle a soupiré.

— Vous savez ce qu'il m'a répondu ? « C'est ma femme qui gère les garçons, voyez avec elle. » Comme si c'était pas tout vu !

Lâcheté du père.

Et celui de Samantha ? Ni frère, ni sœur, ni homme dans la loge. Loïc s'était promis de creuser le sujet : apparemment, la bientôt maîtresse de maternelle lui avait tapé dans l'œil.

— Êtes-vous prête à écrire au juge pour lui faire savoir ce que vous venez de nous dire ? lui a demandé Grégoire pour finir.

— Plutôt dix fois qu'une, a-t-elle répondu.

À la fois beaucoup et peu. Certainement pas suffisamment pour obtenir de celui-ci une nouvelle audience.

15

Bientôt le week-end de la Pentecôte, l'escapade à Honfleur offerte par nos enfants, la fameuse ferme Saint-Siméon. Presque trois jours de liberté cinq étoiles, air salé, vent du large, et cette lumière unique, indéfinissable, que venaient chercher les peintres entre terre, ciel et mer, lumière qui, pour certains, avait bouleversé le cours de leur vie.

Comme les enfants, je compte les jours. Au secret de mon cœur, une vilaine voix murmure : « Trop beau pour être vrai. » On n'a pas idée !

*

En attendant, notre joyeuse et folle équipée avec Bethléem se poursuit en parfaite harmonie. Le grand Igor a été réservé avec son orchestre pour la soirée du 19 juillet. Et aujourd'hui, comme prévu, nous nous sommes retrouvées à La Caverne afin d'y dresser une liste « cadeaux de mariage ».

Marie-Rose et la belle Nigériane avaient sympathisé lors du déjeuner de fiançailles à la maison, elles se sont retrouvées comme de vieilles copines. Après nous avoir servi un thé, dégusté dans de confortables bergères Louis XV, ma chère, bois orné de fleurettes et feuillages, la brocanteuse a fait défiler sous nos yeux un assortiment d'objets dont chacun, à sa façon, racontait une histoire secrète, reflet du passé. Délicats œufs en émail ou en porcelaine, dont certains recelaient un trésor, vaisselle ancienne, verrerie, carafes et carafons coiffés d'un verre joliment ouvragé, à mettre sur sa table de chevet en cas de soif nocturne, cartes postales à pleurer de nostalgie, touchants animaux en faïence, grand choix de bijoux anciens, sans compter aquarelles et tableautins. La plupart de ces merveilles accessibles à toutes les bourses.

En signe de bienvenue, Marie-Rose pouvait-elle se permettre d'offrir à Bethléem ce collier de pierres de lune, si bien mis en valeur par un décolleté bronzé à souhait ?

Subjuguée, Bethléem ! Cliente de magasins huppés où s'étale souvent une brillance sans âme. À l'en croire, La Caverne serait rapidement dévalisée par ses nombreux amis ou connaissances conviés au mariage. Elle a donné l'exemple en acquérant sur-le-champ les bergères dans les bras desquelles nous venions de passer un si bon moment, ainsi qu'une partie des objets qui nous avaient été présentés. À charge d'Abébi de venir chercher le tout dans la soirée.

Bluffée, Marie-Rose, voyant s'envoler une partie appréciable de son stock. La crise n'épargnant personne, il lui arrivait d'avoir quelques trous dans sa caisse. En une poignée d'heures, elle se retrouvait à flot. Dès demain, elle pourrait se livrer à sa passion, la chasse au meuble abandonné à la poussière d'un grenier, ou pire, étouffant sous une plaque de Formica, l'objet jadis tant aimé oublié au fond d'un placard, la perle rare.

Comblée, ma modeste personne ! Entre Marie-Rose et moi, il y avait toujours eu l'amitié, la tendresse, la complicité. Bethléem repartie, tandis qu'elle me raccompagnait à ma voiture, j'ai lu du nouveau dans son regard : la gratitude.

Pas désagréable, ma foi : Marie-Rose, mon obligée !

16

Ils étaient venus à Honfleur, leur boîte à couleurs sur le dos, les amoureux de lumière normande, née des épousailles de la mer, de la terre et du ciel, Eugène Boudin, fils de marin, qui avait trouvé sa vocation en naviguant sur le vieux rafiot de son père, rejoint par les Monet, Corot, Isabey, Courbet, Sisley, tant d'autres…

Ils avaient déplié leurs chevalets de préférence sur les pavés du Vieux Bassin où, dans l'eau mouvante, entre mâts et clochers, se miraient les hautes maisons aux toits d'ardoise, de la couleur des mouettes et des goélands dont les cris lancinants accompagnaient leur travail.

Et, jetant sur leurs toiles ces teintes indéfinissables, ces éclats de lumière brossés par les marées, dans les odeurs de sel et d'algue, ils étaient comme ces enfants agitant leurs épées de bois pour conquérir le monde. Sans se douter un instant qu'ils œuvraient pour l'éternité.

*

Il était un peu plus de quinze heures lorsque nous avons, ce vendredi, déposé nos bagages à l'hôtel réservé par les enfants. Sans prendre le temps d'occuper notre chambre cinq étoiles, abandonnant le Paquebot, nous sommes descendus saluer la Seine, quai Sainte-Catherine.

Face aux maisons étroites, dorées par le soleil, se dressaient les hallebardes serrées des mâts de bateaux au-dessus desquels les mouettes faisaient leur cirque. En tailleur sur le quai, un marin ravaudait ses filets. À un coin de rue, un groupe de musiciens s'exerçait : aujourd'hui, fête de la Musique ! Il y avait du monde aux terrasses des cafés, qu'est-ce que ce serait ce soir ! Nous nous sommes rafraîchis d'un pichet de cidre.

— Tu vois ! a constaté Grégoire.

Qu'aucun imprévu ou appel de dernière minute ne nous avaient empêchés de venir ici savourer le cadeau de nos « trois ».

— Et, au cas où, on sait où me joindre, a ajouté malicieusement mon homme en tapotant la poche où se trouvait son mobile.

Il aurait prononcé ces mots, fait ce geste, il y a seulement quelques semaines, je n'y aurais pas cru.

« J'ai mangé là beaucoup de vache enragée en attendant le succès, si long à venir », constatait

Eugène Boudin en parlant de la ferme Saint-Siméon, asile de tant de peintres affamés de pain et de reconnaissance.

Elle se dressait en ses jardins, tournée vers l'estuaire, corsetée de bois, ouvertures à petits carreaux, toit ornementé, forte de ses cinq étoiles et du saint qui avait présidé à sa destinée, vieille coquette rangée après une vie de bohème.

Notre chambre, où nos sacs avaient été montés, était vaste et sentait bon le bois, celui de la lourde armoire à glace et du lit à hauts montants, oh Fée ! Sur la table, un rayon de soleil éclairait la jatte de fruits offerts par la maison. Le cabinet de toilette où Eugène Boudin et ses comparses devaient trouver une cuvette et un broc s'était transformé en une confortable salle de bains, baignoire à remous.

N'en déplaise à Grégoire, c'est mon portable qui a sonné : Audrey.

— Alors, bien installés ?

— Sur un nuage, ai-je répondu en riant pour ne pas pleurer de tendresse.

La salle à manger était presque pleine lorsque, baignés, vêtus de frais, nous sommes descendus dîner. Aux murs, quelques reproductions de tableaux, peints par les « mangeurs de vache enragée », pionniers de la peinture dite de « plein air ». Le maître d'hôtel nous a conduits à notre table, réservée près de la baie, ronde, nappée de blanc jusqu'au plancher. Sans attendre, la coupe de champagne réservée aux arrivants nous a été servie.

Du port montaient les accents d'orchestres improvisés, fêtant la musique. Ici, gastronomie oblige, un silence religieux, ponctué par quelques notes de piano égrenant la nostalgie : Erik Satie, musicien né à Honfleur. À la table voisine, un tout jeune couple d'Anglais qui avaient un peu trop pris le soleil et échangeaient des regards et des gestes hésitants, comme si leur amour les intimidait. On nous a présenté le menu : soupe de poisson pêché du jour et agneau de pré-salé, conseillés par le chef, nous conviendraient.

Nous avions remarqué, à la porte du restaurant, une affichette indiquant que les portables n'étaient pas les bienvenus. Cela ne devait pas arranger ceux qui redoutent le silence et l'occupent en invitant la terre entière à leur table et le faisant savoir. Entre Grégoire et moi, aucun blanc à craindre, les couleurs variées de la complicité. L'attente ? Du temps qui se prélasse.

La soupe de poisson était succulente. On sentirait l'aïl ? Et après ? Pour accompagner l'agneau de pré-salé, Grégoire avait choisi un vin de Chinon. Ajouté au champagne, ma tête tournait un peu. Soudain, je me suis entendue remarquer, d'une voix trop légère pour être honnête :

— Finalement, il n'y a pas d'âge pour grandir…

— C'est certain, a approuvé le Pacha.

— Je veux dire : grandir dans sa tête…

— Il me semble l'avoir compris.

— Ça peut même être sacrément difficile…

— Cela ne l'est-il pas toujours ?

— On peut se retrouver un peu… paralysé.

— Je sais.

J'ai posé ma fourchette et bu une gorgée de chinon. Ville où Jeanne d'Arc avait rencontré Charles VII pour lui demander de délivrer Orléans assiégée par les Anglais. Ça relativise.

— Comment ça, tu sais ?

— Il me semble ne pas t'avoir vue à ton chevalet depuis notre retour de Grimaud, je me trompe ?

Il m'a semblé, à moi, avoir crié : « Et tu as remarqué ça, TOI ? »

À la table voisine, le jeune couple *british* s'est tourné vers nous, choqué : scène de ménage ? Pourquoi pas, il en est de magnifiques.

— Je pensais que tu avais d'autres préoccupations que moi. Surtout en ces temps troublés.

Grégoire a ri. J'ai adoré. Et d'un seul coup, Boudin, Monet, Corot, Isabey et les autres, sans compter ceux qu'on appelle « peintres du dimanche » – et quels beaux dimanches parfois ! –, m'ont entourée. Je leur ai demandé si, à eux aussi, il était arrivé d'être en panne. Pas en panne d'inspiration, elle est là, la folle du logis, sur son escarpolette, un coup là-haut, le ciel, un coup en bas, la nuit, avec sa palette pleine de couleurs probables et improbables. C'est plutôt comme si, cette palette, vous vous interdisiez de vous en servir, pas le droit !

— Rassure-toi, ça reviendra, a répondu placidement mon mari. Ton bateau bouchonne, il attend le vent qui lui permettra de filer à nouveau. Et qui sait si ce n'est pas Fée qui te donnera elle-même le départ ?

Incroyable, il avait tout compris ! Lui que je croyais indifférent, voire hostile à mes pinceaux ! Les larmes me sont montées aux yeux, c'est l'âge, la cuirasse se fendille. Vite, un gorgeon de chinon à la santé de Jeanne d'Arc !

Un peu plus tard, tandis que je dégustais une tarte fine aux pommes coiffée d'une glace vanille, l'homme qui n'aime pas trop le sucré est passé aux aveux.

Il lui était arrivé, en effet, d'être jaloux de mes pinceaux, la façon dont j'attrapais la vie sur mes toiles, dans ma toile. « On regarde, on y est, TU y es. » Ouvrage de dame ? Il disait ça pour se rassurer. Oui, il était jaloux comme un vieux macho d'un univers où il n'avait pas sa place. Tourmenté comme un homme amoureux de voir celle qu'il aime s'envoler pour d'autres cieux, disons moins monotones que ceux qu'il m'offrait.

Et là c'est moi, salut Jeanne ! qui suis montée au créneau. Cieux monotones ? Alors qu'avec lui on ne sait jamais de quoi sera faite l'heure suivante, avec ses silences exaspérants, explosant en grosses colères, son langage d'académicien virant au charretier pour lâcher une bordée d'injures à mettre KO sa propre descendance pourtant sérieusement aguerrie. Un jour commandant, un jour pirate…

Je ne saurai jamais si les tourtereaux anglais comprenaient le français. Si tel était le cas, ils auront eu, ce soir de fête de la Musique, une bonne illustration de celle qui fait tanguer-tango les ménages.

Et cette nuit-là, dans le lit-bateau, c'est au pirate qu'a eu affaire le moussaillon, ma foi avec quelque vigueur, comme quoi quand peinture et musique s'en mêlent…

17

Il m'arrive de me vanter de voir venir les choses, bonnes ou mauvaises. Sentir au fond de moi la frémissante poussée du bonheur ou, au contraire, entendre sonner l'alarme. On appelle ça de la prescience, on parle aussi de sixième sens.

Ce dimanche de Pentecôte, savourant le petit déjeuner dans notre chambre, moi au lit, Grégoire à la table, écoutant s'égrener dans le ciel blanc-bleu les cloches des églises, planifiant la journée à venir avec un seul impératif : oublier le Paquebot, pas le moindre pincement au cœur, la plus petite prescience, ne m'ont avertie que ce soir nous ne dormirions pas à la ferme Saint-Siméon.

Jusqu'au dernier moment, j'avais redouté d'être empêchée d'y venir. Aucun sixième sens ne m'avait laissée imaginer qu'il nous faudrait rentrer avant l'heure.

Lorsqu'en fin de matinée, tout guillerets – l'amour, ça dope –, nous avons traversé le hall, le patron nous a annoncé qu'au dîner de ce soir du homard était au menu. Bien sûr, notre table serait réservée. La même que celle de la veille nous conviendrait-elle ? Parfaitement, avons-nous répondu… aux Anglais.

Nous avions prévu de commencer la journée par une visite à l'église Sainte-Catherine, au-dessus du quai du même nom, dont la particularité est d'avoir son clocher édifié sur la maison voisine, celle du sonneur. Un étonnant clocher de bois, construit par les « maîtres de hache » après la guerre de Cent Ans, et qui tient bon depuis environ huit cents. À l'époque, on savait ce que bâtir voulait dire !

La messe s'achevait lorsque nous sommes arrivés. De chaque côté du portail, les habituels mendiants tendaient la main aux fidèles qui s'agayaient dans rues, ruelles et charrières. « Mendiant », c'est plus joli que SDF, d'ailleurs il existe un gâteau qui en porte le nom : figues, raisins, amandes, noisettes, ça vous a des senteurs de grand chemin, de nuits à la belle étoile.

— Va donc leur raconter ça, je suis sûr qu'ils apprécieront, a remarqué Grégoire, du rire dans la voix, après avoir laissé tomber son obole dans un béret.

Suite du programme, le calvaire immortalisé par Corot, en haut de la côte de Grâce. Le soleil commençait à chauffer lorsque nous y sommes arrivés, veste sur l'épaule. Tout en bas, la Seine, la mer, l'horizon à demi noyé par la brume. Si vous voyez Le Havre, c'est signe de beau temps. On voyait Le Havre.

Il était presque deux heures lorsque nous nous sommes posés à la terrasse d'un café sur le Vieux Bassin. Homard ce soir ? Une salade-chèvre chaud nous suffirait, un pichet de cidre quand même. Les touristes avaient envahi le quai, nous nous amusions à compter ceux qui ne prenaient pas de photos, lorsque le portable de Grégoire a sonné. Impossible d'y échapper : Wagner sur haut-parleur, poussé au maximum.

Il a bredouillé des excuses et il s'est éloigné pour répondre. Et comme les secondes s'écoulaient, les minutes, ma fameuse prescience s'est enfin déclenchée. Nous ne visiterions pas les maisons natales d'Eugène Boudin et d'Erik Satie. Nous n'entendrions pas Charles Baudelaire murmurer à notre oreille qu'Honfleur était chère à ses rêves, ni Alphonse Allais grincer que le « a » qui distingue mariage de mirage se baladait dans les jupes des femmes soulevées par le vent sur le port. Nous ne profiterions pas des hammam, sauna, Jacuzzi, proposés par la ferme cinq étoiles où, ce soir, le « cardinal des mers » serait dégusté sans nous.

Et nous ne terminerions pas non plus la salade-chèvre chaud. Revenu à la table, Grégoire a coincé un billet sous le pichet de cidre : « On y va ? » J'ai suivi. Silence recommandé, je connais mon homme. Et j'avais près d'un kilomètre pour être éclairée.

— C'était Victor, Crépin a disparu, a-t-il grommelé deux cents mètres plus loin.

J'ai attendu deux cents autres mètres.

— Il s'inquiète. Pour que Crépin ait fugué, il faut qu'il se soit passé du vilain avec sa mère.

Je me suis tue.

— En plus, il est de garde et ne peut rien faire. Bien sûr, il a averti Loïc.

Au milieu de la verdure, on apercevait déjà le toit de la ferme. On dit « marcher comme si on avait le diable aux trousses », là, c'était la « diablesse ». Nous avons franchi le portail.

— Ça t'ennuierait si je faisais un saut à Caen ? Loïc m'appellera s'il y a du nouveau. Si ça se trouve, Crépin rentrera chez lui de lui-même. Dans ce cas, je devrais être largement de retour ici pour dîner.

La patronne nous accueillait avec un grand sourire.

— Déjà rentrés ? Souhaitez-vous des chaises longues et un parasol près de la piscine ?

J'ai brûlé la politesse à Grégoire.

— Non merci, un souci de famille, nous rentrons.

Pourquoi, quelques instants plus tard, nous éloignant du bel hôtel, dans le Paquebot, entendais-je les paroles de *La Bohème*, chantées par Charles Aznavour ?

« Fallait-il que l'on s'aime et qu'on aime la vie. »

Pour, l'espace d'une nuit, nous être sentis seuls au monde dans les bras l'un de l'autre ?

Dimanche de Pentecôte, quinze heures trente, ciel bleu, la route à nous ! Grégoire avait posé son mobile sur le tableau de bord, à charge pour moi de répondre s'il sonnait. Que souhaitais-je ? Si Loïc ou Victor appelaient pour nous rassurer, nous apprendre que Crépin était rentré chez lui, ferions-nous demi-tour pour autant ? De toute façon, la magie n'était-elle pas cassée ? Ce refrain de bohème en chacun de nous ?

C'est mon portable qui s'est manifesté : un SMS de Charlotte.

« Alors ? Tout boume ? On pense à vous. »

J'ai répondu : « Tout boume. »

Et si ça s'appelait la solitude ?

18

Il était recroquevillé au fond de la cour, à demi caché par la haie, son vélo sur le sol près de lui.

— Tu ne bouges pas ! m'a ordonné Grégoire.

Il a stoppé le moteur de la voiture, défait sa ceinture de sécurité et sauté à terre. Puis, sans hâte, sans manifester le moindre étonnement, il est allé jusqu'au vélo, il l'a redressé et l'a appuyé contre le mur, à l'endroit où des dizaines et des dizaines de deux-roues, durant des dizaines et des dizaines d'années, avaient été jetés par les enfants avant qu'ils ne se ruent dans la cuisine : « Babou ? Pacha ? Vous êtes là ? »

— Tu viens ? a-t-il dit à Crépin.

Crépin s'est relevé, il a épousseté ses vêtements de classe, pleins de brindilles et de terre, et il a suivi Grégoire dans la maison dont tous les volets étaient fermés, me laissant seule avec les sacs, les bottes et les cirés, on n'est jamais sûr de rien avec un ciel normand.

Je me suis contentée de récupérer le mobile-Wagner oublié sur le tableau de bord et je suis entrée à mon tour, en laissant la porte ouverte de façon à y voir quelque chose, pas question d'ouvrir les volets, personne ne devait savoir que nous étions rentrés, et parfois, croyez-moi, les secrets sont trop lourds, qui nous privent de jour ; on aurait pu mettre au moins nos « trois » dans le coup.

J'ai avalé un grand verre d'eau du robinet, je me suis assise et j'ai attendu. Il y a des moments où vous ne pouvez faire que ça, attendre. Prier ? « Pourquoi pas ? » a proposé Fée, un chapelet entre ses doigts croisés.

Très vite, un grondement de moto a retenti, le gravier s'est éparpillé et un jeune homme est apparu sur le seuil de la cuisine. Pas besoin qu'il se nomme : visage hâlé plein d'embruns, pull marin sous le blouson de motard, regard bleu.

— Vous êtes Babou ? a-t-il demandé.

— Et vous, Loïc, n'est-ce pas ? Et je l'ai embrassé.

— Il paraît qu'il est là ?

J'ai montré le vélo contre le mur de la cour.

— On se demande même comment il a trouvé le chemin.

Il a eu un rire triste.

— Pas difficile. Il a suivi le plan dessiné au dos de la carte de visite laissée par votre mari à Dominique. Elle pensait l'avoir égarée.

J'ai rempli un autre verre d'eau et je le lui ai tendu. Lui aussi l'a vidé d'un trait.

— Est-ce qu'il va bien ? a-t-il demandé d'une grosse voix.

Je lui ai fait signe de me suivre et je l'ai conduit jusqu'au Carré, où, eux aussi dans l'obscurité, le champion de Scrabble et l'enfant privé de mots étaient assis l'un contre l'autre, et je les ai laissés.

Lorsque je suis revenue à la cuisine, Wagner se manifestait sur la table. À la guerre comme à la guerre, j'ai décroché.

— C'est toi, Babou ? s'est étonné Victor.

— C'est moi.

— Pas de *bad news*, au moins ?

— Une bonne. Crépin est rentré : *at home*. À La maison.

Une certaine expérience des enfants m'a enseigné qu'en cas de détresse il faut savoir les attraper par surprise et les embrasser de force, sans écouter leurs protestations : « Mais arrête ! Qu'est-ce qui te prend ? Tu fais quoi, là ? » De la réparation d'urgence, du colmatage de larmes, du forcing de sentiments. Non, même si personne ne comprend rien à rien, tout le monde ne les a pas abandonnés !

Et rien n'aurait pu m'empêcher de prendre Crépin dans mes bras, de l'y serrer, de l'embrasser, avant que Loïc ne le ramène chez lui. De toute façon, les larmes silencieuses d'un petit, ça me tue. Encore plus lorsqu'elles roulent de chaque côté d'un appareil dentaire grand luxe, offert par une dévoreuse d'enfant.

Grégoire, lui, l'a conduit solennellement jusqu'à son vélo.

— Très bientôt, on reviendra le chercher ensemble, promis. Je ne peux pas t'en donner la moitié, mais c'est tout comme.

Avant, un genou en terre, de lui attacher son casque.

*

Plus tard, le Paquebot rentré le plus discrètement possible dans le garage, le garage fermé à clé, à l'abri de notre chambre, chichement éclairée par la lumière de la salle de bains, mon Pacha m'a raconté ce qui s'était passé le matin.

Marie-Sophie avait découvert, cachée sous l'oreiller de son fils, enveloppée dans un mouchoir, la moitié de sablé. Bien sûr, elle s'était empressée de la réduire en poudre et de la jeter dans le vide-ordures. C'était trop pour Crépin : comment, désormais, tenir le pacte conclu avec le « commandant » ? Par bonheur, la mère n'avait pas trouvé la carte laissée par Grégoire à Dominique, dissimulée dans un livre de classe, ni la clé de sa chambre-prison quatre étoiles, que lui avait donnée Samantha avant d'être virée, en lui promettant une orgie de télé s'il avait la bonne idée de se réfugier chez elle.

— Et vous l'avez rendu à cette salope, me suis-je indignée.

— Après que Loïc a joint le père et s'est assuré qu'il veillerait à ce que le petit soit correctement accueilli.

Par Jean-Baptiste Degennes, l'éducateur avait appris que sa mère s'était précipitée à la police en parlant d'enlèvement. Elle était dans tous ses états et serait, avait affirmé son mari, trop soulagée de retrouver son fils pour lui tenir rigueur d'une courte fugue.

« Fugue », la version adoptée par Loïc et Grégoire. En aucun cas La Maison ne devrait être citée.

— On peut compter sur Crépin pour s'y tenir, a ajouté sombrement mon mari, et il m'a semblé qu'il me cachait quelque chose.

Le plan était de garder les coudées franches pour pouvoir agir, le soustraire au plus vite à sa mère. Démarrage dès demain soir.

*

À seize heures, ce lundi de Pentecôte, fête du Saint-Esprit, nous avons claqué bruyamment tous les volets de la maison contre les murs. Quelques minutes plus tard, ça commençait à débouler : alors ? alors ? alors ?

Alors, le rêve… Un hôtel à tomber, des paysages sublimes. « Vous connaissez votre père, le port, les bateaux. » « Vous connaissez votre mère, les peintres, la musique. » Sans compter le homard et un jeune couple d'Anglais qui a été servi à toutes les sauces du trompe-l'œil. C'est épuisant de mentir, nous les avons vus repartir avec grand soulagement.

À vingt heures trente, Loïc et Victor se sont glissés dans la maison et un conseil de guerre s'est tenu dans le Carré. J'ai été autorisée à y assister.

Il a été décidé d'employer les grands moyens pour tirer Crépin des griffes de sa mère.

On pourrait s'étonner de la tactique choisie. Mais n'était-ce pas moi qui avais mis mon Pacha sur la voie, un jour où, désemparé, il m'avait demandé ce que Crépin attendait de lui ?

— Il attend que tu parles pour lui, que tu le sauves malgré lui.

Ce qu'il a décidé de faire.

En se donnant une semaine pour réussir.

19

On appelle « amis » ceux qui correspondent avec vous sur Facebook. Vous pouvez n'en avoir que quelques dizaines qui, selon votre assiduité à répondre, échanger, se transformeront rapidement en centaines. Artistes et sportifs renommés en comptent par milliers. Pour quelques-uns, cela relève du délire, on parle de millions.

« Amis » ? C'est vite dit. Le numérique peut mener au meilleur comme au pire. Certains s'en servent pour détruire, médisances et calomnies circulent. On y dénonce, on y cloue au pilori, on s'y livre à la cruauté uniquement pour l'excitation ou le fun. Qui n'a pas entendu parler de ces collégiens, choisis comme têtes de Turcs par leurs « camarades », leur vie privée donnée à tous en pâture, photos compromettantes à l'appui, et qui ont fini par se suicider ? Lorsque ce n'était pas un enseignant injustement accusé de pédophilie ?

Mais il arrive aussi que les réseaux sociaux se tournent vers le meilleur. Soudain, on ne saura jamais ce qui a provoqué la première étincelle, les internautes se mobilisent pour porter secours à un faible, un innocent, ils dénoncent l'injustice, la sanction imméritée. Leur indignation, on peut dire leur rage, s'amplifie, déborde les frontières. Elle fera tomber des obstacles réputés infranchissables. Passé un certain seuil, rien ne lui résistera.

*

Afin d'obtenir du juge qu'il rouvre le dossier de Crépin et diligente une nouvelle enquête, ce lundi soir de Pentecôte, Grégoire, Victor et Loïc ont décidé de lancer une pétition sur le Net par l'intermédiaire de Facebook. Recueillir un maximum de signatures et les déposer sur le bureau du magistrat, au plus tard le lundi suivant. C'est Grégoire qui a trouvé le nom de la pétition :

« SAUVONS UN ENFANT »

Pour mener à bien leur projet, deux conditions s'imposaient. D'abord, que nul ne puisse les reconnaître, ni eux ni la famille Degennes. Aucun nom de personnes ni de lieux, aucune date, ne devraient être donnés. La seconde condition, aller vite, très vite, avant que la police spécialisée ne s'en mêle et que le processus ne soit interrompu par la justice.

Rendez-vous a été fixé chaque soir à La Maison afin de répondre aux « amis » de Facebook et de comptabiliser les signatures sur le site de la pétition. Pour ce faire, rien de plus simple : l'internaute donne son nom, son adresse, éventuellement sa profession. Il signe, clique au moyen de la souris, le voilà inscrit.

L'un des nombreux ordinateurs de l'Isba a été « emprunté » discrètement par Victor. Grégoire, le familier des mots, se chargerait de la rédaction des textes, à commencer par le premier, afin d'exposer le problème.

Il l'a fait à sa façon, sobre et directe.

« Voilà un enfant qui refuse de grandir. Il se fait tout petit, on dirait qu'il tente de disparaître, à peine si on l'entend, il ne sait ni rire ni sourire. Cet enfant a été mis au monde par une mère qui le considère comme un accident, le supporte comme un châtiment du ciel. Son père ? Il ignore son existence. À l'école, il est la risée de ses camarades. Il vit dans la plus grande solitude. Alertés, les services sociaux l'ont confié, le temps d'une enquête, à une famille d'accueil. Il s'y est mieux porté. Timidement, il a commencé à s'exprimer. Il a même pris quelques centimètres. La mère ayant fait appel de la décision, l'enfant vient de lui être rendu, il est en danger, aidez-nous à le sauver. »

« Un enfant », rien de plus. Ni nom, ni âge, ni même s'il s'agissait d'une fille ou d'un garçon. Ainsi, chacun pourrait se l'approprier, lui donner le visage de son choix, pourquoi pas le sien…

Lancée mardi à l'aube, la pétition recueillait dès le soir 623 signatures. Un bon départ !

Admise dans le Carré en tant que spectatrice et cantinière, j'ai pu découvrir sur la Toile quelques-uns parmi les tout premiers inscrits : Mariette, aide-soignante à Bourges, Renaud, conducteur de bus à Rennes, René, ingénieur, Antoinette, retraitée, Martin, médecin… Tous les âges, les métiers, les milieux, les régions, étaient représentés. Quelques amis de pays francophones.

Devant ce succès, Grégoire s'est remis à la tâche.

« L'enfant n'est pas frappé. Chez lui, il dispose d'une vaste chambre pour lui tout seul. Il n'est privé ni de nourriture ni de soins. Mais lorsque sa mère s'adresse à lui, elle regarde par-dessus son épaule comme s'il n'existait pas. Elle évite de le toucher. A-t-il jamais reçu de caresses ? Il a tout sauf l'amour dont nous avons tous besoin pour grandir. »

Mercredi soir : 12 315 signatures sur le site de la pétition. Sur Facebook, les internautes avaient pris le relais, ils s'interpellaient, ouvraient des forums de discussion, créaient leurs propres réseaux d'amis. Au grand bonheur de Loïc, le « conflit de loyauté » était évoqué à plusieurs reprises. L'indignation montait : « La mère, premier abri de l'enfant ! » Le mot « sorcière » était écrit. Un médecin parmi d'autres racontait que lorsque le fœtus est refusé, voire détesté, il arrive qu'une fausse couche spontanée se produise. En temps de guerre, les femmes enfermées dans des camps voyaient immédiatement leurs règles s'interrompre, les conditions nécessaires à la vie étant absentes, témoignait un scientifique. Çà et là, montaient des récits plus personnels, douloureux. Et, bien sûr, apparaissaient les inévitables provocateurs ou ricaneurs, vertement remis à leur place par les internautes : « Il s'agit de la vie d'un enfant, allez jouer ailleurs. »

Jeudi soir, la formidable surprise : plus de 100 000 signatures. Cette foi, les internautes avaient traduit l'appel en plusieurs langues, dont l'anglais et l'espagnol. Explosion de joie dans le Carré. Aiguillonné par Victor et Loïc, Grégoire se remettait au travail.

« L'enfant mouille fréquemment son lit durant son sommeil. Il en est honteux. Sa mère le lui reproche et à l'école ses camarades se moquent de lui. Comment l'ont-ils appris ? Ne serait-ce pas elle qui a laissé filtrer l'information pour que, même hors de la maison, il n'ait aucun recours ? Lors de son séjour dans sa famille d'accueil, très vite son drap était resté sec. Sauvons-le. »

L'énurésie, sujet ô combien sensible ! Environ

10 % d'enfants de cinq à sept ans en sont victimes.

Et, à nouveau, la marée de témoignages. « Souvent un problème d'hérédité », expliquait un généticien : immaturité de la vessie, troubles hormonaux… « Passé cinq ans, âge auquel un enfant est capable de contrôler son sphincter, il fallait chercher du côté des causes psychologiques », observait un autre, ajoutant que ce mal frappait plus souvent les garçons que les filles. « Dans les deux cas, remarquait un psy, il pouvait s'expliquer par leur désir de rester bébé, leur peur de grandir. » Tous conseillaient vivement aux parents de ne pas intervenir, de considérer le fait comme de peu d'importance, de tenter de redonner confiance à l'enfant, de lui accorder davantage de liberté, d'encourager ses initiatives. Bref, de tout mettre en œuvre pour lui donner l'envie de grandir.

« Alors, ça va, mon grand ? » Oh, mon Grégoire !

Mais il existait également un traitement efficace pour stopper l'émission d'urine durant huit à dix heures. Administré le soir, il évitait l'accident jusqu'au matin. Comment le médecin traitant de l'enfant ne l'imposait-il pas à sa mère ? se révoltait une pharmacienne.

Cette mère, chère madame, consulte un grand ponte pour le retard de croissance de son fils. Peut-être n'est-elle pas mécontente qu'il mouille son drap. Sinon, se serait-elle arrangée pour que cela se sache à l'école ?

Il arrivait que, portés par l'enthousiasme, nous restions une partie de la nuit devant l'ordinateur. Victor regagnait l'Isba à pas de loup. Loïc dormait quelques heures à la maison. Me calant contre l'épaule de mon Pacha, lumière éteinte, je revoyais, tout près d'Honfleur, une petite rivière nommée Saint-Sauveur. Elle remonte jusqu'aux trois bassins, bat les quais du port où, aux jolis cafés à terrasse, on parle toutes les langues, fraie son chemin entre les jetées, parvient à la mer…

Ruisseau, rivière, mer… Samedi, l'homme discret, retenu : « On n'étale pas sa vie privée sur la place publique, on garde ses sentiments pour soi », comptabilisait sur son site plus d'un million d'amis.

Et, après tout, quoi d'étonnant ? Combien d'entre nous cachent au fond d'eux-mêmes un enfant en mal de vivre, en difficulté de grandir ? Tant de ceux que l'on appelle « adultes » abritent au fond de leur poitrine d'homme ou de femme un petit qui pleure dans son coin, se promet d'être reconnu un jour, d'exister. Ou, au pis, abandonne.

En se portant volontaires pour sauver l'enfant inconnu, beaucoup se découvraient des frères de galère, ils pansaient d'anciennes blessures. Et les plus reclus en eux-mêmes, les endurcis, taxés d'égoïstes par un entourage ignorant leur souffrance passée, se sentaient grandis par cet acte de générosité.

Il était grand temps de clore la pétition, de la tirer sur papier et de la déposer sur le bureau du juge, cette fois le nom des différents protagonistes écrit noir sur blanc. Secret professionnel.

Loïc s'en chargerait. Lundi, première heure.

Dans la famille, on se creusait la tête.

— Mais maman, qu'est-ce que vous foutez, barricadés toute la nuit dans le Carré ? On peut savoir le complot ?

Charlotte.

— C'est pas à propos de mon mariage, au moins ? Pas de lézard ?

Justino.

— Le bac de français, c'est bientôt. Le Pacha a pas oublié, quand même !

Capucine et Adèle.

Tout fier, Victor avait confié – mais chut ! – à Justino les noms de ceux qui étaient à l'origine de la pétition, dont, bien sûr, on parlait également à la caserne. Justino, en contact permanent avec Marie-Rose – liste de cadeaux de mariage –, n'avait pas résisté – attention, bouche cousue – au plaisir de vanter à la brocanteuse un grand-père internaute émérite.

Jean-Yves, ex de Marie-Rose, avait, évidemment, eu vent de la fameuse pétition et se demandait qui se trouvait à l'origine. Marie-Rose n'avait pas de secret pour lui. Une idée est venue au journaliste, un dernier coup pouvait être porté à la mère indigne.

Et bien sûr, Grégoire a répondu présent.

20

L'émission de variétés « ENTREZ DANS LA CHANCE » passe chaque dimanche de dix-neuf à vingt heures vingt, sur une grande chaîne nationale, avec un succès considérable. Succès dû à son animateur, Sylvère, qui sait allier un côté « bon enfant », un langage direct, un rythme soutenu, et qui n'hésite pas à faire participer le public.

Artistes divers et humoristes y sont les bienvenus. Vous y verrez aussi des sportifs, des scientifiques, peu importe, du moment qu'ils ont une belle aventure à faire partager. Il arrive qu'un politique soit invité à y faire son tour de piste, pour lui une sorte de consécration. La langue de bois n'étant pas le genre de la maison, il ne sera pas ménagé. En général, tout se termine par des rires.

Avec « ENTREZ DANS LA CHANCE », avant le flash du soir, on passe à du plus sérieux. Sylvère reçoit un invité qui se dit victime d'une injustice ou dont l'honneur a été mis à mal, la réputation, ternie. Il a souvent fait la une de la presse people les jours précédant sa venue. Debout devant un pupitre, à l'américaine, il aura un quart d'heure pour exposer son problème et répondre aux questions de l'animateur et du public. Quinze minutes, ni plus ni moins, une pendule installée sur le plateau le contrôle. Il arrive que, par le seul retentissement de l'émission, ce problème soit résolu. Mais il est arrivé également que, inconséquent, arrogant ou de mauvaise foi, il reparte sous les huées. Vérité sacrée. Sacrée vérité !

*

Lorsque, ce dimanche soir après la Pentecôte, double fête – celle de la Trinité et celle des Pères –, Sylvère a accueilli l'invité d'« ENTREZ DANS LA CHANCE », nombreux ont dû être les spectateurs à se demander ce qu'il venait faire là. En dépit d'un pas martial et d'épaules déployées, il s'agissait, soyons polis, d'un homme d'âge très avancé, un papy aux cheveux blancs, ridé à souhait, lunettes au bout du nez, que rien ne semblait distinguer des autres. Certains font un effort dans le vêtement, lui, aucun. Un ennuyeux costume-cravate-souliers cirés. Pas même, au revers de la veste, l'un de ces rubans-hochets accordés quasi automatiquement aux vétérans de la vie.

Au signal, les applaudissements de rigueur ont retenti dans le public, pas franchement enthousiastes. Avec un petit sourire, Sylvère l'a présenté, créant une nouvelle surprise.

— Notre invité de ce soir a souhaité garder l'anonymat pour ne pas nuire à la cause qu'il est venu défendre. Une cause qui, en une petite semaine, lui a valu sur Facebook plus d'un million d'amis.

Là, les applaudissements ont été spontanés. Facebook ? Ce dinosaure ? En signe de remerciement, Grégoire a incliné brièvement la tête, puis il est allé prendre place au pupitre. Certains y déploient quelques feuillets pour se rassurer, lui s'est contenté d'y poser ses lunettes, branches soigneusement pliées, à côté du verre d'eau.

La caméra s'y est attardée quelques secondes avant de remonter sur son visage. Dans le salon de la maison, j'étais pétrifiée : pour la première fois en plus d'une cinquantaine d'années de mariage, je voyais mon homme poudré ! N'avait-on pas également rosi ses lèvres ?

Un assistant a actionné la pendule.

— Go ! a lancé Sylvère gaiement.

Grégoire a relevé le menton.

— Je suis venu vous parler des mots, les mots sans lesquels aucun d'entre nous ne peut vivre, a-t-il commencé… Avant de se taire.

Un silence navré a accueilli cette entrée en matière. Çà et là dans le public quelques yeux levés au ciel, des sourires-soupirs : un prof à la retraite, bien sûr ! À moins que ce ne soit un médecin, un psy, la barbe !

— Je ne vous parlerai pas des mots sans contenu, répétés par tous comme des perroquets, a repris Grégoire, sa voix montant d'un cran. Ni de ceux, provocants ou violents, employés par des jeunes et moins jeunes auxquels nul ne s'est soucié d'en apprendre d'autres.

Son regard a parcouru le public.

— Savez-vous que ceux-là, s'ils sont arrêtés pour un délit quelconque, possèdent un si petit éventail de mots, un vocabulaire si misérable, qu'ils sont incapables de se défendre, de mettre des paroles sur leurs actes ? Quant à se les expliquer à eux-mêmes…

— Fort heureusement, les avocats sont là pour ça ! a remarqué rondement Sylvère.

Les sourcils de Grégoire se sont froncés : de quoi se mêlait ce blanc-bec ? Croyait-il que l'heure était à la plaisanterie ? À la pendule, à peine deux minutes s'étaient écoulées.

— Je suis venu vous parler des mots qui comptent, est-il reparti fermement. Les mots tout simples, qui montent du cœur et de la chair des hommes pour exprimer leurs sentiments, dire leur bien ou leur mal-être, en creusant en eux comme on le fait d'une terre pour en tirer le meilleur.

Lorsque vous dites « je t'aime »... et pourquoi ? « Je souffre »... et comment ? « Je veux »... en en connaissant et exposant la raison. La parole, pas des paroles en l'air. Le verbe, pas le verbiage. Verbe qui, d'ailleurs, désigne l'un des membres de la Trinité dont c'est la fête aujourd'hui : Jésus.

JÉSUS ? Une vague a balayé le public. Ce nom prononcé sur un plateau, où allait-on ? L'invité-surprise, un prédicateur ? Le représentant d'une secte ? Quel culot ! Sylvère s'est levé. Indulgent, il a fait face au gaffeur.

— Et si nous passions à...

— Je suis venu vous parler du regard, l'a coupé sèchement Grégoire. Le regard qui accompagne les mots et parfois excelle à les remplacer. Celui qui nous accepte ou nous refuse, qui compatit ou condamne, le regard de mépris qui paralyse le malheureux sur lequel il s'abat.

Il a pris le verre d'eau et il a bu une gorgée. Cette fois, Sylvère ne s'est pas risqué à intervenir.

— Enfin et surtout, je suis venu vous parler du regard du père et de la mère sur l'enfant, indispensable à son développement, ce regard qui lui dit : « Va, tu peux, tu dois. »

À nouveau, Grégoire s'est tu, laissant à ses paroles le temps de prendre toute leur ampleur. Six minutes à la pendule. Généralement, les invités à l'émission la consultent, ils s'y soumettent en quelque sorte, pas lui. Il ne me semblait pas l'avoir vu la regarder une seule fois.

Et me trompais-je ? Quelque chose s'était modifié dans l'atmosphère : moins d'impatience ? Davantage d'écoute ? En persistant dans son propos, refusant de servir au public les phrases toutes faites assorties de clins d'œil ou le pathos habituel : « plaignez-moi, aidez-moi », ne lui manifestait-il pas tout simplement son respect ? Nous sentons tous lorsque nous sommes respectés.

— Je suis venu vous parler d'un enfant qui vit dans un désert, a repris mon homme d'une voix grondante. Un enfant auquel sa mère n'adresse la parole que pour l'humilier, le nier. Une mère dont le regard, lorsqu'il ne l'évite pas, lui signifie qu'il représente un fardeau insupportable pour elle. Un petit qui, privé de parole et de regard, manque de la nourriture essentielle à la vie, au moins un peu d'amour. Je suis venu vous demander d'ajouter vos voix à la pétition lancée sur le Net en sa faveur. Vous pouvez lui permettre d'« entrer dans la chance », merci.

Grégoire a incliné brièvement la tête. Il a repris ses lunettes et s'est apprêté à quitter le pupitre. Il avait dit ce qu'il avait à dire. Apparemment, pour lui, c'était terminé.

Sylvère s'est précipité.

— Quel bel éloge de la parole ! a-t-il admiré. Quelqu'un souhaite-t-il intervenir ?

Grégoire a interrompu son mouvement et il a regardé le public parmi lequel dix mains se levaient. La caméra s'est arrêtée sur un homme d'une trentaine d'années, courte barbe, piercings. Le souffle m'a manqué : un peu plus haut, dernière rangée, je venais de découvrir Jean-Yves… entouré de mes Grâces. Ce sont mes plus proches qui me tueront.

— C'est qui, l'enfant ? a demandé l'homme aux piercings. Gamin ? Gamine ? On a le droit de savoir ? Et il a quel âge ? C'est important, quand même.

Grégoire a secoué négativement la tête.

— Permettez-moi de ne pas vous répondre, monsieur. Dans l'intérêt même de la victime.

— Vous avez dit que la mère lui parlait pas, qu'elle le regardait pas, est intervenue cette fois une jeune femme, joli visage très maquillé, longues boucles d'oreilles. Est-ce qu'elle le tape ?

— Son silence, son absence de regard, sont bien plus redoutables que des coups, a constaté Grégoire.

— Alors, au moins, elle le prive, elle le punit ? ont insisté les dansantes boucles d'oreilles.

— De toute ouverture sur la vie.

— Et pourquoi on le lui laisse, le pauvre ? s'est émue une femme aux cheveux gris, une mamie.

Grégoire a serré les lèvres. Il a mis ses lunettes dans sa poche, indiquant qu'il ne pouvait répondre à cette question.

— Quand même, s'est énervé l'homme aux piercings, si vous voulez qu'on l'aide, le gamin, faudrait peut-être que vous nous en disiez un peu plus. Que vous nous donniez un exemple !

« Un exemple… un exemple… », a scandé le public, et, pour la première fois, Grégoire a regardé la pendule.

— Il vous reste deux minutes, lui a indiqué Sylvère.

Mon Pacha a hésité. Lorsqu'il s'est décidé, sa voix a indiqué à tous qu'il se faisait violence, une voix déchirée. Les mots de la vérité peuvent parfois blesser celui qui les prononce.

— Cet enfant souffre d'énurésie, c'est-à-dire qu'il mouille son lit la nuit. Il s'agit d'une affection courante, tragique pour sa victime. Certaines mères, au lieu d'aider celui qu'elles considèrent, à tort, comme coupable, l'humilient : « Quel cochon, tu n'as pas honte ? » Il arrive que quelques-unes mettent le drap souillé sur la tête du malheureux avant de l'obliger à le laver. Celle-là fait pis…

Sa voix a tonné :

— C'est sur sa propre tête que la mère met le drap : « Regarde ce que tu me fais, tu me tues. » Comment voulez-vous qu'il vive avec ça ?

Cette fois, cela a été tout. Grégoire a quitté le pupitre. Suivi par Sylvère, il s'est dirigé vers la sortie. Aucun applaudissement ne l'a accompagné, seulement le silence. Empli de la Parole, au singulier.

21

Dans le salon de La Maison, où m'avaient rejointe les Karatine, le silence a été de courte durée.

— Mais quelle salope ! a rugi Charlotte, qu'est-ce qu'on attend pour l'enfermer ?

Capucine et Adèle hésitaient entre larmes d'horreur et admiration pour leur grand-père. Je comprenais seulement ce qui avait conduit mon homme à tourner le dos à ses chers principes – on parle à l'autre les yeux dans les yeux, on le touche, on ne s'adresse pas à lui par l'intermédiaire d'un mobile ou d'une tablette – pour devenir foudre de guerre sur le Net. Plus, vedette à la télévision. L'insupportable confidence que lui avait faite Crépin lorsqu'il s'était réfugié chez nous : sa mère, la belle Marie-Sophie bon chic bon genre, drap souillé de son urine sur la tête. Gare au conflit de loyauté, tout le paquet ou rien, Crépin !

— Pourquoi vous ne nous avez rien dit ? a regretté Boris. On aurait pu vous aider. Je ne sais pas, moi, le prendre, ce môme.

— Oh oui ! a renchéri Tatiana avec feu.

— Cela ne se passe pas tout à fait comme ça avec la justice, leur ai-je fait observer. Et votre Victor était le premier à vouloir garder le secret.

— Victor ?

— C'est grâce à lui qu'on a connu Crépin. Il l'avait repéré aux urgences de son hôpital.

— Crépin ?

Je n'ai pu retenir un soupir. Allait-il me falloir raconter toute l'histoire depuis le début, presque un mois ? Dévider la fastidieuse litanie des mensonges par omission, tricheries, à-peu-près, faux sourires et mercis pourris ? Sans compter Honfleur et le homard manqué ? Nous avions décidé, Grégoire et moi, de « comparaître » ensemble devant la famille une fois l'affaire réglée et de plaider notre cause, du moins celle de Crépin. Comment aurais-je pu prévoir la présence-trahison de mes plus chères amies sur le plateau de Sylvère, repérée dès le début de l'émission par Charlotte, déclenchant l'arrivée massive des Karatine : « Devine qui est à l'écran ?… », se retrouvant face à leur père et grand-père, poudré, magnifique, conquérant.

Le téléphone a sonné, me sauvant provisoirement : Audrey. AUDREY ? Très en colère : « Maman, peux-tu me dire ce qui a pris à papa de se donner ainsi en spectacle, parler “pipi” à la télévision ? Et cet enfant, il sort d’où ? »

Premier appel d’une longue série qui durerait une partie de la nuit, se prolongerait la journée du lendemain et, à cadence plus raisonnable, celles qui suivraient. Anonymat ou non, il n’y a pas trente-six commandants Rougemont à Caen, ni trente-six champions des mots.

L’appel le plus émouvant a été celui d’un « taiseux » à Grimaud, même si lui avait une mère formidable. Pour Hugo, c’était le père.

*

Avant d’accepter l’invitation de Sylvère, Grégoire avait demandé à Loïc de s’assurer que Jean-Baptiste Degennes serait chez lui à l’heure où l’émission passerait au cas où Marie-Sophie la regarderait et, qui sait, se reconnaîtrait. Même si pas une seconde il n’avait envisagé de parler de l’usage qu’elle faisait du drap mouillé.

Loïc s’était adressé à Colette Gentil, la gouvernante, plus accessible depuis la fugue de Crépin – trop sévèrement puni ? « Oui, monsieur serait là ! Et de toute façon, madame ne regardait pas ce genre d’émission. »

On n’est jamais trop prudent. Loïc et Victor s’étaient invités chez Samantha, dans la loge de sa mère, pour suivre « ENTREZ DANS LA CHANCE ».

Ainsi seraient-ils tout près du domicile du petit au cas où.

Chez les Degennes, le poste se trouve au salon : un grand écran qui, au dire de la jeune fille au pair, faisait les délices de Crépin, privé d'images, lorsqu'elle réunissait les frères à l'occasion des « grandes récrés ». Contrairement à son épouse, Jean-Baptiste apprécie l'émission de Sylvère, selon lui distrayante et de bonne qualité. Et, ce dimanche soir, il a décidé de la regarder en prenant l'apéritif. On ne dîne pas avant neuf heures chez lui et jamais – horreur – devant la télé.

Après avoir déposé son plateau à Crépin dans sa chambre et mis Nicolas au lit, Marie-Sophie a rejoint son mari sur le canapé. Vraiment, elle ne voit pas ce qui peut l'attirer dans ce genre d'émission, mais bon, devoir d'épouse ! Il lui a servi un jus de fruits.

L'animateur est en train de présenter son « invité surprise », un vieux monsieur qui a demandé à garder l'anonymat, n'importe quoi ! Un million d'amis sur Facebook ? Quand on n'a que ça à faire... Bien sûr, Internet n'a pas de secrets pour la décoratrice qui l'utilise pour son travail mais s'est jurée de n'en être jamais l'esclave.

Elle écoute d'une oreille distraite l'invité pérorer sur la « parole » : un de ces profs qui croient tout savoir sur tout, elle connaît ! Jean-Baptiste, lui, est intéressé : l'homme parle bien, ses mots le touchent, et, pour citer Jésus sur un plateau de variétés, il faut du cran, bravo !

« Va, tu peux, tu dois »... Lorsque le vieux monsieur prononce ces mots en parlant du regard des parents sur l'enfant pour l'inciter à avancer, quelque chose l'alerte. Près de lui, sa femme s'est tendue. Et voici que l'invité évoque un enfant perdu dans un désert, incapable de grandir. Instinctivement, Jean-Baptiste éteint le poste : « On dîne ? » Marie-Sophie le rallume.

On en est à présent aux questions posées par le public : qui est l'enfant ? Son âge ? Fille ou garçon ? Sa mère le frappe-t-elle ? Et pourquoi lui est-il laissé ? Jean-Baptiste ne quitte plus des yeux la pendule qui minute l'invité, jamais le temps ne lui a semblé si long. Le public exige un exemple. Il reste très exactement deux minutes...

Lorsque Grégoire a parlé d'énurésie, du drap souillé mis par la mère de l'enfant sur sa propre tête, Marie-Sophie Degennes a pété les plombs. Il paraît qu'on entendait, de la rue, ses hurlements dénonçant le complot, la trahison, traitant de monstre l'ingrat à qui elle avait sacrifié sa vie.

Victor, Loïc et Samantha avaient galopé jusqu'au pied de l'immeuble, sitôt « ENTREZ DANS LA CHANCE » terminé. Affolé par la violence maternelle, Victor avait songé à appeler notre pompier maison. Lequel venait lui-même d'assister, à l'Étoile, avec Thibaut, ahuri, et quelques bandits, à la superbe prestation de leur père et grand-père. Par chance pour Marie-Sophie, Victor n'avait pas communiqué à Justino l'adresse des Degennes. L'honneur, ça connaît, les « bandits » !

Dans son bel appartement, Jean-Baptiste avait commencé par fermer les fenêtres à double vitrage du salon. C'était un homme faible, pas un salaud, il avait interdit à sa femme la porte de Crépin, qui, ne possédant pas de portable, ignorait que, sur le Net, un peu partout dans le monde, on ne parlait que de lui. Et, privé de télévision, ne savait pas qu'il venait de crever l'écran par « commandant » interposé.

Sa rage décuplée par le refus de son mari de la laisser entrer dans l'antre du traître, Marie-Sophie avait appelé son avocate pour l'informer du scandale. Maître Deflers dînait tranquillement avec des amis sur la côte, elle avait conseillé à sa cliente de déposer dès le lendemain matin une main courante à la police, signalant les faits.

Demain ? Qu'est-ce qu'elle croyait, l'avocate payée à prix d'or, même pas là quand on avait besoin d'elle !

Voyant débarquer à nouveau celle qui, le dimanche précédent, avait déjà fait tout un ramdam pour signaler l'enlèvement de son fils, avant que l'enfant ne rentre de son propre chef, une hystérique dénonçant cette fois pêle-mêle une émission de télé, un animateur bien connu et un invité dont elle ignorait le nom, le commissaire l'avait engagée fermement à revenir le lendemain, une fois calmée. Ce qu'elle avait refusé.

*

Lundi matin, première heure, la pétition « SAUVONS UN ENFANT » en faveur de Crépin Degennes a été déposée sur le bureau du juge. Augmentée, en une seule nuit, d'un nombre considérable de signatures. Le magistrat a rouvert le dossier et diligenté une nouvelle enquête.

Le témoignage, cette fois à visage découvert, de Grégoire, confirmant la confidence faite à lui par Crépin à propos du drap. Celui de Samantha, racontant la prison quatre étoiles, le rapport de Loïc, l'avis du psychologue qui avait reçu Marie-Sophie Degennes passée de l'hystérie à l'abattement, les conclusions du pédopsychiatre qui avait obtenu de Crépin le dessin d'un vélo coupé en deux, une roue ici, l'autre là, près d'une maison vaste comme un paquebot percée de plein de hublots, amèneraient le juge à décider d'un nouveau placement de l'enfant dans la famille d'accueil qui l'avait déjà hébergé.

Placement provisoire, les contes de fées n'existent pas, aucun n'est jamais définitif. Il arrive même que l'on retire un enfant à sa mère d'accueil pour éviter que ne se nouent entre eux des rapports trop affectifs, n'importe quoi !

Mais, comme l'a expliqué Grégoire à Crépin lorsque celui-ci est venu rechercher son vélo, un pacte est reconductible autant de fois qu'il le faut.

Et même si les contes de fées n'existent pas, ce jour où il a été donné à un enfant la permission de grandir, il m'a semblé voir sourire là-haut celle qui se nommait Provensal et qui était ma mère.

22

Aujourd'hui, c'est l'été. Les noisetiers commencent à donner, un peu partout, les libellules-demoiselles se livrent à leur ballet et le coucou a changé de chant. Il le prolonge : « couc…cou », préparant déjà ses adieux.

Après-demain, mardi, sainte Audrey, mon aînée, m'affirme n'avoir pas fait exprès, c'est tombé comme ça, hum ! elle m'emmène à Caen choisir ma tenue de mariage. « Et surtout, maman, tu ne vises pas celle dont tu pourras te reservir à d'autres occasions, une tenue de mariage doit être exceptionnelle, sinon autant aller la chercher au supermarché afin d'être sûre de la retrouver sur le dos de tout le monde. »

Fermez les yeux, pensez « mariage », que voyez-vous en premier ? Des chapeaux. Dans la boutique d'Audrey, ils sont également proposés. Une capeline ornée d'un ruban de velours battant les épaules ne me déplairait pas. Oh, Scarlett !

Les faire-part ont été envoyés et le téléphone a recommencé à sonner : mariage suivi d'un baptême ? Une première. Eh oui, les Rougemont n'ont pas fini d'étonner. À la liste argenterie, Bethléem avait heureusement prévu d'ajouter, étage du dessus, la petite enfance. On commence par le grand genre, on finit, comme tout le monde, le nez dans les couches-culottes. Du moins ceux qui procèdent dans l'ordre.

Pour les enfants d'honneur, ce seront deux fillettes de Salimata, cinq et six ans, et Grégoire junior. Bethléem se charge des tenues. Elle se chargera aussi, le moment venu, de l'annonce dans le « Carnet du jour », du service d'ordre, le grand jour, des rangées réservées aux familles à l'église, de la musique avec Audrey : Bach, Schubert. Et, bien sûr, de tout ce qui concerne la réception donnée dans le parc de son hôtel particulier : cocktail slave, dîner assis, trois cent douze couverts, là, Igor.

Je ne rêve que de dormir. Fermer volets, fenêtres et rideaux, et plonger dans le silence. Grégoire, lui, c'est disparaître. Ne plus avoir à raconter, expliquer, démêler, justifier, sous les regards incrédules, admiratifs-envieux, approréprobateurs. Souci Crépin réglé, passer à l'insouciance.

Après avoir exprimé sa gratitude à ses amis de Facebook, tenus au courant de l'heureuse issue du combat, Grégoire a exigé de Victor, tristounet, qu'il ferme le site, et, dans la foulée, il a égaré son portable. Après tout, cela s'appelle « être fidèle à soi-même ». Insouciance ? C'était sans compter sur un petit malin qui, ayant enregistré les quinze minutes inoubliables d'« ENTREZ DANS LA CHANCE », les passe en boucle sur son site, récupérant au passage les nostalgiques d'une si vibrante leçon de français.

À malin, malin et demi, c'est ainsi que l'autre matin, alors que je secouais la salade dans la cour, l'un de mes plaisirs favoris avec étendre le linge sur un fil, les draps dans l'herbe, manger les fraises sans les laver – adieu le goût –, déguster laitages, compotes et crèmes une quinzaine après la date de prescription – on se vaccine –, préférer l'eau courante à celle stagnant dans les bouteilles, trinquer sans modération avec mes amies autant de fois que cela nous chante sans nous soucier de notre foie, ne pas considérer les fumeurs comme des criminels et même leur faire une petite place chez moi, bref bousculer les apparatchiks du principe de précaution qui, si nous n'y veillons pas, nous renverrons dans nos grottes, un couple s'est présenté au portail.

— Hep ! S'il vous plaît…

Sans lâcher mon panier, j'ai traîné mes savates jusqu'aux intrus. Âge indéfinissable sous l'uniforme de touriste, sac au dos, coiffés d'un bob beigeasse, bermudas à poches, chaussures de marche haut lacées, portables au poing, prêts à violer votre intimité.

— Ouais ?

— Dites, le monsieur qui est passé chez Sylvère, c'est pas là qu'il habite, par hasard ? a attaqué la femme, du moins ce qu'il en restait.

— Sylvère ?

— L'animateur télé, voyons !

— Vois pas qui c'est.

— Et Facebook ? Voyez qui c'est ? a insisté lourdement la femme, me prenant de toute évidence pour la bonne, se mettant à ma portée.

— Face quoi ?

— Bon ! Est-ce qu'on voudrait bien aller dire au monsieur qui habite ici que des amis souhaitent le rencontrer, a épelé l'homme, compatissant.

Si « on » ne voulait pas voir débarquer dans notre refuge des cars de touristes à étage, vue panoramique, guide, micro, interprète, il fallait d'urgence porter un grand coup. J'ai allumé un œil.

— Vous savez donc pas ?

Ils ont attendu le scoop inespéré.

— Le monsieur de Sylvère, ben, il est mort.

Même pas un mensonge.

— Je n'aime pas ça du tout, a râlé Grégoire quand je lui ai raconté. Passe une annonce à la rubrique nécrologique de ton foutu « Carnet du jour », pendant que tu y es.

Pour le consoler, je lui ai raconté la conversation que j'avais eue récemment avec Justino, concernant le choix du parrain et de la marraine d'Adella (baptême en grande pompe).

— Je t'aurais bien prise comme marraine, Babou, tu l'aurais mérité, mais, tu comprends, les marraines, c'est fait pour assurer en cas de disparition des parents, alors…

— Alors, grâce au ciel, j'ai quelques chances de disparaître avant Haydée et toi. Et qui est l'heureuse élue ?

— Louis.

— LOUIS ?

— Babou, voyons, tu te rappelles pas ? Louis Duval, mon binôme. Il t'avait déposé Adella quand il y avait le feu chez les Buhari. Pour la marraine, ça sera Omolola, une copine d'Haydée : un de chaque côté.

En ce qui concerne les Buhari, Facebook n'est pas tellement leur truc et ils ont loupé Sylvère. Mis au parfum de la magnifique prestation du Pacha par Justino, ils lui ont promis de rester discrets. Il ne manquerait plus que, le jour J, ce soit son grand-père qu'on applaudisse.

— On y a été pour se venger, a reconnu tout de go Diane quand je lui ai reproché sa présence ainsi que celle de Marie-Rose à l'émission de

Sylvère. Depuis quand tu nous tiens à l'écart de tes tuiles ?

— Tout juste bonnes à ramasser les morceaux ? a renchéri la brocanteuse.

Ah ! Ah ! je me suis autorisé une mauvaise pensée. Dans la marée du « tout va bien qui finit bien », un petit coulis de mesquinerie ne peut pas faire de mal.

— Grégoire m'avait fait promettre de ne rien vous dire, ai-je soupiré hypocritement.

— Il fut un temps où tu ne lui demandais pas la permission pour dégommer les ordures qui s'en prenaient aux petits.

Oh, nostalgie ! Le Samouraï, notre club de *self-defence* ! Ce cher M. Khu ! À l'époque, c'était la Martinique qu'il s'agissait de dégommer, un certain Aimé qui terrorisait Tim, fils d'Audrey. Une histoire de came qui s'était terminée par notre triomphe à la police où Grégoire était venu nous libérer.

Mes amies ont reconnu que s'attaquer à une représentante de la meilleure société de Caen était une autre paire de manches et que, sans le courage du Pacha…

Le courage. Mot qui vient de « cœur », qui le sait ? « Fermeté devant le danger ou la souffrance », dit le dictionnaire. C'est plutôt de l'héroïsme qu'il a fallu à Grégoire pour dire à Crépin, venu récupérer son vélo, que, pour le sauver, il avait été conduit à révéler le pire à la télévision.

Évitant ainsi qu'il ne l'apprenne, à la rentrée, par l'un ou l'autre de ses gentils camarades de collège.

Je ne saurai jamais quelle a été sa réaction. En bon Normand, mon Grégoire n'a rien contre les questions, à condition qu'on ne lui demande pas d'y répondre. J'ai seulement pu constater que le vélo était toujours chez nous. Un pacte est reconductible et Crépin en a déjà un chez maman Do.

Une bonne nouvelle : Capucine et Adèle ont réussi leur bac de français, récoltant un confortable coussinet de points d'avance pour celui de terminale. Toutes deux ont choisi le même commentaire composé à l'écrit : « Vivons heureux, vivons cachés. »

— Jean de La Fontaine, bien sûr, déclare leur grand-père.

— Pas du tout. Claris de Florian, tu connais ?

— Jamais entendu parler, avoue Grégoire.

— N'empêche qu'il a tout faux ! affirme Capucine.

— Tout faux ?

— C'est ce qu'on a dit, en te choisissant comme exemple. Tu vis caché, toi ?

— Le moment me semble mal choisi pour me poser cette question, mesdemoiselles, remarque Grégoire avec humour.

— Et t'es malheureux ?

En un geste magnanime, celui qui a eu son bac avec mention très bien, désigne l'épouse qui ne s'y est même pas présentée.

— Pas tant que cette personne accepte de m'accompagner.

La réponse semble les satisfaire.

— Claris de Florian a aussi écrit une chanson : un tube, à son époque, « Plaisir d'amour », vous connaissez ?

… « Ne dure qu'un-un-instant. Chagrin d'amour, dure toute la-vie-i-e. » chantons-nous en chœur.

— Lol ! concluent les lauréates.

*

14 Juillet, pas le temps d'aller danser : noces dans huit jours. À l'Isba, on s'entraîne pour le buffet slave trois cent douze invités. Le jardin sent l'Ukraine, Tolstoï est mis à toutes les sauces, c'est l'indigestion. Ne le répétez pas, nous ne pouvons plus voir la cuisine russe en peinture.

Même si le grand écrivain, dans *La Puissance des ténèbres*, raconte l'histoire d'un grand-père qui œuvre à la réconciliation des siens à l'aide de la Parole et du Verbe.

L'art se rit du temps et des frontières.

23

On n'est pas normand si on n'aime pas regarder la pluie tomber.

Elle tombait sur les pommiers à cidre, les vaches tachées de brun, les campings désolés, les plages où les manèges tournaient pour rien, fine, drue, obstinée, chez elle.

Elle tombait sur Omaha Beach, le clocher de Sainte-Mère-Église, les croix blanches alignées à perte de vue de Saint-Laurent-sur-Mer, sur La Maison du pantalon, La Boîte à calva, et devant l'hôtel de ville – une vraie pagaille – d'où sortaient Justino et Haydée dont on percevait les rires alors qu'ils s'engouffraient dans la limousine aux vitres teintées, louée pour l'occasion, première d'une longue file, toutes décorées de bouquets blancs.

Elle tombait sur la marée de parapluies protégeant la marée de chapeaux, sur le parvis de l'église du Vieux-Saint-Sauveur, éclaboussant les souliers cirés, froissant les jupes, le bas des pantalons, mêlant sa chanson aux accents triomphants des grandes orgues, tandis que la mariée, vêtue de gaze et d'organdi, longeait les travées bondées au bras de son père en jacquette, suivie par des enfants d'honneur tirés d'un livre de contes, allant à pas comptés vers l'autel, le parterre de fleurs, au centre duquel, près du père Benoît, un jeune soldat du feu déguisé en lord tentait de croire à son bonheur.

La messe a commencé.

Côté gauche, les Buhari, femmes en atours flamboyants, leurs coiffures savantes éclipsant tous les chapeaux et, flottant autour d'elles, comme un air de danse, la vie quand elle s'y met. Au bout de la rangée, dans un cocon de dentelle, pour l'instant endormie, Adella, bientôt six mois.

Côté droit, les Rougemont. Thibaut, père du marié – impossible de lui faire accepter la jacquette –, blazer, Kahura en « petit printemps », Grégoire en commandant et une dame en tailleur fuchsia, hauts talons, capeline, il paraît que c'est moi, près d'un paysan à tignasse rebelle, captif du même costume qu'en l'église Saint-Michel, quelques semaines auparavant, alors qu'il marchait vers l'autel, le cercueil de sa mère sur l'épaule. Seule concession faite à la fête : une cravate couleur pastèque.

— Tu connais ton frère, ma Jo, m'avait avertie Blanche la veille. Bien sûr, il sera là, mais se déguiser en « beauf » est au-dessus de ses forces. Son vieux costume le comprime mais ils se connaissent. En plus, voilà que Gribouille nous déclare une otite.

Gribouille fait des otites en toutes saisons, comme le mimosa du même nom. Et pas question qu'un autre que son maître lui administre ses gouttes. Le vendéen est donc lui aussi de mariage. Partis du Cigalou à l'aube dans la camionnette aux sarments, ils sont arrivés juste à temps pour l'église. Les chiens n'y étant pas les bienvenus, Gribouille patiente, au creux d'un pull troué, à l'arrière de l'habitacle, garé entre deux limousines.

Évangile selon saint Luc.

On peut suivre le texte sur les brochures éparpillées en abondance sur les chaises paillées. « Voici que ce jour-là, Jésus rencontre des pêcheurs désolés, près du lac de Génésareth : leurs filets sont restés vides. Il convainc Simon ainsi que Jacques et Jean de repartir avec lui. Ils prennent tant de poisson que la barque en est submergée. Épouvanté, Simon tombe aux pieds du Seigneur : il n'est pas digne d'un tel miracle. « Désormais, ce seront les âmes que tu pêcheras », lui répond Jésus. Et Simon, Pierre, Jacques et Jean quittent tout pour le suivre.

« Épouvanté », Simon, devant le miracle, dit l'Évangile. Ce qui lui arrive peut-il s'appeler du bonheur ? N'était-il pas plus tranquille dans sa barque, quand bien même elle rentrait souvent vide ? Tant d'honneur, si soudainement… « Vivons heureux, vivons cachés », l'éternel sujet, n'est-ce pas, les bachelières ?

Dans son homélie, le père Benoît a évoqué la Vierge qui, en cette même église, avait présidé à la rencontre de ceux qu'il s'apprêtait à unir. C'est cet instant qu'a choisi Adella pour pousser son premier cri. Et toute l'église, qui savait à quoi s'en tenir, a souri.

Une messe de mariage, c'est toujours un peu long, même s'il n'y est question que d'amour. Tant de chants, de prières, d'alléluias, pour un seul lieu, cela déborde, vite la suite, retomber sur terre. Vite, les choses pas sérieuses.

Il arrive qu'un imprévu, un couac, apporte un peu d'air. Ainsi des anneaux dont Thibaut avait tenu à s'occuper et qui, même bénits, se sont refusés à glisser aux doigts des mariés. En attendant l'annulaire, l'auriculaire ferait l'affaire. « Le pauvre petit qui n'a rien », dit la comptine.

Mais c'est le baptême qui resterait gravé dans les mémoires.

Lorsque après avoir interrogé Louis Duval, le parrain, en tenue de pompier, et Omolola, la marraine, en mousseline immaculée, sur le sérieux de leur engagement, le père Benoît a tracé un signe de croix sur la poitrine d'Adella, celle-ci a répondu par un engageant gazouillis. Lorsqu'il a posé sur le bout de sa langue, obligeamment tendue, le sel de la sagesse, elle a manifesté sa désapprobation en le lui restituant dans une gerbe de bulles. Et quand il s'est agi de verser sur son front, à trois reprises, l'eau bénite, le baptême en grande pompe a tourné au pugilat, avant qu'à bout de forces, le poil trempé, la renardette ne déclare forfait.

« Dieux a de l'humour », se plaisait à dire Fée. Elle aurait pu ajouter, mais cela, chacun le sait : « et une infinie patience ».

La pluie tombait sur la haie de pompiers, casques sur la poitrine, au sortir de l'église, mêlant les applaudissements du ciel à ceux de la foule. À y bien regarder, se dessinait au loin une timide éclaircie. On pouvait espérer une belle soirée.

24

— Madame Babou, si je peux me permettre…

Abébi vient de me rejoindre à l'écart de la foule qui a envahi les buffets où le cocktail slave bat son plein, entraîné par la voix de grand Igor, cape sombre doublée de rouge, bottes noires, entouré de son orchestre.

Oubliée, la pluie. Le ciel se rengorge de mordoré, pavoise éhontément, abandonnant aux feuillages quelques frissons mouillés et, à la terre repue, de bonnes odeurs de sous-bois, de chaque côté des planchers jetés entre les tentes pour permettre aux invités de circuler dans le parc sans endommager leurs souliers.

D'un seul coup, alors qu'une coupe de champagne à la main je parlais de je ne sais plus quoi à je ne sais plus qui, ça a débordé. Trop de monde, de musique, de rires, de fête. Et moi toute seule sur mon radeau. Si j'avais pu, je me serais bien sauvée, j'aurais bien rejoint ce veinard d'Hugo, disparu dès la messe terminée, dans sa camionnette, direction La Maison, avec la bénédiction de Blanche, clés et instructions pratiques en poche.

À l'heure qu'il est, il doit écouter la seule musique des arbres, s'égouttant sur la pelouse en compagnie de Gribouille. Mais, pour moi, aucune bénédiction à espérer…

— Oui, Abébi ?

— Madame m'a chargé de vous dire qu'un lieu a été prévu au cas où vous souhaiteriez vous reposer un peu avant le dîner.

Merveilleuse Bethléem qui, un peu plus loin, au centre d'un cercle d'admirateurs, m'adresse un signe de connivence. Mais c'est vrai, aussi ! Il n'est que sept heures et demie, encore une heure à tirer avant le dîner assis-placé. Jamais je n'aurais tenu.

Mon Grégoire, lui, est occupé avec son Club des Cinq. Tous ont répondu présent, et reconnaissons qu'ils ont fière allure, les vieux loups de mer, dans leurs uniformes même râpés, luisants aux coudes et au revers, là où l'on s'appuie, là où l'on vous décore. Contre eux, leurs épouses, elles intimidées, pas trop à l'aise dans cet apparat, ce déploiement de luxe, s'efforçant de faire la meilleure figure possible. Pauvre Marguerite, sous son chapeau « tarte framboise-chantilly ». Tarte, en effet !

— Oh oui, Abébi, je vous suis.

Gare à ne pas me laisser intercepter en chemin par donzes et donzelles, mes petits-enfants au grand complet. Nous avançons à pas de Sioux vers l'hôtel particulier dont le grand salon, resplendissant de toutes les pendeloques de cristal de ses lustres, accueille lui aussi des invités, pénétrons dans le hall transformé en vestiaire, montons le digne escalier de marbre, longeons un couloir éclairé par des appliques aux bras de bronze doré, représentant des feuilles d'acanthe, à terrasser la brocanteuse.

Une porte, une autre, tiens, c'est ici qu'Adella, veillée par une nounou, en confortable pyjama pieds Walt Disney, se remet d'un baptême mouvementé, en attendant le second, lui « de l'air », qui l'emmènera au Nigeria, respirer les senteurs de sa terre maternelle. Gare à vous, les premières classes, préparez-vous à attacher vos ceintures, turbulences en vue.

— Si vous voulez bien…

La chambre du fond, depuis toujours ma préférée, calée, plus sûre, mieux protégée !

Les lourds rideaux de la fenêtre donnant sur le parc sont à demi tirés, laissant juste l'espace nécessaire pour apprécier la fête : de haut, de loin, d'ailleurs. La couverture du lit royal a été faite, deux oreillers gonflés comme des montgolfières attendent la passagère. Salle de bains-miroirs attenante. Une heure seulement pour profiter de tout ça ? Quel gâchis !

— Je me permettrai de revenir chercher madame un peu avant le dîner.

Je regarde le noble et digne visage de mon chauffeur préféré. J'ai toujours su qu'il était un peu sorcier. Vite, c'est ce soir ou jamais !

Avant qu'il ne referme la porte, je vole et l'embrasse sur les deux joues, voilà, c'est fait. Il n'y a pas que les enfants qu'il faut prendre par surprise.

Sous mes lèvres, goût boisé.

*

Pas envie de parler des somptueuses tables nappées de blanc, couvertes de porcelaine, vermeil et cristal, éclairées par des candélabres fleuris de bougies, moi à celle d'honneur, à la droite d'Ernest Buhari, au grand dam de Diane. Sais-tu, l'ambassadrice, qu'il y a des moments où l'on rêve à un coin de table, dans une cuisine ?

Ni de réciter le menu, franchement normand, avec même son fameux « trou » – au calvados – durant lequel ont eu lieu les inévitables discours, nettement moins indigestes lorsque vous n'en comprenez pas la moitié et qu'ils sont accompagnés de danses et de chansons.

Ni de décrire le gâteau de la mariée qui paraîtra, avec la liste de ses ingrédients, dans un journal people la semaine suivante.

Ni de m'attarder sur le feu d'artifice qui a dû réveiller en sursaut une partie de la ville. Ne se ressemblent-ils pas tous ? Et, à peine commencés, vous attendez le bouquet final, vous privant de savourer les fleurs et gerbes plus modestes qui le précèdent. Magie perdue ? Regard de consommateur ? Il est rare qu'on n'en évoque pas le coût.

Envie de parler tout bas de ces instants fugitifs, ces brèves et fugaces images chargées d'émotion, saisis à la dérobée, qui mieux que les grands moments, les plus brillants des clichés, marquent la mémoire, s'inscrivent dans le souvenir.

La main, brièvement posée sur la mienne, d'Ernest Buhari, attirant mon attention sur Boris, fêté par ses voisins, à une table proche. Boris fier, reconnu. Si, après le succès de son buffet slave, son entreprise ne cartonne pas ! Merci Ernest, homme de parole, pacte tenu. Et, comme lors d'un lointain repas de fiançailles, nous claquons nos paumes l'une contre l'autre, à l'incrédulité générale. Ça ne se fait pas ? Tant mieux !

Envie de parler, à la table des mariés – rien que des jeunes, tous les cousins – de Loïc Lefloch et Samantha, invités surprises, Justino, bien sûr, qui m'adressent le V de la victoire. « Ça va, Crépin ? Dors bien, mon grand. »

Du clin d'œil appuyé de mon homme alors qu'il répondait à un godelureau d'une soixantaine d'années qui lui demandait sa recette pour rester si alerte, passé les quatre-vingts.

— Surtout, mon vieux, ne vous mettez pas à Internet.

Ce culot !

Du baiser de Justino : « Merci, Babou, sans toi... », avant qu'il ne s'éclipse au volant d'une décapotable, cadeau de la belle-famille, direction tenue secrète. Quel chemin parcouru, mon Indianos, depuis la favella de Rio où ta mère, la belle Estrella, dansait pour les gamins perdus. Comme, de là-haut, elle doit t'admirer, elle aussi.

Envie de parler de Blanche, s'emparant des bras de Boris et de Charlotte : « Voilà, j'ai une commission à vous faire de la part de Laurent. » Laurent ? Ah oui, son neveu, Laurent Prieur, le traiteur. « Si vous n'avez pas encore retenu de nom pour votre entreprise, il est partant pour partager le sien. Je crois même que ça lui ferait plaisir. »

Bien sûr, EURÊKA ! Plus les ailes, évidemment.

De retour à la maison, enfin ! Camionnette dans la cour, lumière derrière les rideaux de la chambre où Hugo nous attendait avec Gribouille. Et, tandis que je faisais un dernier tour – j'aime bien –, ce « bip-bip » dans le Carré de Grégoire, tombant de son étagère à trophées. Ma découverte, au fond d'une coupe, du portable égaré en compagnie d'une moitié de sablé en miettes. Petite enveloppe dans la lucarne. Ouvrons-la. Un mot, « WAOUH », c'est tout, ni signature ni rien. « Waouh, la vie » ? « D'accord », ai-je répondu à la voix inconnue.

De ce sentiment de délivrance, de cette sorte de hâte, de ce fourmillement dans les doigts tandis que je me glissais dans le lit où mon Pacha dormait déjà.

Vite, demain !

25

Le pas d'Hugo, descendant l'escalier, accompagné d'un ample froissement de fourrure, m'a tirée du lit. J'ai pris garde à ne pas réveiller mon homme.

Sept heures vingt : six heures de sommeil comme ci, comme ça. On ferait avec.

Le salon était baigné d'une lumière laiteuse, bleu à l'horizon : ciel-plage, marée montante, la journée s'annonçait belle. Le cri de protestation d'un corbeau, suivi de celui d'une pie, sa commère, a fendu l'air. Un griffon vendéen, chasseur de sangliers, prenait possession du jardin, cherchait un coin à arroser pour marquer son territoire.

À la cuisine, Hugo avait déjà mis la cafetière en route et les tartines coupées épais dans le grille-pain. Pantalon de velours et pull. Costume remisé jusqu'à quand ? Pas envie de répondre à la question. Les fêtes, je me méfie.

J'ai embrassé la joue rugueuse.

— Alors, c'était comment ? a-t-il grommelé.

— Un peu longuet mais très réussi. Et toi ?

— Nos oreilles vont mieux, a-t-il constaté, satisfait, offrant à son compagnon le « nous » de majesté.

J'ai disposé deux, non, quatre bols sur la table, en espérant que deux resteraient vides suffisamment longtemps pour me permettre de profiter du passage de mon frère : le second en combien d'années ? À quand le prochain ? Pas envie non plus de répondre à la question. Beurre, miel, confitures, crème.

— Les enfants ? a-t-il condensé.

— Aujourd'hui, les vacances commencent pour tout le monde. Au moins, pas de risque d'embouteillages. Ta filleule descend dans le Midi chez ses beaux-parents. Thibaut ? Sa femme fait un long tour au Japon. Pour lui, rien de prévu ormis son Étoile, déjà pas mal comme programme. Quant aux Karatine, la Grèce, Mykonos, le sirtaki. Et une première, Vladimir est de la danse, on ne lui a pas laissé le choix.

Hugo s'est éclairci la gorge.

— Blanche a dit à Boris ?

— Pour Eurêka, bien sûr ! Il va se faire un peu prier pour l'orgueil, mais à mon avis il n'attendait que ça.

— Alors, elle va être contente ! a constaté Hugo.

Elle ? Inutile de demander qui. De là-haut, Fée nous souriait.

Gribouille s'est faufilé dans la cuisine par la porte restée entrouverte. Je me suis assise en vitesse. Il est venu poser sa truffe sur mes genoux. Je lui ai donné la moitié d'un sucre. « L'autre », a-t-il mendié. L'autre. Hugo regardait ailleurs.

Le temps de manger une tartine et Grégoire a débarqué, habillé, fleurant bon la menthe-mousse-à-raser, cheveux encore humides de la douche. Il a salué Hugo d'une bourrade à l'épaule et m'a embrassée sur le front. J'ai versé le café dans son bol, ni lait, ni crème, ni sucre. Bon pour les moussaillons.

— Nous parlions des vacances, ai-je amorcé.

L'avant-veille, il m'avait proposé de retourner à Honfleur où le patron de la ferme bien connue nous avait remis un bon pour une nuit et un homard. Si je le souhaitais, nous pourrions prolonger dans un hôtel plus modeste. Mon refus indigné – l'exceptionnel ne se réchauffe pas – l'avait manifestement soulagé.

Blanche nous a rejoints vers neuf heures, en tenue de mariage, seul le corsage de son tailleur changé. Elle, que ses tenues soient celles de tout de monde, elle s'en balance. La seule qui compte, c'est sa blouse d'infirmière, celle où elle est la plus belle.

Bien sûr, je leur avais proposé de prolonger quelques jours à la maison. Hugo sa vigne, elle ses patients, ils avaient décliné. S'ils voulaient arriver à Grimaud avant la nuit, ils ne devraient pas tarder à nous quitter.

Tandis qu'elle se restaurait, j'ai rempli leur petite glacière de boissons fraîches et de victuailles variées. Je leur ai fait promettre de faire une vraie halte pique-nique. Je suis toujours inquiète quand les miens partent en voiture, vous ne me changerez pas. Blanche a promis de m'envoyer un texto sitôt arrivée.

— Et toi, toujours fan du portable ? a-t-elle demandé malicieusement à Grégoire.

— Je l'ai perdu, je me demande bien où, a-t-il menti sans une seconde d'hésitation.

— Waouh ! D'accord ! n'ai-je pu m'empêcher de lancer, et il m'a regardée d'un drôle d'air. L'aurait-il consulté ce matin ?

—

Dès la camionnette chargée, Gribouille s'y est précipité, oubliant de me faire ses adieux tant grande était sa peur d'être abandonné. Avant d'y monter, Blanche m'a prise dans ses bras.

— Pour le petit, Hugo m'a raconté. Un enfant qui grandit, crois-moi, Jo, notre Fée doit être aux anges.

Et l'espèce de sourire qui ne me quittait pas depuis le matin s'est mouillé de rosée : jour nouveau.

À midi, Grégoire a commencé à tournicoter autour de moi, impatient de partir.

— Je te laisse ? Pas de regrets ?

La veille, avant de nous quitter, Maurice et Marguerite nous avaient proposé de venir déjeuner chez eux. Nous mettre les pieds sous la table après toutes ces émotions.

— Pas de regrets. Et surtout, ne te presse pas pour rentrer.

Après le repas, les cinq reprennent l'entraînement. Une rencontre est prévue à la rentrée avec les « nuls » de Coutances. Et, cette fois, pas question de se passer du champion.

*

Il est quatorze heures trente. Non ! Deux heures et demie, j'aime mieux. J'ai tiré le verrou à la cuisine et promis à mon Pacha, si on sonnait, de n'ouvrir que mon portable à la main, prête à lancer un SOS au cas où. L'été, les maisons isolées sont plus souvent visitées.

J'ai refermé sur moi la porte de mon atelier où la lumière entrait à flots. Tiens, je croyais pourtant avoir tiré les voilages. Quelqu'un s'y serait-il introduit ? Seul Grégoire sait où en est la clé.

J'ai ouvert la fenêtre à deux battants, revêtu ma blouse, posée sur le dossier de la chaise, puis j'ai orienté la toile vierge comme il fallait sur le chevalet. Mon cœur battait la chamade, comme avant un important rendez-vous. La brosse de martre, nettoyée, était bien là, près de la palette où les tortillons de couleurs, préparés un jour de Mardi gras – salut les clowns –, avaient séché, s'étaient fanés. Pas question de les gratter, je les y laisserai, quitte à y déborder un peu.

On parle de « tourner la page », on ne le fait jamais vraiment, on passe seulement au chapitre suivant, se réservant la possibilité de revenir en arrière, au début de l'histoire, de la feuilleter sans s'attarder, de continuer, poursuivre, avancer, il n'y a pas d'âge pour grandir.

Bonjour, maman. Aujourd'hui, j'attaque mon fond : bleu azur teinté de soleil. Silence, maison, tout doux, jardin, va, mon âme.

Table

Première partie : *Adella* 13

Deuxième partie : *Fée* 125

Troisième partie : *Grandir* 219

DU MÊME AUTEUR :

Aux éditions Fayard

L'Esprit de famille (tome I)
L'Avenir de Bernadette (*L'Esprit de famille*, tome II)
Claire et le bonheur (*L'Esprit de famille*, tome III)
Moi, Pauline (*L'Esprit de famille*, tome IV)
L'Esprit de famille (coffret tomes I à IV)
Cécile, la Poison (*L'Esprit de famille*, tome V)
Cécile et son amour (*L'Esprit de famille*, tome VI)
Une femme neuve
Rendez-vous avec mon fils
Une femme réconciliée
Croisière (tome I)
Les Pommes d'or (*Croisière*, tome II)
La Reconquête
L'Amour, Béatrice
Une grande petite fille
Belle-grand-mère (tome I)
Chez Babouchka (*Belle-grand-mère*, tome II)
Boléro
Bébé couple

Toi, mon Pacha (*Belle-grand-mère*, tome III)
Priez pour petit Paul
Recherche grand-mère désespérément
Allô, Babou, viens vite… on a besoin de toi !
(*Belle-grand-mère*, tome IV)
Laisse-moi te dire
Malek, une histoire vraie
Sois un homme, papa
Une vie en plus

Chez d'autres éditeurs

Au plaisir d'aimer, Flammarion
Vous verrez… vous m'aimerez, Plon
Trois femmes et un empereur, Fixot
Une femme en blanc, Robert Laffont
Marie-Tempête, Robert Laffont
La Maison des enfants, Robert Laffont
Cris du cœur, Albin Michel
Charlotte et Millie, Robert Laffont
Histoire d'amour, Robert Laffont
Le Talisman, Robert Laffont (*La Chaloupe*, tome I)
L'Aventurine, Robert Laffont (*La Chaloupe*, tome II)
Allez, France !, Robert Laffont
Je serai la princesse du château, Éditions du Rocher
Un amour de déraison, Éditions du Rocher
Loup, y es-tu ?, Robert Laffont
N'ayez pas peur, nous sommes là, Flammarion
Chuuut !, Robert Laffont

PAPIER À BASE DE FIBRES CERTIFIÉES

Le Livre de Poche s'engage pour l'environnement en réduisant l'empreinte carbone de ses livres. Celle de cet exemplaire est de :
350 g éq. CO_2
Rendez-vous sur
www.livredepoche-durable.fr

Composition réalisée par NORD-COMPO

Achevé d'imprimer en avril 2015, en France sur Presse Offset par
Maury Imprimeur – 45330 Malesherbes
N° d'imprimeur : 197213
Dépôt légal 1re publication : mai 2015
LIBRAIRIE GÉNÉRALE FRANÇAISE – 31, rue de Fleurus – 75278 Paris Cedex 06

17/7779/1